AF557514

ro
ro
ro

Dietrich Faber wurde 1969 geboren. Bekannt wurde er als ein Teil des mehrfach preisgekrönten Kabarettduos FaberhaftGuth.
Bereits sein erster Roman «Toter geht's nicht» schaffte es auf Anhieb auf die Bestsellerliste. Seine Lesungen und Buchshows zu seinen Romanen um den wenig charismatischen Kommissar Bröhmann wurden zu Bühnenereignissen. Der Autor lebt mit seiner Familie in der Mittelhessenmetropole Gießen.
Tourneetermine und weitere Informationen:
www.dietrichfaber.de
www.facebook.com/Henning.Broehmann

«Fabers großes Plus: Der Autor zeigt keinen der üblichen, zynisch-versoffenen 08/15-Antihelden, sondern nimmt seine Figur mit ihren Fehlern und Schwächen ernst – und ein durchaus spannender Krimi ist es sowieso.» *(General-Anzeiger)*

«Vieles, was einen guten Kabarettisten ausmacht, ist auch in seinen Büchern zu finden. Denn die Menschen, die neben Kommissar Bröhmann den Vogelsberg bevölkern, sind echte Typen, und wo es am Verstand fehlt, da kommt wenigstens das gute Herz nicht zu kurz.» *(Frankfurter Rundschau)*

Dietrich Faber

SCHNELLER, WEITER, TOTER

Bröhmann ermittelt *doch* wieder

•••

Kriminalroman

Rowohlt Taschenbuch Verlag

Veröffentlicht im Rowohlt Taschenbuch Verlag,
Reinbek bei Hamburg, Oktober 2016

Umschlaggestaltung yellowfarm gmbh, Stefanie Freischem
Umschlagabbildungen Freer Law, Tarek El Sombati,
ElaKwasniewski/iStockphoto.com;
Viktor Pravdica, Phase4Photography/fotolia.com;
Africa Studio/shutterstock.com
Satz Quadraat PostScript, InDesign,
bei Pinkuin Satz und Datentechnik, Berlin
Druck und Bindung CPI books GmbH, Leck, Germany
ISBN 978 3 499 27041 3

Prolog

Ein Mann Mitte vierzig sollte nachts schlafen.

Jedenfalls sollte er es dürfen, wenn er ein starkes Bedürfnis danach hat. Eigentlich sollten alle Menschen das tun dürfen, auch die, die nicht Mitte vierzig sind.

Jüngere Menschen, wird behauptet, benötigen weniger Schlaf. Jedenfalls stecken sie gelegentlichen Schlafmangel eleganter weg.

Ich stecke da gar nichts weg. Ich bin nicht elegant, sondern müde.

Zurzeit werde ich nachts nämlich sehr oft aus dem Schlaf gerissen. Ich wache dann auf und möchte eigentlich gleich wieder einschlafen. Doch da ich nur darauf warte, kurz nach dem nächsten Einschlafen wieder aufzuwachen, lasse ich es lieber gleich ganz bleiben. Und so liege ich dann da und glotze blöd an die Decke.

Franziska neben mir schläft. Sie atmet ruhig, denn sie schläft immer und jederzeit ein, wann immer ihr danach ist. Schließt sie auf dem Beifahrersitz im Auto nur für eine Sekunde die Augen, dann ist sie gleich weg.

Ich grübele darüber nach, dass ich mal wieder nachgrübele. Es ist ein eher unkonstruktives Grübeln, dieses Grübeln bei unfreiwilligem Wachliegen. Es bringt nichts. Man müsste aufstehen, doch auf die Idee muss man erst einmal kommen. Und gute Ideen kommen mir selten, wenn ich so halbwach daliege. So bleibe ich also liegen und warte lieber weiter darauf, dass ich nicht mehr einschlafe.

Dann surrt mein Handy auf dem Nachttisch. Eigentlich ist es auf lautlos gestellt, doch wenn es lautlos auf einem hölzernen Untergrund vibrieren darf, dann ist dies alles, nur nicht lautlos.

Franziska blickt kurz zu mir rüber, macht «Grmmpff», dreht sich um und schläft gleich wieder ein. Was auch sonst.

Ich touche auf meinem Phone rum und werde vom hell leuchtenden Foto meiner Tochter Melina geblendet. Es ist 2.14 Uhr. Eher selten, dass sie zu so einer Uhrzeit anruft. Es ist überhaupt selten, dass sie anruft.

«Warte kurz, Melina», flüstere ich und husche durchs Schlafzimmer, nicht ohne mir den kleinen Zeh an der Türkante zu stoßen. Ich schreie nach innen und humpele mit Tränen in den Augen die Treppe hinunter bis in die Küche.

Ich setze mich und höre, was Melina zu sagen hat.

Nur wenige Augenblicke später bin ich mir nicht mehr ganz so sicher, ob ich wirklich wach bin. Könnte es nicht sein, dass ich wirr träume? Mir wäre es jedenfalls lieber. Mit leicht schlotternden Knien und einem erhöhten Puls steige ich die Treppe wieder hinauf, gehe ins Schlafzimmer, schalte mein Nachttischlämpchen an und blicke in die inzwischen geöffneten Augen meiner Frau.

«Was ist?», fragt sie.

«Melina ...», antworte ich.

«Wo ist sie?»

Franziska sitzt nun kerzengerade im Bett.

«Sie ... äh, ist bei der Polizei», stammele ich.

Franziska legt ihre Stirn in Falten.

«Bei der Polizei? Das wundert mich jetzt so stark nicht. Schließlich arbeitet sie ja dort.»

«Sie ... äh, ist anders bei der Polizei.»

«Wie anders?»

«Auf der anderen Seite ... sozusagen. Sie sitzt in Untersuchungshaft.»

Sonntag, 3. September

Es ist schön, wenn die Familie mal zusammen ist.

Dieser Satz, den ich eher von meiner Mutter oder aus Rosamunde-Pilcher-Verfilmungen kenne, wabert mir schon seit Stunden im Kopf herum. Ja, es ist wirklich schön. Auch wenn es nur die Niddatalsperre ist, mit ihrem etwas trüben Stausee und den drum herum angelegten Spazierautobahnen, die breit genug sind, dass man sich mit breitreifigem Zwillingskinderwagen locker von drei nebeneinanderfahrenden Elektrofahrrädern überholen lassen kann.

Seit Tagen regnet und bläst es frühherbstlich im Vogelsberg. Nur für diesen Samstagnachmittag wurde für ein paar dürre Stunden Sonne angekündigt, und so stürmt nun also ganz Oberhessen urplötzlich raus aus den Häusern, wirft sich in Allzweck-Freizeitbekleidung und stürzt sich rein in die Naherholungsgebiete. So wie wir.

Meine Mutter ist mit von der Partie, auch wenn es, wie sie sagte, schwer war, sich ein paar Stündchen freizunehmen. Nach dem Tod meines Vaters vor zwei Jahren nämlich tut sie das, was einige Frauen noch einmal im Herbst ihres Lebens tun: aufblühen.

Meine Mutter tut das, indem sie zum Beispiel Spanisch und Chinesisch lernt, viermal wöchentlich in grellpinken Leggings zum Spinning geht oder eine Pokerrunde für ältere Damen gründet, die «Full-House-Grannies».

Und eine neue Frisur, die hat sie auch.

Laurin, der letzte Woche elf Jahre alt wurde, schlakst etwas linkisch neben mir her, in einem Körper, der nicht mehr zu einem Kind passt, allerdings auch noch lange nicht zu einem Mann. Doch nicht nur körperlich weiß Laurin zurzeit nicht so recht, wo er hingehört. So schleppt er sich ein wenig grüblerisch und einzelgängerisch durch die Mühen des Lebens. Große Lust mitzukommen hatte er nicht, er ist eben lieber für sich. Den ganzen Tag im Zimmer vor dem Computer zu hocken wird aber auch irgendwann einmal langweilig, also ist er doch mit dabei.

Franziska hält meine Hand. Wahrlich keine Selbstverständlichkeit, wenn man die letzten Jahre so überblickt. In der anderen Hand halte ich die beiden Hundeleinen. Berlusconi hinkt arthrosegeplagt etwas hinterher, seinem unehelichen Sohn Charlie dagegen geht es nicht schnell genug, sodass ich etwas Mühe habe, die beiden unterschiedlichen Tempi mit den Leinen zu kontrollieren.

Vor uns schiebt Melina einen gefühlt fünf Meter breiten Kinderwagen-SUV, beladen mit den Zwillingen. Links sitzt Frida, rechts der Nick, sie thronen wie ein Königspaar im Wagen und schauen kritisch einem im wurstpelligen Jan-Ullrich-Gedächtnis-Outfit an uns vorbeistöhnenden älteren Herren hinterher. Alpe d'Huez ist noch weit, denke ich, ganz im Gegensatz zum Kinderspielplatz, auf den wir zielstrebig zusteuern.

Manchmal frage ich mich, ob es wirklich der Wahrheit entspricht, wenn irgendwelche Statistiker behaupten, dass wir Deutschen immer weniger Kinder bekämen. Würden denn sonst auf einem Vogelsberger Spielplatz diese Unmengen von kleinen Menschen herumwuseln? Würden sich meterlange Schlangen vor Rutschbahnen bilden? Sähen die überbevölkerten Sandkästen aus wie die Badestrände auf Mallorca zur Hauptsaison?

Meine Mutter erspäht zwei ihr bekannte Damen, gesellt sich zu ihnen und redet auf sie ein. Ich höre, wie sie erzählt, das Beste an ihrem Spinning-Kurs sei, dass da so wenig alte Leute mitmachen würden.

Ich setze mich auf eine der rund um den Spielplatz platzierten Bänke und überprüfe über meine Smartphone-Wetter-App, ob es wirklich gerade nicht regnet, während sich Franziska mit Laurin auf die Suche nach Kaffee, Cola und Kuchen macht.

Melina bewaffnet sich mit 48 verschiedenen Schäufelchen, Förmchen und Baggerchen, okkupiert mit den beiden Anderthalbjährigen ein winziges frei gewordenes Fleckchen im Sandkasten und beginnt dann sofort zu schaufeln, zu formen und zu baggern. Frida und Nick stehen regungslos daneben und gucken erst mal nur zu. So ganz geheuer scheint ihnen dieser Massensandkasten nicht zu sein. Beide beobachten, wie ein mit einer Burger-King-Pappkrone geschmücktes Mädchen ein Förmchen mit Sand über einem deutlich jüngeren Jungen ausschüttet. Sofort stürmt im Vollsprint eine Frau herbei, packt die adipöse Fastfoodkönigin am Arm und schreit aufgebracht: «Zu wem gehört die? Häh??? Zu wem gehört die? Halloooo? O Gottohgottohgott, mein armer Luca. Schau mich an, Luca.»

Sie schüttelt ihren Kleinen an den Schultern, als sei er im Begriff, das Bewusstsein zu verlieren. «Ist alles in Ordnung, ist alles in Ordnung?»

Luca ignoriert gelassen das Geschrei seiner Mutter, streift sich den Sand aus dem Haar und spielt weiter.

Eine Frau um die fünfzig in gelber Regenjacke setzt sich neben mich auf die Bank, beobachtet ebenfalls eine Weile die erregt weitergackernde Luca-Mutter und sagt dann in meine Richtung:

«Meine Güte, diese jungen Mütter heutzutach, was mache die immer für ein Gedöns.»

Ich versuche, mit einem neutralen Blick zu signalisieren, dass ich nicht wahnsinnig an einem Gespräch über junge Mütter interessiert bin. Dass ich eigentlich an gar keinem Gespräch interessiert bin.

«Ist doch wahr!», fährt die Dame ungerührt fort. Meine Signale haben also nicht gefruchtet. «Oder habbe mir früher auch so ’n Gewese gemacht?»

«Nee, äh, glaub nicht», murmele ich, während Melina vor mir auftaucht und eine Flasche Wasser aus dem neben mir stehenden Rucksack holt. Als sie wieder bei Nick und Frida ist, fragt die Frau neben mir:

«Ist das Ihre Tochter?»

Ich bejahe.

«Das gefällt mir», sagt sie und nickt zufrieden, bevor ich mich fragen kann, was ihr denn daran so konkret gefalle.

«Das gefällt mir, endlich mal 'ne junge Muddi. So muss das sein. Immer diese alten Eltern, das ist doch net mit anzusehe, oder?»

Ich mache stumm eine unbestimmte Kopfbewegung.

«Es ist doch viel natürlischer, wenn die Fraue in de Zwanziger ihre Kinner bekomme. Was solle dann die Kinner mit so olle Eltern anfange?», redet sie sich weiter in Rage, aber ich höre schon nicht mehr richtig hin, weil nebenan Frida zu weinen beginnt.

«Kaum kacke die net mehr in die Windeln, muss de Papa schon ins Altersheim, nee nee nee, das ist so nix!»

Melina nimmt Klein Frida auf den Arm und trägt sie zu mir. «Guck, Frida», sagt sie und übergibt mir das weinende Mädchen. «Jetzt lass dich mal vom Papa trösten.»

Ich blicke kurz zu meiner starr nach vorne blickenden Sitznachbarin, zucke mit den Schultern, grinse, tröste meine kleine Tochter und sage «Tja».

Tja.

Tja, seit ich vor knapp vier Jahren meine Stelle als Hauptkommissar bei der Polizeidirektion Alsfeld gekündigt habe, ist so einiges geschehen. Frida und Nick zum Beispiel sind geschehen. Wenn sich der Herrgott tatsächlich jedes einzelne Kind auf dem Erdenball gewünscht haben sollte, dann hat er diese beiden ganz bestimmt gewollt. Die Eltern hatten das allerdings nicht wirklich so geplant. Vorsichtig formuliert. Nachdem Franziska aus der Haft entlassen wurde, brauchten wir noch ein gutes Jahr, um klar zu bekommen, dass wir weiter als Paar zusammenleben wollen. Und gleich beim ersten Sex nach weiß der Himmel wie vielen Jahren wurde sie schwanger.

Tja.

Ein Nachzüglerbaby allein sollte dann also auch nicht reichen. Es wurden gleich deren zwei, Frida und Nick eben. Wennschon – dennschon.

Manchmal frage ich mich, ob es dumm war, meinen Job und vor allem meinen Beamtenstatus aufgegeben zu haben, wo ich doch nun mit den Kindern drei und vier noch mehr Verantwortung zu schultern habe. Die Antwort lautet klar: Nein!

Wenn ich auch sonst nicht unbedingt für konsequentes Handeln bekannt bin, hier war ich es. Und bis heute fühlt sich diese Entscheidung richtig an. Manchmal denke ich, vielleicht etwas zu pathetisch, dass dies die erste selbständig getroffene erwachsene Entscheidung meines Lebens war.

Natürlich wäre es nicht unklug gewesen, eine berufliche Alternative in petto zu haben. Doch wir wollen ja nicht gleich übertreiben. Dies wäre dann wahrlich des Guten zu viel gewesen.

Im Alter bekomme ich nun zwar keine Beamtenpension mehr, sondern eine Rente auf niedrigerem Niveau, doch diesen Preis zahle ich gerne. Nach dem Tod meines Vaters hat meine Mutter meiner Schwester Ulrike und mir ein bisschen etwas vorvererbt, und Franziska hat vor einem Jahr eine Festanstellung bei der Musikschule in Nidda angenommen, sodass wir zumindest in den nächsten Jahren einigermaßen über die Runden kommen sollten. Meine zugegebenermaßen eher zaghafte Suche nach einem neuen beruflichen Betätigungsfeld wurde durch Franziskas Zwillingsschwangerschaft natürlich zusätzlich ausgebremst, dafür kann ich ja eigentlich nichts.

Mir kam das ganz gelegen, auch wenn ich anderseits eine Weile brauchte, mich vorbehaltlos darüber freuen zu können, noch einmal beziehungsweise noch zweimal Vater zu werden.

Obwohl ich nun also seit über vier Jahren keiner geregelten Arbeit mehr nachgehe und nur mit kleineren Gelegenheitsjobs etwas hinzuverdiene, fühle ich mich unterm Strich weniger nutzlos als zu der Zeit, als ich noch Fulltime-Hauptkommissar war. Denn ein «richtiger» Kommissar, das bin ich ja eigentlich nie gewesen. Ich habe nur so getan, ich habe Kommissar-Sein gespielt. Klar, ganz am Ende meiner Laufbahn hatte auch ich ein paar Ermittlungserfolge, so ist das ja nicht. Oft half zwar auch das Glück nach, aber immerhin. Gepasst hat der Beruf trotzdem nie.

Die Dame neben mir hat sich inzwischen lautlos verabschiedet, stattdessen sitzen nun Melina und die beiden Zwillinge bei mir auf der Bank. Gerne würde ich diesen Moment festhalten, denn heute Abend macht sich Melina wieder auf den Weg nach Hause, zurück nach Frankfurt in ihre Wohngemeinschaft.

Ich wusste nicht, wie schwer loslassen sein kann.

Der Augenblick voller Seligkeit ist schnell vorbei. Innerhalb kürzester Zeit zieht sich der Himmel zu, und ein happiger Regenschauer ergießt sich mitleidslos über uns. Wir sammeln Franziska, Laurin, meine Mutter und die Hunde ein und springen in unseren spießigen Familienvan-Opel. Ich war nie ein Mann, der vom Porsche träumt, doch dieses Gefährt ist wirklich bitter.

Klatschnass sitze ich am Steuer und fluche: «Das kann nicht sein, das kann nicht sein!»

«Was kann nicht sein?», fragt Laurin genervt.

«Das kann nicht sein», wiederhole ich. «Meine Wetter-App hat ganz klar gesagt: vor 18 Uhr kein Regen. Das kann nicht sein!»

Ich brauche nicht hinzuschauen, um zu wissen, dass man hinter mir in Einigkeit die Augen verdreht.

«Nee, Mama, danke, ich esse nicht mehr mit, sorry. Ich würde mich jetzt lieber schon gleich auf den Weg machen. Muss morgen früh raus.»

Melina hockt auf dem Boden unseres Bad Salzhausener Wohnzimmers und streichelt den in die Jahre gekommenen Berlusconi, während Charlie eifersüchtig um die beiden herumschwänzelt.

«Och, schade», sagt Franziska und bemüht sich, nicht vorwurfsvoll zu klingen. Auch ich finde es schade und sage daher einfach auch «schade».

«Ja, ich weiß, schade, ich will aber einfach noch ein bisschen Zeit zu Hause haben.»

Zu Hause ist doch hier, denke ich ein bisschen traurig und schäme mich für diesen Gedanken.

«Musst du morgen wieder zu 'ner Demo?», frage ich und reiche ihr die Jacke.

«Ja, das heißt, es ist eigentlich keine Demo, sondern eine Infoveranstaltung der Olympia GmbH. Und der Arsch, der Lubricht, redet. Wird bestimmt wieder einiges los sein.»

Als ich vor vier Jahren meinen Kommissarjob schmiss, brach Melina damals fast zeitgleich die Schule ab und begann ihre Ausbildung zur Polizistin. Sie zog das beeindruckend zielstrebig durch, seit letztem Jahr arbeitet sie bei der Bereitschaftspolizei in Frankfurt. Sie nimmt ihren Job und ihre Verpflichtungen sehr ernst und geht, so ganz als anders als ihr Vater, gewissenhaft ihrer Arbeit nach.

«Pass auf dich auf», sagt Franziska und küsst sie auf die Stirn. Natürlich behagt es weder mir noch Franziska, dass unsere Große immer wieder aufs Neue bei Demonstrationen oder Fußballspielen ihre Birne hinhält. Doch Melina gefällt das so; diese Einsätze seien genau ihr Ding, und was hat außerdem schon ein Vater einer zwanzigjährigen Tochter zu sagen.

«Guck mal hier», rufe ich Melina mit der Fernbedienung in

der Hand zu und deute auf die Glotze. «Da ist dein Liebling ja gerade.»

«O Gott», stöhnt Melina. «Mach das weg. Wenn ich das schon sehe, wie der da sitzt. So eine Drecksau.»

Bernd Lubricht ist Chef der Olympia GmbH und die Hassfigur aller Bewerbungsgegner. Es mehrten sich in den letzten Wochen und Monaten Gerüchte, er sei gewissen Annehmlichkeiten oder Geschenken einiger Firmen, die von Olympischen Spielen im Rhein-Main-Gebiet profitieren würden, nicht abgeneigt. Nachweisen konnte ihm das allerdings bis dato niemand, wie bei allen Affären davor. Der Mann ist aus Teflon. Auch sein herrischer Führungsstil gilt als sehr umstritten, Sympathieträger sehen anders aus.

Auf der anderen Seite ist er ein Macher. Ohne seine Vernetzungen und Kontakte, ohne seine rhetorischen Fähigkeiten, ja, ohne seine Beharrlichkeit hätte das Rhein-Main-Gebiet ganz sicher nicht im nationalen Vorentscheid die Städte Hamburg und Berlin ausgeschaltet, und Frankfurt stünde nun nicht im Rennen um die Vergabe der Spiele 2024.

Melina und ich stehen beide stumm vor dem Fernseher und folgen der Diskussion.

Während ein Politiker der hessischen Linkspartei immer wieder darauf hinweist, wie viele Menschen Woche für Woche gegen die Bewerbung auf die Straße gingen, fällt ihm Lubricht ins Wort.

«Richtig. Und das ist Ihr Verdienst.»

Dann macht er eine lange, rhetorisch nicht ungeschickte Pause.

«Es ist Ihr Verdienst, die Bürger mit Ihrer kleinbürgerlichen populistischen Lamentiererei anzustecken. Und Sie werden es auch wieder hinbekommen, dass es in unserer Stadt auf den Straßen so gewaltsam zugeht wie bei der Eröffnung der EZB vor ein paar Monaten. Hetzen Sie nur fröhlich weiter. Da sind Sie ja Meister drin. Wäre nur schön, wenn Sie noch andere Begabungen hätten.»

«Das ist ja wohl eine Unverschämtheit», ruft der Politiker.

«Wissen Sie», brummt Lubricht mit tiefem Bass und fasst dabei an den Unterarm der jungen Attac-Aktivistin auf dem Stuhl neben ihm, «ich habe in Frankfurt lieber ein fröhliches, buntes Treffen der Jugend der Welt als vermummte Blödmänner, die unsere Stadt verschandeln.»

«Iiihhhh», macht Melina. «Der fingert die arme Frau an. Wie eklig.»

«Na, jetzt übertreib mal nicht», entgegne ich.

«Ich übertreib gar nichts. Ich weiß von ’ner Bekannten, die früher mal in einem seiner Büros gearbeitet hat, dass er gerne mal mit seiner Hand zufällig an Frauenpopos stößt.»

Dazu kann ich nichts sagen. Wundern würde es einen nicht.

«So, ich mach mich dann mal los», sagt Melina. «Sonst wird mir noch schlecht.»

Im Fernsehen zeigen sie nun Bilder von den Massendemonstrationen der Olympiagegner.

«Diese Querulanten gehen mir so langsam auf den Geist», mosere ich, vor allem um den Abschied von Melina noch ein wenig hinauszuzögern. Manchmal kann ich sie provozieren und eine Diskussion vom Zaun brechen. Melina steht nämlich privat eher auf der Seite derer, denen sie im Konfliktfall gegenübersteht. Sie ist eine überzeugte Gegnerin dieser Olympiabewerbung.

«O nee, nicht schon wieder, Papa», stöhnt sie und greift schon mal demonstrativ nach ihrem Autoschlüssel.

Doch ich lasse mich nicht abbringen. «Immer dagegen sein, meine Güte, diese Miesmacher. Wäre doch toll, nicht nur für Frankfurt, sondern für ganz Hessen, wenn wir den Zuschlag bekämen.»

«Gähn», macht Melina und hält sich theatralisch eine Hand vor ihren geöffneten Mund. «Ich habe wirklich keinen Bock, jetzt zu diskutieren.»

Hat sie so gut wie nie mehr. Was hat sie sich vor ein paar Jahren noch mit ihrem Vater gezofft, was hat sie mir nicht alles an den Kopf geworfen! Wie oft ist sie grundlos an die Decke gegangen, und wie häufig wurde ich für alles und nichts beschimpft!

Wie sehr fehlt mir das.

«Ich habe wirklich keine Lust, darüber jetzt zu diskutieren», sagt sie noch einmal. «Es reicht mir schon, wenn ich mich morgen wieder vor den Penner von Lubricht stellen muss.»

Sie verabschiedet sich endgültig kurz, aber herzlich von uns, und schon ist sie mit ihrem kleinen Polo in Richtung Hessenmetropole davongedüst.

Von oben ertönt Kindergeschrei. Erst heult nur Nick, ich zähle stumm bis drei, dann zeigt Frida, dass sie das mindestens genauso gut kann. Wenn sie beide richtig laut kreischen, stimmt meistens auch Berlusconi heulend mit in den Chor ein. Vor allem nachts macht er das sehr gerne. Das sind dann die Momente, in denen ich mich in den Polizeinachtdienst zurückwünsche.

Ich mache den Fernseher aus und laufe hoch zu Frida und Nick, die sich mittels Bahnverkehr schnell beruhigen lassen. Leise ächzend schiebe ich die zeitlose Holzeisenbahn durch das Wohnzimmer und stelle einmal mehr fest, dass mir das Rutschen auf Knien zu meiner Erst-Elternzeit vor zwanzig Jahren deutlich leichter fiel.

Hi Josh! Sehen wir uns gleich?
Bin in ner Stunde zu Hause.
LG Melina

Hey Mel, das pack ich heut nich ... Bin mit ein paar Leutchens im Volx. Wird spät, sorry ☹

Ihr plant doch hoffentlich nix für morgen?

Why?

Ich bin im Einsatz.

Lass uns später reden. Nicht über phone CU

Ok

Montag, 4. September

Zunächst hielt ich es für einen müden Scherz, als Franziska letzte Woche vorschlug, wir sollten uns dort tatsächlich noch einmal bewerben. Doch noch bevor ich schallend zu lachen anfangen konnte, erklärte sie mir in tiefster Ernsthaftigkeit die noch immer geltenden Vorzüge: kurze Anfahrtszeit, günstiger Betreuungsschlüssel, flexible Abholzeiten, großes Grundstück, fähige Erzieherinnen, Mitbestimmungsrecht und «Gestaltungsmöglichkeiten».

Und so sitzen wir nun nach all den Jahren, als wären wir nie weg gewesen, wieder im Häuschen der elternselbstorganisiert-undverwalteten Kindergruppe Schlumpfloch e. V. zusammen mit anderen Eltern auf diesen winzig kleinen Stühlchen im Kreis und bekommen Rückenschmerzen. Zu meiner Beruhigung hatte mir Franziska erklärt, dass sich das Gesicht des Vereins nach Laurins Abmeldung vor fünf Jahren komplett verändert habe. Den damaligen Kindergruppen-Patriarchen Wolle dort noch immer anzutreffen, mussten wir keine Angst haben, schließlich ist sein Sohn Calvin-Manuel auch schon lange dem Kindergartenalter entwachsen. Und Calvin-Manuel ist Einzelkind. Na, hoffentlich, denke ich ängstlich, während mir schon nach drei Minuten langem Kinderstuhlsitzen das Bein einschläft.

Wolle war seinerzeit Dauervorsitzender des Vereins und mit seiner unterdrückt aggressiven Art nicht nur für mich schwer zu ertragen. Ein hippiehafter Duzer mit Diktatorenflausen.

Eine andere unangenehme Besonderheit der Kindergruppe war der hohe zeitliche Aufwand, den die Eltern leisten mussten. Putzen, Kochen, Sandkästen umgraben, an Zeltlagern und Flohmärkten teilnehmen und so weiter und so fort. Ein klares Argument gegen die neuerliche Bewerbung beim «Schlumpfloch», fand ich, aber Franziska sagte nur: «Wieso? Du hast doch Zeit.»

Hmm.

Und so sitzen also Franziska und ich unter lauter jüngeren Eltern in der Schlumpfloch-Runde und harren der Dinge, die da nun kommen mögen. Ich wundere mich, wie schweigsam und still alle anderen um uns herum sind. Es wird kaum gesprochen, kein wahlloses Durcheinandergebrabbel wie zu «unseren» Zeiten. Dann fällt mir auf, dass fast jeder einen Schreibblock auf dem Schoß liegen hat. Was ist hier denn los?

Es räuspert sich mir direkt gegenüber ein junger, mit adrett dunklem Kurzhaarschnitt frisierter Mann. Er trägt ein makelloses weißes Hemd, ein hellblaues Jackett und hält in der Hand ein iPad. Wolle sah anders aus. Sehr anders. Und ein iPad hätte er auch nicht gehabt, wenn es das damals schon gegeben hätte.

Der fesche junge Mann blickt auf seine massive Uhr, wischt energievoll über sein Pad, räuspert sich noch einmal und redet dann los wie ein Nachrichtensprecher:

«Guten Abend zusammen und herzlich willkommen zum turnusgemäßen Elternabend des Elternvereins Schlumpfloch e. V. Ich begrüße alle Mitglieder und stelle gemäß Paragraph 4, Absatz 2 fest, dass wir beschlussfähig sind. Ich begrüße darüber hinaus unsere Gäste, das Ehepaar Bröhmann.»

Er lächelt uns geschäftig zu und fügt an:

«Mein Name ist Dr. Jan-Holger Hansen, Vorsitzender des Vereins. Als Protokollantin bestimme ich Frau Eva Fritzenholm, die ich zudem bitte, die Tagesordnungspunkte zu verlesen.»

Frau Fritzenholm, eine Mittdreißigerin mit Zopf und scheinbar ohne Doktortitel, folgt der Anweisung. Franziska neben mir kichert. Es weht hier offenbar ein ganz anderer Wind im Schlumpfloch.

In atemloser Sachlichkeit fegt der junge Mann mit dem Tablet in der Hand durch die diversen Tagesordnungspunkte. Nach einer knappen halben Stunde sind wir bereits bei Tagesordnungspunkt 7 angelangt. Früher waren wir nach einer halben Stunde noch nicht einmal mit der gegenseitigen Jeder-umarmt-jeden-Begrüßung durch und fingen gerade mal so langsam an, Hagebuttentee zu kochen.

So, nun aber Punkt Nr. 8: «Vorstellung/neue Eltern/Bröhmann».

Unser Auftritt.

Franziska rutscht etwas unruhig auf ihrem Stuhl herum und legt dann los:

«Ja, hallo ... also ich bin die Franziska, und das ist der Henning, wie ihr ja wisst, waren wir schon einmal ...»

«Entschuldigen Sie bitte», unterbricht das Vorsitzendenbürschchen. «Frau Bröhmann, wir haben vor zwei Jahren satzungsgemäß beschlossen, dass sich die Mitglieder des Vereins im Innenverhältnis, vor allem bei offiziellen Anlässen, siezen. Hiervon erhoffen wir uns eine freundlich-sachliche Atmosphäre, die der Vereinsarbeit nur förderlich sein kann.»

Diesmal grinse ich. Wie gerne wäre ich damals von Wolle gesiezt worden.

«Oh», sagt Franziska beziehungsweise Frau Bröhmann und fährt fort. Sie erzählt kurz und knapp, dass wir eben für unsere Zwillinge einen Platz suchen.

Der Herr Vorsitzende bestätigt, es seien zwei «U3»-Plätze frei, wie er die Gruppe der unter Dreijährigen bezeichnet.

«In welchem Bereich könnten Sie sich beide denn Ihr Elternengagement vorstellen?», fragt er nun.

Franziska und ich blicken uns fragend an.

«Musik», stammelt sie schnell. «Ich bin Klavierlehrerin, ich könnte mich musikalisch einbringen.»

«Hmm», macht da der Vorsitzende nur. «Meinen Sie so etwas wie Frühförderung oder Talentsichtung?»

Franziska kuckt und nickt dann hastig.

Langsam beginnt es mich zu nerven, dass wir hier auf einer Art Prüfstand zu stehen scheinen.

«Wir haben uns übrigens selbst noch gar nicht entschieden», sage ich daher. «Erzählen Sie doch bitte erst mal, nach welchem ... äh ... Konzept die Kinder betreut werden.»

«Ja klar, Frau Singer, würden Sie bitte?»

Frau Singer nickt wortlos und trägt in gelassener Routine mit ruhiger Stimme das aktuelle Schlumpfloch-Konzept vor.

Da höre ich nun nicht mehr richtig zu. Bei mir bleibt nur hängen, dass die finanzielle Lage aufgrund der laxen Misswirtschaft zu unseren Zeiten angespannt sei, der Verein allerdings mit dem aktuellen Finanzplan, so er strikt durchzogen werde, in sieben Jahren wieder auf gesunden Beinen stehen werde und dass die

Kinder auf Wunsch mit vier Jahren wahlweise einen Englisch- oder einen Spanisch-Kurs belegen dürften. Voller Stolz wurde zudem das neue amerikanische Bastelkonzept präsentiert. Hier würden die Kinder durch klar angeleitete zielgerichtete Anweisungen strukturiert basteln lernen und somit neben einer anspruchsvollen Fertigkeit in der Basteldisziplin ganz besonders toll Konzentration, Durchhaltevermögen und Geduld erlernen. Oder so ähnlich.

Im Nachhinein hatte der damalige Schlusskreis mit dem dämlichen Bullebumms-Spiel, bei dem man mit dem eigenen Popo den Popo des Nachbarn anbullebummst, doch so einiges für sich.

Während der Elternabend ungebrochen konzentriert weiter verläuft, grüble ich darüber nach, für welchen Bereich ich mich und meine Talente einbringen könnte. Bestürzenderweise fällt mir nichts ein.

Nach einer guten Stunde sind wir schon beim letzten Punkt angelangt. Der Vorsitzende Jan-Holger-Herr-Dr.-Hansen fragt in die Runde, ob jemand zum Punkt «Verschiedenes» etwas einzubringen habe.

Ein hageres Männlein mit schütterem Vollbart, das in meinem Alter sein dürfte, meldet sich zaghaft zu Wort:

«Ja, also, äh, wir wollten doch noch über den Antrag von Wolfgang Döbel abstimmen.»

Wolfgang Döbel, das ist doch Wolle! Ich stupse freudig Franziskas Arm. Was kommt denn nun?

«Ach ja, richtig», sagt Hansen, «entschuldigen Sie bitte, das ist mir irgendwie durchgerutscht. Also, Sie erinnern sich, Herr Wolfgang Döbel hat den Antrag zu Ernennung zum Ehrenvorsitzenden unseres Vereins auf Lebenszeit gestellt. Er möchte damit sein jahrelanges Engagement gewürdigt wissen.»

Herr Hansen ruft zur Abstimmung auf. Der Antrag wird einstimmig abgelehnt.

«Wie, was, mach das mal lauter!»

Franziska schraubt kopflos am Autoradio herum. «Hast du das auch eben gehört?», fragt sie aufgeregt vom Beifahrersitz aus.

«Nein, was denn?»

«Da soll irgendwas auf dem Frankfurter Römer passiert sein. Hast du das echt nicht gehört gerade?»

Sie sucht fieberhaft nach einem anderen Sender, der über das, was sie zu hören glaubte, berichtet.

«Das gibt's doch nicht», flucht sie. «Dass du das nicht gehört hast. Hast du das echt nicht gehört?»

Auf diese Frage antworte ich nun einfach nicht mehr.

«Tumulte, Gewalt, Verletzte, haben die gerade gesagt. Schlägereien auf dem Frankfurter Römer.» Sie lässt nicht locker. «Herrje, auf der Olympia-Kundgebung. Da, wo Melina im Einsatz ist.»

Franziskas Stimme wird immer lauter, so langsam fängt es an, mich zu nerven. Eigentlich wollte ich die kurze Heimfahrt nach dem denkwürdigen Elternabend im Schlumpfloch zum Lästern nutzen.

Gerade möchte ich Franziska dazu auffordern, sich doch bitte zu entspannen, da hören wir einen hektischen Reporter mit aufgeregter Stimme:

«... als hier mit einem Male Tumulte ausbrachen. Die Lage ist immer noch unübersichtlich. Wir wissen noch nicht immer nicht, was genau passiert ist. Ein Statement von offizieller Seite ... auf jeden Fall wissen wir ... jetzt hör ich nix mehr ... hallo? Hallo? Also, ich weiß nicht, hört man mich denn? Egal ... na ja, das war Olaf Tiefenbrunn für Radio-XXXL-Super-Hessen-News, Frankfurt ... hallo?»

Nun meldet sich der Moderator aus dem Studio. «Olaf? Hörst du mich noch?»

«Hallo, hallo, hört mich jemand?»

«Tja, da scheint die Verbindung also abgebrochen zu sein. Aber wir bleiben natürlich auf jeden Fall für Sie dran, falls es brandneue Neuigkeiten oder neue News vom Frankfurter Römer gibt.» Ein grauenhafter Jingle folgt.

«Such doch mal 'nen vernünftigen Sender», raune ich und überfahre dabei eine fast rote Ampel.

Doch bevor es dazu kommt, meldet sich schnell der Moderator im Studio wieder.

«Sooo, die Leitung zu Olaf Tiefenbrunn, der am Frankfurter Römer für Radio XXXL-Super live, aktuell und exklusiv für uns am Römer steht ... äh ... steht. Olaf, wie ist die Stimm ... ich meine, gibt es Neuigkeiten?»

«Ja, nein ...»

«Du bist ja hautnah dran. Hat sich denn die Lage beruhigt?»

«Nun ja, im Moment weiß man noch nichts Genaues, viele Augenzeugen berichten, dass es plötzlich ... jedenfalls habe ich mit vielen Augenzeugen hier vor Ort gesprochen, und die konnten allerdings nicht viel sehen, da die Lage ja sehr unübersichtlich ist und war.»

Dann entsteht eine Gesprächspause, wie zwischen zwei entfernt Bekannten, die sich zufällig auf der Straße treffen und schnell an einen Punkt geraten, in dem das Gespräch linkisch ins Stocken gerät.

«Danke, Olaf», plärrt der Moderator dann schnell wieder ins Mikrophon. «So, nun sitzt aber Tanni neben mir, und die erzählt uns gleich, ob wir am Wochenende endlich mal die Regenjacke zu Hause lassen können, oder, Tanni?»

«Ja, Frank, ich hab die nigelnagelneuen Wetter-News für euch dabei. Und ich versprech, es geht aufwärts.»

Dann drückt Franziska auf den Sendersuchlauf.

Inzwischen fahren wir im gebotenen Schritttempo ins entschleunigte Bad Salzhausen. Nun hören wir:

«… versuchten Demonstranten aus der links-autonomen Szene, mehrmals das Rednerpodium zu stürmen, wobei es zu heftigen handgreiflichen Auseinandersetzungen zwischen Polizei und Demonstranten kam. Die Situation schien völlig aus der Kontrolle zu geraten. Und irgendwann während dieser immer unübersichtlicher werdenden Krawalle vor und teilweise auf der Rednerbühne muss urplötzlich der Hauptredner und Vorsitzende der Pro-Olympia-GmbH Bernd Lubricht zusammengebrochen sein. Er wurde sofort in eine Klinik gebracht. Genaueres wissen wir nicht. Die Tumulte haben sich daraufhin schnell gelegt. Sowohl bei Demonstranten als auch bei der Polizei sind zahlreiche Verletzte zu verzeichnen.»

«Du lieber Himmel.» Franziska fasst nach meiner Hand, während ich vor unserem Haus das Auto abstelle. «Hoffentlich ist Melina nichts passiert.»

«Ich rufe sie mal an», sage ich. Doch es meldet sich bloß die Mailbox.

Wir steigen aus, und während wir auf unsere Haustür zulaufen, schmiegt sich Franziska fest an mich. «Mann, Henning, ich habe keine Lust, mir ständig Sorgen um sie machen zu müssen.»

«Tja, daran werden wir uns wohl gewöhnen müssen», entgegne ich etwas altklug. «Sie hat sich diesen Job eben ausgesucht.»

«Trotzdem, schön ist das nicht. Als du noch bei der Polizei warst, habe ich mir nie Sorgen gemacht.»

Ich lache keck auf, stelle dann aber schnell ernüchtert fest, dass die Bemerkung keinesfalls scherzhaft gemeint war.

Unsere Lieblingsnachbarin Frau Hubschmitt erscheint pünktlich zur täglichen Sozialkontrolle auf dem Balkon. Sie hält eine Gießkanne in der Hand, als hätte sie nicht bereits heute schon achtmal die Blumenkästen begossen.

«Na, Herr Bröhmann, passt der Sohnemann schon alleine auf die Kleinen auf?»

Frau Hubschmitt entgeht normalerweise nichts. Eigentlich ein Wunder, dass sie das Eintreffen unseres Babysitters Anne verpasst hat. Frau Hubschmitt ist offenbar auch nicht mehr das, was sie mal war.

«Ihnen auch einen schönen Abend, Frau Hubschmitt», rufe ich ihr lapidar zu und öffne schnell die Haustür.

«Danke, Ihnen auch, Herr Bröhmann.»

Von den Hunden stürmisch begrüßt, betreten wir das Haus.

«Echt unfassbar», schimpft Franziska. «Als würde ich nicht existieren. Ich werde von der blöden Kuh komplett ignoriert.»

«Sei doch froh», murmle ich und schlüpfe in meine grünweißen Adiletten, die ich vor elf Jahren einmal bei der Polizeiweihnachtsfeier-Tombola gewonnen habe.

«Ich bin und bleibe eine absolute Unfrau, eine Persona non dingsbums, die ewige Sünderin. Und ich sag's dir, Henning, die Hubschmitt ist nicht die Einzige, die das so sieht.»

Franziska liegt da leider mit ihrer Einschätzung nicht falsch. Auch ich nehme immer wieder wahr, dass viele Bekannte und Nachbarn ihr aus dem Weg gehen, seit sie nach ihrer gut zweijährigen Haft wieder zurück ist. Man fühlt sich eben verunsichert im Umgang mit einer Totschlägerin. Ach, Totschlag, dieses furchtbare Wort.

Und sie hat den Kerl ja totgeschlagen. Aber es war Notwehr. Notwehr in psychisch labilem Zustand. Punkt. Sie stand neben sich. Vor allem aber wollte Franziska ihre vierzehnjährige Tochter schützen, vor diesem Widerling, der ihr voyeuristisch mit einer Videokamera nachstieg. Allerdings hätte sie ihm im Normalmodus wohl nicht gleich eine Eisenstange über die Rübe gezogen ...

Zunächst brachte Franziska Verständnis für diese Verunsicherung der Leute auf. Immer wieder ging sie auf die Leute zu und suchte das Gespräch. Leider mit wenig Erfolg. Bis heute wird sie gemieden. Eigentlich ging das schon los, als sie mich vor sieben Jahren verließ und eine Weile sang- und klanglos verschwand. Schon das war vielen nicht geheuer. Das macht man einfach nicht, schon gar nicht als Mutter.

Auch wenn ich immer wieder gebetsmühlenartig wiederhole, dass es doch so was von egal sei, was diese Idioten von ihr denken, es kränkt sie trotzdem.

«Weißt du, Henning, *ich* kann mit der Vergangenheit abschließen. Ich tue es Tag für Tag und habe vieles hinter mir gelassen. Ich habe meine Strafe abgesessen. Freiwillig, und ich habe auch nicht umsonst unzählige Stunden in der Therapie gehockt. Ich will nach vorne schauen. Doch diese Leute machen es eigentlich unmöglich.»

«Hallo.»

Babysitterin Anne steht plötzlich picklig, dürr und scheu im Flur. «Kann ich gehen?», zwistelt sie kaum hörbar.

«Oh, hallo, Anne. Entschuldige, klar», stammelt Franziska. «War alles o.k.?»

Anne nickt, bekommt ihr Geld und verschwindet. Anne ist der perfekte Babysitter. Bei ihr war immer «alles ok».

«Lass uns hier wegziehen.»

Jetzt macht Franziska dieses Fass auf. Bitte nicht das schon wieder. Immer dieser Wunsch nach Veränderung. Reicht doch schon, dass ich kein Bulle mehr bin. Jetzt auch noch wegziehen? Ich finde das ein bisschen viel auf einmal. Doch es ist schon länger Thema. Jedenfalls bei Franziska.

Sie hat auf dem Küchenstuhl Platz genommen und schüttet sich ein ernsthaftes Glas Milch ein. Das verheißt nichts Gutes. Denn die Kombination Küche, Milch, Stuhl bedeutet: Sie will reden. Nichts gegen Reden an sich. Reden ist ja weiß Gott nichts

Schlechtes. Schon gar nicht in Beziehungen und erst recht nicht, wenn man so eine Ehegeschichte wie die unsere zu bieten hat. Aber zu häufig reden, vor allem über die ganz großen Lebensthemen, das ist so ... anstrengend. Dass wir uns überhaupt noch freiwillig in dieser Küche gegenübersitzen, das haben wir, muss ich allerdings zugeben, auch dem Reden zu verdanken. Nicht nur, aber auch.

«Das Haus ist doch eh zu teuer für uns. Wenn das so weitergeht, können wir uns das doch bald nicht mehr leisten. Was sollen wir dann noch hier? Oder hängst du wirklich so an Bad Salzhausen?»

«Ja, das tue ich. Wohnen, da, wo andere Sonntagnachmittagsausflüge machen, das war und ist meine Maxime», scherze ich und meine es aber auch ein kleines bisschen ernst.

Franziska lacht. Schon seit einiger Zeit lacht sie wieder über meine dummen Sprüche. Das soll bitte so bleiben.

Dann habe ich Glück. Sie beginnt nicht wieder neu mit diesem Thema und fängt erst recht nicht mit der Diskussion an, ob es nicht spannend sei, *mit anderen «jungen» Eltern ein gemeinsames Wohnprojekt* zu starten. Denn das fände ich so gar nicht spannend.

«Ich guck mal nach Laurin», gähnt Franziska müde über den Tisch und macht sich auf den Weg.

Noch einmal versuche ich es bei Melina und erreiche sie wieder nicht. Festnetz, schießt es mir durchs Hirn. Melinas Wohngemeinschaft hat doch eine Festnetznummer. Einen ganz oldschooligen Festnetzanschluss über die Telekom. Ein Relikt aus der guten alten Zeit. Ich wähle.

«Ja?», nuschelt es durch den Hörer.

«Bröhmann», schmettere ich demonstrativ laut und deutlich, und wie ich so das R in meinem Namen wie ein Schauspieler aus der Vorkriegszeit rolle, klinge ich fast wie mein verstorbener Vater. Es versetzt mir einen kleinen Stich. Das sind die Momente, in denen er mir fehlt. Ohnehin fehlt er mir viel mehr, als ich es zu Lebzeiten jemals erwartet hätte.

«Brrrröhmann», hätte er noch demonstrativer als ich geschmettert. «Kann man nicht mal hergehen und sich anständig mit seinem Namen melden?»

So hätte er meine Gesprächspartnerin, irgendeine junge Frau aus Melinas WG, zurechtgestutzt. Ich hätte mich dann geschämt, falls ich dabei gewesen wäre. Es wäre mir peinlich gewesen. Und jetzt, heute, in diesem Moment, da er nicht mehr da ist, da gebe ich ihm recht. Ich grinse leicht in mich hinein und sage: «Brrrröhmann, kann man nicht mal hergehen und sich anständig mit seinem Namen melden?»

Meine Gesprächspartnerin schweigt.

«Ist Melina Bröhmann zu sprechen?»

Ich warte auf eine Antwort und bin nicht sicher, ob die Mitbewohnerin nicht schon längst aufgelegt hat.

Doch dann höre ich so etwas wie «Mmment» und lausche, wie sie an eine Tür klopft und Melinas Namen ruft.

«Nö.»

«Bitte?»

«Nö, isssnichda.»

«Wären Sie dann bitte so nett und richten ihr aus, dass sie ihren Vater bitte zurückrufen möge, wenn sie wieder nach Hause zurückgekehrt ist», schnarre ich und fuchtele dabei theatralisch mit dem Arm in der Gegend rum.

Franziska steht inzwischen wieder in der Küchentür, legt ihre Stirn in Falten und zeigt mir einen Vogel.

Dann kommt aus dem Hörer: «Sonst haste se aber noch alle, Papa, oder?»

«Melina?»

«Wer sonst?»

«Wie, äh, wo kommst du denn jetzt her?»

«Ich war die ganze Zeit dran.»

«Warum sagst du das denn nicht gleich?»

«Wie denn? Kam ja nicht zu Wort.»

Sie klingt ein klein wenig belustigt, aber noch viel mehr erschöpft und müde.

Kleinlaut und etwas peinlich berührt, frage ich sie, ob bei ihr alles in Ordnung und was genau bei der Kundgebung vorgefallen sei.

«Alles gut», kommt da nur kurz. «Gehört zum Job.»

Franziska fuchtelt derweil mit Nick auf dem Arm in der Luft herum, vermutlich um mir mitzuteilen, das Gespräch laut zu stellen.

«Ich stell dich mal laut», sage ich zu Melina.

Ich sehe förmlich vor mir, wie sie die Augen verdreht.

«Wieso? Ich hab nichts zu sagen», grummelt sie. Frida quengelt im Hintergrund.

«Wie, du hast nichts zu sagen?», ruft Franziska etwas gereizt aus der zweiten Reihe. Ich halte das Telefon in die Luft. «Es gab doch heftige Krawalle und Verletzte. Haben sie grad im Radio gemeldet.»

Melina nuschelt genervt irgendetwas Unverständliches und stöhnt dann laut.

«Mann, das ist mein Job, jetzt entspannt euch mal. Mir geht's wirklich gut. Tschö.»

Also alles gut, denke ich und schnappe mir die immer lauter quäkende Frida.

Frida hat eine Schreistimme, die nicht von dieser Welt ist. Sie klingt nicht nur hell und spitz, sondern vor allem sehr, sehr laut. Durchdringend durch alles, was durchdringbar ist. Schon in den ersten Lebenswochen schmetterte sie mit ihrem Organ durch

Oberhessen. Ich stopfte mir dann häufig hektisch Taschentuchfetzen in die sensiblen Ohren, um nicht mindestens einen Tinnitus zu erleiden oder gleich zu ertauben. Inzwischen bin ich abgestumpft und abgehärtet oder schlicht und ergreifend zu erschöpft, um mir noch was in die Ohren zu stecken.

Ich weiß nicht, ob es am Alter liegt oder nur an meiner mir eigenen Wehleidigkeit, dass mich dieses erste Eltern-Comeback-Jahr so schafft. Nun, es sind schließlich auch zwei. Das ist schon eine ganz andere Nummer. Der anstrengendste Job jedenfalls, den ich jemals hatte.

Erst mit Frida und Nick ist mir klargeworden, wie selten ich bei Melina vor zwanzig Jahren und bei Laurin vor elf Jahren für die Kinder präsent oder gar zuständig war. Richtig zuständig. Nicht zuständig in der Art, nach der Arbeit ein Kind für eine halbe Stunde in die Arme gedrückt zu bekommen und die Befehle der Kindesmutter auszuführen. Erst jetzt habe ich verstanden, was es bedeutet, den kompletten Tag «im Dienst» zu sein. Nicht selten beneide ich Franziska, wenn sie wieder zur Musikschule darf, um Unterricht zu geben.

Ich habe keinen geregelten Job, ich bin so etwas wie ein Hausmann, ein Vollzeitvater. Das mit Nick und Frida bekomme ich hin. Und es gibt mir auch etwas, was auch immer es ist. Doch Energie ist es sicher nicht, was ich bekomme, dafür bin ich zu müde. Und den Haushalt kriege ich so gar nicht auf die Reihe. Wenn Nick und Frida mal beide gleichzeitig schlafen, dann werde ich doch den Teufel tun und die Küche aufräumen oder die Wäsche machen. In dieser Zeit gehöre ich aufs Sofa und gucke eine Folge «The Walking Dead». Der verzweifelte Kampf gegen Zombies hat für mich stets etwas Tröstendes. Es relativiert so erfrischend. Der Kampf gegen Zwillinge ist am Ende nicht ganz so schlimm, wie in einem fort von Untoten bedroht zu werden.

Meistens jedenfalls.

Die Berufsbezeichnung Hausmann ist für mich aber nicht wirklich zutreffend. Den Haushalt macht weiterhin in der Hauptsache Franziska. Oder wir streiten uns darüber, wer von uns beiden wofür zuständig zu sein hat und wer vor allem der Müdere von uns ist. Wir streiten also über Themen wie alle anderen Eltern auch. Das ist das Beste an der Sache. Wir sind ein ganz normales blödes Ehepaar und haben Probleme wie alle anderen.

Seit drei Wochen haben wir das Kinder-ins-Bett-bring-Ritual verändert. Wir wechseln uns ab. Einer macht beide Kinder für die Nacht fertig, der andere kommt dann nur noch zum abschließenden Gutenachtlied-Singen und Küsschengeben. Ein kleines bisschen Freiraum für einen von uns beiden. Franziska nutzt diesen meist, um die Wäsche zusammenzulegen, und ich, na ja, ich tue eben, was ein Mann tun muss. Ich kämpfe gegen Zombies.

Heute ist Franziska dran. Und diesmal gehe ich Geige üben. Am Sonntag habe ich großen Open-Air-Auftritt. Ich schlurfe in mein Arbeitszimmer, spanne den Geigenboden, streiche gewissenhaft das Kolophonium, stimme die Saiten und lege dann los. Von oben ertönt ein lautes «Neiiiiin». Ich öffne die Tür, rufe besorgt die Treppe zu Franziska hinauf: «Ist was passiert?»

Franziska kommt zum Treppengeländer und drückt die Handflächen flehend vor ihrer Brust zusammen: «Bitte, Henning, bitte, bitte, jetzt nicht üben, das ertrag ich jetzt nicht auch noch.»

Ein klein bisschen verständnisvoll und deutlich mehr beleidigt ziehe ich ab, lege die Geige in den Koffer und glotze «The Walking Dead».

Mittwoch, 6. September

Ich klicke mich durch die Nachrichten und kann es immer noch nicht richtig fassen:

Auf den Chef der Olympia-GmbH Bernd Lubricht ist inmitten der Ausschreitungen auf dem Frankfurter Römer geschossen worden. Und vor einer knappen Stunde wurde gemeldet, dass er diesen Schussverletzungen erlegen sei.

Ein Schock. Und mit der Olympia-Bewerbung ist es jetzt wohl Essig.

Bis eben hieß es schlicht, er sei während der Tumulte zusammengebrochen und darauf ins Krankenhaus gebracht worden. Dass ein Schuss fiel, wurde zunächst verschwiegen, um eine Massenpanik zu vermeiden, heißt es.

Nun lese ich, dass der Schuss mitten aus dem wilden Menschenmassengetümmel abgegeben wurde. Unverständlich, dass niemand etwas gesehen und gehört haben soll. Bisher heißt es, der unbekannte Täter sei flüchtig. Es gibt keinen Verdächtigen, nach dem konkret gefahndet wird. Kurz bevor der Schuss fiel, habe es eine starke Rauchentwicklung gegeben. Vermutlich war es deshalb möglich, die Tat ungesehen zu begehen.

Bernd Lubricht, alleinstehend und kinderlos, wurde 54 Jahre alt. Als großer Zampano der Olympia-Bewerbung mischte er seit Jahren einfach überall mit. Politik, Society, Business, Sportfunktionäre, Bürgertum, alle hatte er im Griff. Überall drückte er durch, was er wollte. Er konnte auf Knopfdruck geschliffene Reden halten, die Dinge auf den Punkt bringen und dabei gerne auch etwas populistisch zuspitzen. Das kam bei sehr vielen hervorragend an; bei anderen erzeugte seine Art Brechreiz. Als Unternehmensberater und Lobbyist hatte er ein beträchtliches Vermögen gemacht. Damit und mit seinem prall gefüllten Adressbuch hatte er sich schnell an die Spitze der Olympia-Bewerbung gesetzt. Kaum jemand sonst hielt es nach der gescheiterten Bewerbung von 2003 für sinnvoll, geschweige denn für erfolgversprechend, sich erneut zu bewerben. Der Widerstand aus der Bevölkerung erschien dieses Mal noch höher als beim letzten Mal. Und so war es dann auch. Seit den Demonstrationen der 1980er Jahre gegen den Bau der Startbahn West hatte Frankfurt nicht mehr so heftige Proteste erlebt wie in den letzten Wochen. Und nicht nur die linke Szene und die Umweltverbände begehren auf, auch ein großer Teil der sogenannten bürgerlichen Mitte hat sich allein schon aufgrund der immens hohen Kosten gegen die Bewerbung in Stellung gebracht. Lubricht war das alles egal, er zog sein Ding durch. Gnadenlos, unbeirrt, mitunter auch skrupellos. Den Preis dafür hat er, so scheint es jedenfalls, jetzt bezahlt.

Ich sitze mit Laurin vor dem Fernseher und verfolge die aufgeregte Berichterstattung. Aus den Augenwinkeln und über meinen Geruchssinn nehme ich wahr, dass meinem Sohn und seiner Umwelt ein Haarwaschgang ganz guttäte. Während er gebannt auf den Bildschirm starrt, schaufelt er händeweise Nüsschen in sich hinein.

«Kau nicht so laut», meckere ich. «Man versteht ja kein Wort.»

«Die sagen doch eh immer nur das Gleiche», nuschelt er zurück und kaut weiter.

Ein paar Freunde täten Laurin gut. Zu oft hängt er alleine zu Hause herum. Das Leben draußen langweile ihn, sagt er manchmal. So wie alles. Vor allem die Schule, die langweile ihn besonders. Nie sehe ich ihn für Klassenarbeiten lernen oder lange an Hausaufgaben sitzen, und doch bringt er nur Einsen oder Zweien nach Hause. Ausgerechnet Mathematik, das Fach, an dem ich genauso grandios gescheitert bin wie meine Tochter, fällt ihm kinderleicht.

Auf allen Kanälen wird inzwischen über den Täter spekuliert. Man hält es allgemein für nicht unwahrscheinlich, dass dieser aus der gewaltbereiten autonomen Szene kommt. Manche «Experten» lassen sich schon dazu hinreißen, vom Wiedererwachen eines neuen linksgerichteten Terrorismus zu sprechen.

«Ich geh mal wieder hoch», muffelt Laurin und schält sich vom Sofa.

«Nimm das Glas und die Nüsse mit», fordere ich ihn auf.

«Gleich», gähnt er, und schon jetzt weiß ich, dass dieses «Gleich» niemals Realität werden wird.

Ich würde jetzt unheimlich gerne mit Melina über die Geschehnisse auf dem Römer sprechen, doch dieser Wunsch beruht leider nicht auf Gegenseitigkeit. Ans Telefon geht sie nicht ran. Sie sei zu sehr beschäftigt, mailt sie etwas später, doch ich weiß, sie hat schlicht und ergreifend keine Lust auf Diskussionen mit ihrem nervigen Vater.

Wenn ich ehrlich bin, habe ich mit zwanzig auch nicht unentwegt das Gespräch mit meinem Vater gesucht.

Na gut, die Alarmbereitschaft der Polizei in Frankfurt wurde nach dem Attentat auf Lubricht umgehend verstärkt, Melina hat bestimmt mit zusätzlichen Einsätzen zu rechnen. Da ist es dann doch schon verständlich, dass sie ihre Ruhe braucht. Trotzdem, es wäre nett, sie würde sich mal wieder melden, es muss ja nicht lang sein.

Ich für meine Person jedenfalls bin froh, dass ich kein Polizist mehr bin. Und erst recht froh, dass ich mich um solch wuchtige Dinger wie in Frankfurt gerade nicht kümmern muss.

Ich vermisse nichts, ich fühle mich, das sage ich offen, mit vollgekackten Windeln durchaus ausgelastet.

Sonntag, 10. September

Während in der infernalischen Mainmetropole also die Luft brennt, ist die Welt bei uns in Bad Salzhausen noch voll in Ordnung. Unberührt vom sonstigen Weltgeschehen, steigt auch in diesem Jahr wieder das traditionelle Park- und Lichterfest. Dann erstrahlt dieser sonst eher stillgelegte Stadtteil von Nidda in einem ganz anderen Glanz. Und das im wahrsten Sinne des Wortes. Unmengen von Menschen reisen an, wenn der Park am späten Abend mit unzähligen Kerzen und Lichtlein erleuchtet und am feierlichen Schluss von einem großen Feuerwerk prächtig illuminiert wird. Auch wenn mich Feuerwerke eigentlich langweilen und ich Veranstaltungen mit vielen Menschen in der Regel meide, ist dieses Fest, zu dem von ganz jung bis sehr alt alles, was nicht bei drei auf den Bäumen ist, anreist, selbst für mich alten Miesmacher ein, nun ja, stimmungsvolles Ereignis.

Da in diesem Jahr größere landschaftsgärtnerische Arbeiten verrichtet werden mussten, findet das Fest ausnahmsweise erst jetzt statt, Anfang September.

Und auch sonst ist für mich alles ganz anders. Dieses Mal muss ich arbeiten. Ich musiziere. Und da ich pro Auftritt ein bisschen Geld bekomme, ist es tatsächlich richtig Arbeit.

Mit meinem Geigenkoffer in der Hand steuere ich federnden Schrittes auf die Hauptbühne zu, auf der der Soundcheck für unseren Auftritt am Abend ansteht.

Es ist erst drei, die Parktore wurden soeben offiziell geöffnet, die ersten Familien rücken an, und schon werden in Windeseile unzählige Kinder geschminkt, auf Hüpfburgen geschmissen oder von herumgaukelnden Stelzenläufern bespaßt.

Gleich neben der Hauptbühne beobachte ich «Fridolin», den Jongleur, beim Auspacken seiner Utensilien, der jedes Jahr aufs

Neue vor dem zum Glück unkritischen Kleinkinderpublikum seine Keulen zu Boden fallen lässt.

Hinter der Bühne wurde ein kleines Backstagezelt aufgebaut, in dem unser Catering steht und das zudem als Garderobe dient. Ich drücke wirr auf einem Kaffeebehälter herum, halte einen weißen Plastikbecher drunter und stelle dann fest, dass der Kaffee auf der anderen Seite auf den Zeltboden tropft.

«Du musst hier drunnerhalte», haucht mir Sigi von hinten ins Genick und deutet auf die korrekte Kaffeeausgabeseite. Sigi Wurmsen, ein klein gewachsener, drahtiger Mittvierziger mit Fußballer-O-Beinen, ist so etwas wie der Roadie unserer Band. Er hilft den Ton-und Lichttechnikern beim Auf- und Abbau ihres Equipments und ist außerdem für das Herrichten des Backstagebereiches zuständig. Ich mag ihn nicht sonderlich und gehe ihm meist aus dem Weg.

«Ah, danke», murmle ich und fülle meinen Becher korrekt auf.

«Na, ob dassemal hält», sagt er und blickt sorgenvoll in Richtung Bühnenlichttraverse.

«Das will ich doch hoffen», antworte ich. «Warum soll das denn nicht halten? Ist das nicht der gleiche Aufbau wie jedes Mal?»

«Ei, ich mein dochs Wetter.»

Ach so, das Wetter.

Dann werde ich von einem kollektiven spitzen Mütterschrei aufgeschreckt. «Fridolin» hat sich bei einer waghalsigen Feuerjonglage die Jacke in Brand gesetzt. Ich strecke meinen Hals aus dem Backstagezelt und beobachte das traurige Schauspiel. Die Kinder sind begeistert, Fridolin eher nicht so.

Zurück im Zelt, hänge ich mein hundertprozentiges Polyester-Bühnenhemd an den Kleiderständer, greife dann erst einmal nach einem Stück Käsekuchen und setze mich auf eine Bank. Draußen beginnt es leicht zu nieseln.

Sigi ist noch immer da, ein Salamibrötchen freihändig im Mund, einen Kaffeebecher in der linken Hand.

«Scheibenkleister», meckert er mit vollem Mund. «Jetzt schifft's.»

Er stellt einen Fuß direkt neben mich auf die lehnenfreie Bank. «Na ja, sie ham's ja auch gemeldet.»

«Hmm», mache ich, kaue auf dem drögen Käsekuchen herum und gucke auf seine nackte kräuselig behaarte krampfadrige muskulöse Fußballerwade.

«Böseböse, was da uffm Römer da in Mainhatten passiert ist, oder? Böseböse.»

Ich pflichte ihm bei und bemerke, wie schlimm auch ich es fände, dass Bernd Lubricht erschossen wurde.

«Schlimmschlimm, böseböse. Sache mers doch ganz offe, man ist doch nirgends mehr sischer, ist man net. Net mal mehr im eigenen Land. Was meinste, Henning ...», nun rückt er ganz nah, viel zu nah, an mich heran, «was meinste, warum die noch net mit dem Täter rausgerückt sin? Was meinste, häh?»

«Keine Ahnung, ich meine gar nichts», antworte ich lustlos und packe schon mal langsam meine Geige aus.

Sigi Wurmsen, der auch heute seine beige Allzwecksiebenachtelarbeitshose zu einem verschwitzten gelben Schlabbershirt trägt, lässt nicht von mir ab. «Das war einer von dene. Von dene Bartträger. Von dene Islamiste, weißte, diese Dschidiste.»

«Dschihadisten», korrigiere ich gelangweilt, wissend, was nun gleich folgt.

«Sag isch doch, Dschidschi ... wurscht. War doch nur 'ne Frage der Zeit, wann die hier losleche. Wann die hier ihren Islamischen Staat uffgebaut habbe. Passe ma acht, das dauert net mehr lang, dann wird der erste Deutsche mitte in der Fußgängerzon geköppt.»

«Jetzt mach mal halblang.»

Doch Sigi ist in Rage. Mit seinen aufgerissenen Augen wirkt er wie ein kleiner Junge, der von seiner Mama nicht genügend Aufmerksamkeit geschenkt bekommt.

«Die Politiker da obe, die mache doch nix. Lasse alle rin und wunnern sisch jetzt. Das habbe se von ihrer Muldikulditoleranzdingsbums. Aber wenn man mal saacht, als Normalbürger, was Sache is, also wenn man sisch dagege wehrt, dass man fremd is im eigene Land, dass man net will, dass nur noch Fraue mit Burkatüschern uffm Kopp dursch die Gegend laufe, also wenn man mal sagt, dass man gegen Fremde is, dann is man ja gleisch fremdefeindlisch.»

Sigi, der nicht fremdenfeindliche Fremdenfeind, schwitzt vor Eifer.

«Und natürlisch wird das jetzt verschwiege, wenn das jetzt einer von dene Flüschtlinge war.»

«Wie jetzt?», hake ich nach. «War es jetzt ein Dschihadist oder ein Flüchtling?»

«Was?»

Sigi guckt verwirrt. «Is doch auch wurscht, jedefalls, wenn es einer von dene war, dann wird das wieder schön von unserer gleischgeschaltete Presse runnergespielt.»

Sigi beginnt und beendet seine Wutreden meist mit dem Satz «Das wird man ja wohl mal sage dürfe», ohne zu merken, dass er es a) unentwegt doch tut und b) es vor allem in unserer Demokratie auch darf. Doch heute lasse ich mich auf keine Diskussion ein, sondern spiele von ihm abgewendet stattdessen eine flockige multikulturelle Tonleiter auf meiner Geige.

Zu meiner Erlösung trifft nun unser Schlagzeuger Uli ein, mit dem ich sofort ein Gespräch über den Setablauf beginne, vor allem um Sigi zu signalisieren, dass hier niemand mehr Zeit für seine Ausführungen hat.

«Das wird man ja wohl mal sage dürfe», sagt er und zieht

ab, während Jongleur Fridolin vor mitleidigen Kinderaugen zu zaubern beginnt. Das tut er immer dann, wenn gar nichts mehr geht.

Dann ertönt ein Automotorengeräusch wie ein Tusch. Unser Frontmann und Sänger kommt herangefahren, wie immer so nah an die Bühne wie nur irgend möglich, diesmal sogar quer durch den Park.

Durch die dünne Zeltwand höre ich, wie das Auto zum Stehen kommt.

Jutta Hesswig schält sich aus dem Fahrersitz und checkt wie immer zunächst einmal die Lage, ehe der Star unserer Truppe dem Gefährt entsteigt.

«Taglein zusammen», ruft sie und marschiert in ihrem etwas zu eng anliegenden Hosenanzug forsch in Richtung Bühne. Lange macht das der Stoff um ihren Hintern herum nicht mehr mit, fürchte ich.

Jutta Hesswig möchte so gerne wie eine dreißigjährige, adrette, dynamische Erfolgseventmanagerin wirken, die nach einer aufregenden Zeit in London, Paris und New York, wo sie für viele börsennotierte Unternehmen Messe-Events geplant und durchgeführt hat, nun der Liebe wegen die Schönheit der oberhessischen Provinz entdeckt.

In Wahrheit stammt Hessi, wie sie von ihren feierwütigen Freundinnen gerufen wird, allerdings aus einer Fleischerfamilie aus Mücke-Flensungen, sie ist Anfang fünfzig, gelernte Schneiderin, half bis vor kurzem beim Grebenhainer Partyservice «Lecker feiern & More» aus, lernte vor gut einem Jahr im Nachgang eines Auftrittes unseren Sänger kennen und lieben und ist seitdem seine, nennen wir es ruhig Managerin. Jedenfalls hält sie ihm den Rücken frei, wie sie immer sagt.

«Ooohh ooohh», singt sie teletubbig und zeigt auf die feuchte

Wiese an der seitlichen Bühnentreppe. «Ooohh ohhh», macht sie ein zweites Mal.

Sigi Wurmsen kommt pflichtbewusst herbeigeeilt, als wäre Oooh Oooh sein zweiter Vorname.

«Wieso ist das nass?», fragt die Hessi den Sigi streng und deutet auf die Wiese.

Sigi Wurmsen bläst die Backen auf und sucht nach einer Antwort.

«Was ist, wenn Freddy hier ausrutscht. Wieso ist das nass?», wiederholt sie streng.

«Na ja, äh, es regnet», antwortet Sigi. «Dadursch wird es halt ... äh ... nass. Von oben.»

Jutta Hessi Hesswig nickt ernst und notiert irgendetwas auf der Rückseite des Parkfestprogramms, als würde sie eine Mängelliste erstellen. Punkt 1: Regen. Die Liste wird sie dann am Ende des Konzerts dem Veranstalter vorlegen mit der dringenden Bitte, beim nächsten Mal dafür zu sorgen, dass es bitte nicht zu regnen habe.

Aus gesicherter Entfernung winke ich ihr zu und rufe «Hallo, Hessi».

«Jutta, bitte», korrigiert mich Hessi. Ach ja, ich vergaß, dass sie «im Business», wie sie unsere Dorfgigs bezeichnet, nicht Hessi genannt werden möchte. Und das, obwohl sie sich in ihrem Facebook-Profil sogar «Hessen-Hessi» nannte. Doch das war, bevor sie in den «Managementbereich» eingestiegen ist und sich den Hosenanzug-Look zugelegt hat.

Nachdem nun für den Superstar unserer Band das Feld bestellt scheint, watschelt Hessi gewichtig zum Auto zurück und öffnet wie eine Chauffeurin die Beifahrertür. Ein Cowboystiefel lugt hervor und landet auf dem Boden. Ich winke feixend den Rest der Band herbei, die inzwischen vollzählig eingetroffen ist. Wir stellen uns gemeinsam in den Zelteingang und bekichern, wie jedes Mal, das Schauspiel des Eintreffens unseres Frontmanns und Sängers.

Als müsste sie eine Meute von Tausenden von Fans von der Beifahrertür abhalten, riegelt Hessi mit ausgebreiteten Armen den Raum um das Auto ab. Doch außer Sigi, der bereits die Gitarren aus dem Kofferraum holt, ist niemand da. Hundert Meter weiter steht inzwischen nur noch eine Handvoll Kinder mitsamt Eltern vor dem tapfer kampfzaubernden Fridolin. Vielleicht ist der Regen schuld, dass sich sein Publikum so ausgedünnt hat, vermutlich liegt es aber doch eher an den lauen Tricks, die jeder durchschnittliche Drittklässler aus seinem eigenen Zauberkasten kennt.

«So, Freddy, du kannst jetzt», dröhnt Hessi, und der zweite Cowboystiefel berührt die Prärie von Bad Salzhausen. Mick, unser Gitarrist, und Tom, der Pedal-Steel-Guitar-Spieler, freuen sich jedes Mal diebisch, wenn Hessi ihn Freddy nennt. Denn für uns und eigentlich für alle anderen auch, mit Ausnahme seiner Mutter, die ihn Manfred ruft, heißt er einfach Manni. Manni Kreutzer oder auch Manni «The Cruiser» Kreutzer, wie er sich selbst gerne nennt, der Cowboy von Oberhessen aus Schotten-Rainrod-West.

Manni habe ich kennengelernt, als er vor ein paar Jahren durch Vermittlung meines Vaters ein Praktikum in unserer Polizeidirektion begann, um für seinen Bestseller-Action-Thriller zu recherchieren. Das ging relativ in die Hose, sowohl das Praktikum als auch der Thriller. Danach begann er Countrysongs mit oberhessischen Texten zu schreiben und zu singen und wurde dafür nicht nur von mir stark belächelt. Doch Manni ließ nicht locker. Er blieb hartnäckig dran, spielte in jeder Kneipe im Vogelsberg, zahlte dafür dem jeweiligen Wirt meist eine Entschädigung und ließ sich durch nichts erschüttern. Er lud sich auch nicht selten zu fünfzigsten Geburtstagen von Bekannten ein und spielte dort ungebeten seine Songs. Auch für die Weihnachtsfeier des Grillsportvereins «Die Schotten-Rainroder Schweinebäuche e. V.» engagierte er sich selbst. Ich bewundere so etwas, da mir eine solche Hartnäckigkeit mehr als fremd ist. Eher bin ich dafür bekannt, schon beim geringsten Gegenwind die Waffen zu strecken.

In all der Zeit blieb ich mit Manni in Kontakt, vielmehr er mit mir. Zunächst war es etwas anstrengend, nahezu täglich Anrufe zu erhalten und unangemeldete nächtliche Besuche mit Sixpacks unter dem Arm zu empfangen. Doch Manni ging mir so beharrlich auf die Nerven, dass ich ihn irgendwann wider Willen zu mögen begann.

Und dann passierte das, was außer Manni himself niemand erwartet hatte. Die Leute begannen plötzlich freiwillig zu seinen Soloauftritten zu kommen, und Manni erntete erstmalig in seinem Leben Beifall für etwas, das er anpackte. Irgendwann wurde er nach einem weiteren Soloauftritt im Rudingshainer Post-Saloon von einem heimischen Musiker und Produzenten gehört und gesehen, der in dem, was Manni da Wildes auf der Bühne hinlegte, Potenzial und (unfreiwillige) Komik entdeckte. Der Mann brachte ihn mit Profimusikern aus der Region zusammen und hievte damit die Songs auf ein höheres Niveau. Schnell wurde ein erstes Demo produziert, und seitdem hat Manni Kreutzer tatsächlich seit bald zwei Jahren einen doch ganz netten regionalen Erfolg. Zu seinen Auftritten zwischen Friedberg und Fulda kommen im Schnitt 300 bis 400 Zuschauer, immerhin. Das rechtfertigt natürlich keinesfalls den Bohei, den Manni und vor allem seine «Managerin» rund um seine Auftritte veranstalten. Doch der Zirkus macht die Zusammenarbeit mit Manni erst rund und vor allem für uns Musiker ausgesprochen amüsant.

Wenn ich «wir Musiker» sage, dann ist das eigentlich nicht ganz korrekt, und ich komme mir ein klein wenig wie ein Hochstapler vor. Ich darf mich nicht ernsthaft «Musiker» nennen, schon gar nicht in einem Atemzug mit Uli, Tom, Mick und Maggy. Ich bin es weiß Gott nicht. Ich bin bemüht, und das ist es auch. Als Kind hatte ich ein paar Jahre Geigenunterricht bei einer russischen Studentin. Ich war damals zehn und zum ersten Mal verliebt. Svetlana war die schönste Frau, die ich jemals gesehen hatte. Doch der Altersunterschied war ein nicht zu überbrückendes Hindernis, und so heiratete sie ganz plötzlich, ohne mich um Erlaubnis zu bitten, einen koreanischen Heldentenor, den sie auf der Hochschule kennengelernt hatte. Trotz meines großen Schmerzes hatte ich mir da schon ein recht gutes Fundament angeübt. In der Pubertät ließ ich das Instrument im Schrank und widmete mich anderen Dingen. Als Zwanzigjähriger habe ich die Geige kurz wiederentdeckt und bei Irish-Folk Workshops mitgefidelt. Doch die Kurse waren mir zu langhaarig und zu barfuß, und so verschwand die Geige wieder ein paar Jahre im Keller, bis Manni fragte, ob ich denn nicht einen Country-Fiddler kennen würde. Nach kurzem Zögern brachte ich mich selber ins Spiel und begann mich anhand diverser YouTube-Tutorials dem Country- und Bluegrass-Style anzunähern. Warum auch immer. Eigentlich weiß ich bis heute nicht wirklich, warum ich das getan habe. O. k., ich hatte gerade bei der Polizei gekündigt, suchte träge nach neuen Betätigungsfeldern, da schien mir dies gelegen zu kommen. Und ich spiele auch nicht ganz schlecht, nur verglichen mit den anderen Mitgliedern der Band falle ich doch sehr stark ab und ich bin ja bei manchen schnellen Stücken ein wenig überfordert. Doch als Mensch und Freund, wie mich Manni gerne bezeichnet, scheine ich für ihn so wichtig zu sein, dass er bei den Auftritten auf mich nicht verzichten möchte. Und da ich pro Gig immerhin 250,– bekomme, ist das bei ungefähr 80 Auftritten im Jahr auch kein gänzlich zu vernachlässigender Verdienst. Vor allem dann nicht, wenn man sonst kaum einen anderen Job hat.

«Servus, ihr Leut», ruft Manni uns zu, «da wolle mer mal wieder gugge, wie wo das Hämmerche hängt, gelle?»

Er trägt trotz trüben Regens eine Sonnenbrille, seinen verknitterten Hut und ein rotes Hemd, das er sich wie sein restliches Outfit bei einem Western-Online-Versand bestellt hat. Oder vielmehr von Hessi bestellen ließ, denn mit dem Internet hat Manni so seine Schwierigkeiten. «Ich bin eher so der analoge Typ», sagt er gerne von sich.

Sigi Wurmsen trägt Mannis Gitarre und Tasche ins Zelt, während der auf mich zusteuert. «Na, Henny, mein alter Freund und Kupferverbrecher, wie steh'n die Aktien? Alles fit dahaam? Was mache die kleine Scheißer?»

Ich möchte gerade zu einer Antwort ansetzen, da redet Manni schon weiter. «Puuuh, was bin ich fertig. Das kann sich ja so 'n Normalsterblicher net vervollständige, wie das is, wenn einen die Leut all kenne. Oder spreche mers doch aus, wie's is. Wenn man ein Subberschtar is.»

Das sind die Art Manni-Sätze, die man zunächst für ironisch hält. Doch Manni meint das ernst.

«Da kann ich net mehr so wie du mal logger floggich im Edeka was einkaufe gehe. Da bilde sich ratzfatz Traube von Mensche um ein rundherum. Da kannste Sonnebrille trage, wie de willst, keine Chance, die Leut erkenne mich schon aus tausend Metern Entfernung.»

Ich weise ihn trocken darauf hin, dass er nun doch auch lange genug hier wohne, um von allen in diesem Kaff gekannt zu werden. Das ist aber nicht das, was Manni hören möchte.

«Aber ich will mich net verklage. Denn ohne die einfache Leut, von dene ich vor gar net allzu langer Zeit aach mal einer war, also ohne die wär ich auch immer noch so 'n kleiner Furz ... wie die. Gell, Henning, du kennst mich ja noch von früher, als ich ganz unne war.»

Ich lächle mild, esse inzwischen meinen dritten Käsekuchen und sehe, wie Fridolin traurig und allein seine Utensilien einsammelt und in einen silbern glänzenden Koffer packt.

«Wobei, hier die Leut», setzt Manni wieder an, «die wisse, dass auch ich mal mei Ruh brauch. Vorhin beim Einkaufe, da steh ich so an der Kass, da tut mich einfach keiner anschwätze. Da mache die einfach so ihr Ding, als ob ich gar net da wär. Rührend, wie die da Rücksicht nemme. Das tut mir dann auch leid, ich weiß doch, wie die mit 'nem Autogramm vom Manni bei ihre Freunde angebe könne, oder, Henning?»

«Was?» Ich schrecke aus meinen Gedanken hoch, die überall waren, nur nicht mehr bei Manni Kreutzer.

«Also, pass uff, ich bin dann auf so e jung Frau zugegange, hab mein Edding gezückt und gesacht: Hier, kein Problem, mei Maadche, nur keine falsche Scheu, das könne mer schon mache, auch wenn ich hier grad privatistisch bin. Also frag ich die, wo willste das Autogrämmche hinhabbe? Und jetzt rat mal, was die dann geantwortet hat.»

«Keine Ahnung.»

«Nix. Die is einfach weggegange.»

«Aha.»

«Ich hab ihr noch nachgerufe, sie könnt auch ein Foto mit mir mache, doch zack, da war se auch schon fort.»

Manni blickt mich mit großen Augen an, und in meiner hilflosen Suche nach irgendeinem Satz, der unsere «Unterhaltung» beenden könnte, rutscht mir so etwas wie «Tja, so sind se, die Leute» heraus.

«Jetzt pass acht, das war noch net alles», fährt Manni unbeirrt fort und legt seine Hand auf meine Schulter. «Der Frau an der Kass hab ich dann aach noch ein Autogrämmsche angebote. Doch die hat nur was gefaselt, ich hätt doch bar bezahlt. Unnerschrift bräuscht se nur, wenn ich mit Karte zahle tät. Du merkst, wie seltsam und nervös die Leut wer'n, wenn so en Subberschtar daherkommt.»

Jutta Hesswig naht zur Rettung und unterbricht Mannis Erzählfluss, indem sie dreimal in die Hände klatscht und ruft: «So, ihr Leutchens, Soundcheck. Bitte eweribodi auf die Stage.»

Erst dann bemerkt sie, dass außer mir längst schon alle auf der Bühne sind und mit dem Soundcheck bereits begonnen haben.

Nachdem alle Mikrophone getestet sind und der Sound für gut befunden wurde, räumen wir die Bühne für ein Wetterauer Blasorchester, das gleich vor unserem Auftritt aufspielen wird.

Ich schlendere mit einer Bratwurst bewaffnet noch ein bisschen über den Park und sehe Fridolin einsam und vom Regen durchnässt an einem Biertisch vor drei leeren Bierflaschen sitzen. Ich hocke mich neben ihn und frage: «Na, alles klar?»

Er sagt nur: «Ach, hätt ich doch die Banklehre abgeschlossen.»

Grün: Guten Tag, Frau Bröhmann. Bitte, nehmen Sie doch Platz.

Melina. *(unsicher)* Hmm, ja, vielen Dank.

(Beide schweigen eine Weile)

Melina: *(blickt unruhig durch den Raum)*

Grün: *(lächelt)*

Melina: *(lächelt nicht)*

Grün: Was kann ich für Sie tun, Frau Bröhmann?

Melina: 'ne Freundin von mir hat gesagt, ich soll zu Ihnen gehen.

Grün: *(schweigt)*

Melina: Die lobt Sie in den höchsten Tönen.

Grün: *(etwas verlegen)* Na, das freut mich doch. Nun sind Sie aber hier.

Melina: Hmm.

Grün: Warum sind Sie hier, Frau Bröhmann?

Melina: Wegen meiner Ohren, die gehen immer zu. Und seit neuestem rauscht es links die ganze Zeit. Und mir ist schwindelig. Der Polizeiarzt hat mich zum HNO geschickt, der sagte, das ist mal wieder ein Hörsturz.

(Beide schweigen)

Grün: Sie sagten gerade, «mal wieder» ein Hörsturz.

Melina: Ja, ich kenn das schon. Ich bin da Profi *(lacht)*.

Grün: *(lacht nicht)*

Melina: Ich hatte bestimmt schon sechs oder sieben. Und wie oft mir für ein paar Stunden mal einfach so zwischendurch das Ohr zugeht, kann ich schon gar nicht mehr zählen. Ist auch egal, jeder hat doch irgendeinen Scheiß, oder nicht?

Grün: Hmm.

Melina: Keine Angst, ich bin bestimmt nicht hier, um rumzujammern. Ganz ehrlich, ist nicht so mein Stil.

Grün: Und warum sind Sie hier?

Melina: Damit Sie mir sagen, was ich machen soll, dass dieses beschissene Rauschen endlich weggeht.

Grün: Sie hoffen also auf ein Wundermittel, das ich Ihnen am besten schon gleich heute mitgeben kann?

Melina: Ja, wär nicht schlecht.

(Wieder Schweigen)

Grün: *(nimmt Aufzeichnungen hervor)* In Ihrem Fragebogen haben Sie angegeben, dass Sie am vergangenen Montag im Polizeieinsatz dabei waren, als dieses Attentat passiert ist. Sie schreiben, dass Sie einen Tritt abbekommen hätten und kurz ohnmächtig gewesen seien.

Melina: *(nickt)*

Grün: Das stelle ich mir schlimm vor.

Melina: *(zuckt mit den Schultern)* Ist mein Job. Gehört halt dazu.

Grün: Und seitdem haben Sie diese Schwindelgefühle und das Rauschen?

Melina: *(nickt)* Der Arzt sagt, das ist so was wie Posttraumastressdingsbums. Der Schwindel geht in den nächsten Tagen wohl wieder weg. Von alleine.

Grün: Das wünsche ich Ihnen.

(Wieder Schweigen)

Melina: *(leise)* Das Rauschen hoffentlich auch.

Grün: *(nickt und blickt Melina lange an. Sie schaut auf den Boden)* Ich stelle mir das schlimm vor, niedergetreten zu werden.

Melina: Wie gesagt, gehört dazu. Shit happens. Das ist der Job. Punkt. Sonst hätte ich ja auch was anderes machen können.

Grün: Wollen Sie von vorgestern erzählen?

Melina: Hmm ... weiß nicht. Mir wäre es eigentlich lieber, wenn

Sie mir erzählen, was ich machen soll, damit ich wieder fit werde.

Grün: Ich glaube, ich kann Ihnen nur helfen, wenn Sie mir erlauben, Sie ein wenig kennenzulernen.

Melina: O. k. … *(denkt eine Weile nach)* Eigentlich schien die Situation unter Kontrolle. Lubricht hat geredet, wir standen in einer Reihe und haben alles gesichert. Dann warf irgend so ein Idiot wie aus dem Nichts einen Feuerwerkskörper oder so in Richtung Bühne, und dann ging alles drunter und drüber. Außer Kontrolle. Die Demonstranten stürmten in Richtung Bühne, von weiter hinten flogen Steine, wir versuchten, uns zu wehren. Man sah aber nix, durch den Rauch von diesem Feuerwerkdings. Irgendwann bin ich gestürzt, ich weiß nicht mehr, warum, und dann kam wohl der Tritt gegen meinen Kopf, ich weiß auch nicht. Ich kann mich nicht mehr erinnern. Jedenfalls war ich kurz weg. Weiß gar nicht, wie lang. Ein Kollege hat mich wohl zum Sani getragen. Doch die rannten dann alle zur Bühne, denn da lag ja der Lubricht.

Grün: Der Olympiafunktionär, auf den geschossen wurde?

Melina: *(nickt, reibt sich dann kurz mit der Hand das linke Ohr)*

Grün: Alles in Ordnung?

Melina: Das Scheißohr.

Grün: *(nickt mitfühlend)*

Melina: *(laut)* Was soll ich denn verdammte Scheiße nun machen? … Sorry, ich bin grad so ’n bisschen neben der Spur …

Grün: Ist schon in Ordnung. Sie wollen einen Ratschlag von mir, was Sie nun machen könnten?

Melina: Ja.

Grün: Kommen Sie am kommenden Mittwoch wieder. Da habe ich einen Termin frei.

Melina: *(denkt nach)* Aber wir machen hier keine Therapie oder so was in der Art.

Grün: Nennen Sie es, wie Sie wollen.

Melina: Wir reden nur ein bisschen.

Grün: O. k., wir reden nur ein bisschen.

Melina: Gut, ich überleg's mir.

Der Auftritt war feucht, aber gut. Manni gab wie immer alles, er machte keine Verwandten, wie er immer gerne sagt, sprang über die Bühne wie ein junges Reh und schaffte es, dass trotz des Dauerregens niemand nach Hause ging, bevor der allerletzte Ton gespielt wurde. Besonders brodelte die Stimmung, als er seinen Wetter-Song trällerte:

Ich zieh bei Wind und Wetter los
mit meiner Funktionsunnerhos.
Die Mädche von der Nachbarranch,
die gugge wuschig zu.
An mir prallt der Hagel ab,
isch trag für solche Fäll 'ne Kapp.
Kein Wetter bringt
den Manni aus der Ruh.

Auch wenn ich, wie so oft, bei einigen meiner Fiddle-Licks mit Intonationsschwierigkeiten zu kämpfen hatte, schlurfe ich zufrieden und sogar ein bisschen beseelt nach einem letzten Feierabendbier mit meinen Musikerkollegen die Liebigstraße hinauf. Noch ein paar Manni-Weisen pfeifend, hoffe ich, dass Franziska nicht schon gleich im Flur auf mich wartet und mir ein schreiendes Zwillingskind aufs Auge drückt. Eine ruhige Nacht käme mir eindeutig mehr gelegen. Ein letztes Feierabendbier alleine auf dem Wohnzimmersofa auch.

Was ich dafür aber so gar nicht gebrauchen kann, ist der berühmt-berüchtigte «Es ist was passiert»-Blick meiner Ehefrau.

Vor diesem Blick habe ich förmlich Angst.

Erstmalig sah ich ihn, als Franziska mir vor sieben Jahren am Faschingssonntag mitteilte, dass sie nun fortginge. Nicht einkaufen oder Kaffee trinken, sondern so richtig fort.

Ganz ähnlich guckte sie drein, als sie beschloss, sich freiwillig der Justiz zu stellen und ins Gefängnis zu gehen. Ich will damit nur sagen, meine Ängste vor diesen Franziska-Blicken sind durchaus berechtigt.

Manche Ehen leiden darunter, dass nach vielen gemeinsamen Jahren alles in den ewig gleichen Bahnen vor sich hingleitet und trübe Langeweile aufkommt. Unter diesem Problem leide ich bei Franziska nicht. Na gut, dass sie vor knapp zwei Jahren noch einmal mit Zwillingen schwanger wurde, dafür kann ich sie nicht alleine verantwortlich machen.

Jetzt steht sie in Hauspantoffeln, Jogginghose und einem sogenannten Schlabberpulli im Hausflur. Sie scheint schon länger auf mich zu warten.

Ich tropfe noch ein bisschen aus meiner Regenjacke, stelle den Geigenkoffer auf die Seite und ziehe die Kapuze vom Kopf.

«Es tropft», sagt Franziska.

«Ja, ich weiß», antworte ich und rutsche mit dem Fuß auf der kleinen Wasserlache am Boden herum. «Ich mach's gleich trocken.»

«Nein, nicht hier», bringt Franziska nun tonlos hervor. «Oben.»

«Es wäre hilfreich, wenn du mal in ganzen Sätzen sprechen würdest», meckere ich. In überfordernden Situationen neigt Franziska zu Einsilbigkeit. Wenn zum Beispiel in der Nacht eines der Kinder zum fünften Mal schreit, stößt sie mich von der Seite an und sagt so etwas wie: «Frida. Wach. Du.»

Nicht immer ist mir dann auf Anhieb klar, was sie will.

So wie jetzt.

«Komm mit», sagt sie schließlich sehr ernst und zieht mich an der Hand die Treppe hinauf. Sie führt mich ins kleine Zwillingsschlafzimmer.

Doch die Betten sind verschwunden, samt Frida und Nick.

O Gott, was ist passiert? Wo sind meine Kinder? Entführt? Oder hat Franziska eine Psychose erlitten und die Kinder in der Badewanne ertränkt? Was denke ich da eigentlich? Ich blicke zu Franziska und sehe einen Zeigefinger, der auf die Dachschräge zeigt. Dort tropft es. Wie sie gesagt hat. Pitsch macht es, und auch patsch, direkt in einen Eimer, den Franziska dort wohl positioniert hat.

«Oje», sage ich.

«Aber hallo, oje», sagt Franziska.

Immer noch besser als entführte oder ermordete Kinder. Die beiden schlafen höchst lebendig in unserem Schlafzimmer.

«Da müssen wir dringend was machen», sage ich mit beiden Händen in der Tasche.

«Ja, das müssen wir.»

Ich nicke ungefähr eine Minute lang, völlig ratlos, was man macht, wenn es durch das Dach regnet. Einen Eimer drunterstellen war jedenfalls schon mal nicht ganz verkehrt.

Pitsch patsch.

Montag, 11. September

Ein Dachschaden dieser Art ist wirklich schlimm, vor allem wenn man gerade finanziell etwas unpässlich ist und nicht so mir nichts, dir nichts eine Dachdeckerfirma beauftragen kann.

Die Versicherung wird nichts zahlen. Der Schaden ist ja nicht durch einen Sturm entstanden, sondern schlicht dadurch, dass der Dachstuhl alt und marode ist.

Noch schlimmer ist allerdings, dass stattdessen am nächsten

Morgen Ingo Gitterbruck in meinem Haus steht. Franziska hat ihn gleich in aller Herrgottsfrühe angerufen, und eine Viertelstunde später war er dann auch schon da. Ingo Gitterbruck kann nämlich alles. Zumindest ist dies das Konzept seiner Ein-Mann-Firma, mit der er sich vor drei Jahren selbständig gemacht hat: *«Hausaround» – Reparaturen und Sanierungen alles in und ums Haus – der Ingo macht's.*

So tönt er grammatikalisch nicht ganz sattelfest auf seiner Homepage. Entrümpelungen, Umzüge, Gartenarbeit und Web-Design gehören ebenfalls zu seinem Angebot.

Ingo Gitterbruck kann also alles. Nur einen Nachteil hat er, der Ingo, er ist der Exfreund meiner Frau. Ist zwar schon ein paar Jährchen her, genau genommen sind es über zwanzig, doch so, wie er Franziska gerade umsäuselt, scheint diese Zeit jedenfalls für ihn noch immer nicht ganz abgehakt. Ingo war mein direkter Vorgänger und ich wiederum seiner. Franziska war nämlich meine erste Freundin, dann gingen wir ein paar Jahre getrennte Wege, bis wir schlussendlich wieder zueinander fanden.

Natürlich bin ich nicht eifersüchtig. Wäre ja lächerlich, nach so langer Zeit. Also bitte!

Nur dieser eine Satz, den Franziska damals über Ingo einmal aussprach, der spukt mir jetzt gerade wieder in meinem Kopf herum, während der drahtige Ingo mit fachmännischer Miene an der feuchten Dachschräge herumklopft. Wie sagte Franziska damals: «Wahnsinn, was der Ingo alles mit seinen Händen kann.»

Ich habe nie nachgefragt, was sie damit genau meinte.

«Hmm», macht Ingo, während ich auf seine Finger starre. «Puhh.» Dann wieder «Hmm».

«Kann ich so schlecht sagen, was genau los ist. Da müsste ich mal richtig nach oben, mir den Dachstuhl angucken. Ist dir beim Wintercheck nichts aufgefallen, Henning?»

«Beim was?», schrecke ich aus meinen Gedanken hoch, die

noch immer um Ingos Hände kreisen. «Nee, da ist mir nix aufgefallen», antworte ich hastig.

Franziska schnaubt verächtlich durch die Nase. Einen Wintercheck habe ich natürlich noch nie gemacht. Ich weiß gar nicht, was das ist. Ich wüsste gar nicht, was, wie, wo und weshalb wer gecheckt werden sollte. Ich bekomme ja noch nicht einmal eine Glühbirne in eine Lampe.

«Hmm.» Ingo kratzt sich an seiner blondgrauen Stoppelhaarfrisur. «Und ... Blei liegt vernünftig am Schornstein an, oder?»

Ich weiche seinem Blick aus und sehe stattdessen zu Franziska, deren Augen zu sagen scheinen: «Henning, du weißt doch nicht mal, was ein Schornstein ist. Und mit deinen linkischen Händen hast du auch noch nie was hinbekommen. In *keiner* Hinsicht.»

Danach höre ich noch irgendetwas von Moosbewuchs und Abgasrohren.

Da zucke ich einfach mit den Schultern und traue mich endlich, «Keine Ahnung» zu antworten.

«Und ob die Lüfterpfannen richtig sitzen, hast du wahrscheinlich auch nicht überprüft?»

Machen wir uns nichts vor. Ingo genießt das hier gerade. Sehr.

«Spar dir diese Fragen», schaltet sich Franziska ein und berührt zu allem Überfluss mit ihrer Hand seinen sehnigen Arm. Er lässt sich nicht lumpen und erwidert sofort die Berührung.

«Henning ist nicht gerade ein Profi, vorsichtig formuliert», legt Franziska nach. Dann lächeln sie beide und sind ein Team, das sich in dieser Sekunde gegen mich verschworen hat.

Gut, dass ich nicht eifersüchtig bin, sonst würde ich gleich sagen: Nimm deine widerlichen Griffel von meiner Frau, sonst haue ich dir deinen blöden Handwerkerkoffer auf die Birne. Nein, ich bleibe Herr meiner Sinne, denn ich weiß: Wir sind auf Ingo Gitterbruck verdammt angewiesen. Denn keiner kann uns nun so schnell und billig helfen. Und da Ingo sichtlich noch immer meiner Frau verfallen ist, wird er uns bestimmt einen besonders guten Preis machen. Jedenfalls, solange ich mich zurückhalte.

Natürlich ist mir auch klar, dass dieser günstige Preis teuer bezahlt werden muss. Ingo wird alles tun, dass Franziska ihm keine Sekunde von der Seite weicht. Er hilft uns gerne, aber dann bitte auch mit Publikum Er wird die Dinge nicht einfach tun, sondern er möchte direkte Bewunderung ernten und zudem unentwegt jeden Arbeitsschritt kommentieren. So erfährt Franziska erst einmal alles über Dachlatten, Unterspannbahnen und Konterlattungen.

Ich kümmere mich da lieber um die Kinder.

Eine Stunde später, nachdem Ingo genug mit Franziska dauerredend durch unseren Dachstuhl geturnt ist, versammeln wir uns zu einer Tasse Kaffee um unseren Küchentisch. Denn der große Meister mit den wahnsinnigen Händen macht den Anschein, als habe er eine Diagnose zu verkünden.

«Also, ich hab mir die Sache jetzt mal ganz genau angeguckt», beginnt er und zieht seine Stirn in gewichtige Falten. Ich kann mir vorstellen, was du dir ganz genau angeguckt hast, während du mit Franziska da oben warst, denke ich und nehme mir vor, diese kindischen Gedanken nun endlich sein zu lassen.

«Ich weiß nicht, wo ich anfangen soll. Sagen wir mal so, blöd wäre es nicht gewesen, wenn ihr euer Dach ein bisschen mehr in Schuss gehalten oder gepflegt hättet. Aber, so what, hätte hätte Fahrradkette. Nun ist leider das Kindchen ein bissel in den Brunnen gefallen. Kann ich was von dem Kuchen da?»

Er deutet auf ein Stück, das verpackt neben dem Kühlschrank auf der Ablagefläche liegt.

«Ja, klar», antwortet Franziska und serviert ihm das letzte

Stück des Kirschstreuselkuchens, auf das ich mich schon so gefreut hatte. Ingo steckt sich eine Ecke in den Mund und redet kauend weiter:

«Also, es sieht ganz danach aus, als ob euer Dach undicht geworden wäre, weil das Gebälk defekt ist.» Als er beim Wort defekt den Buchstaben F erreicht, schießt ein Streuselbrösel fröhlich durch die Küche direkt auf Franziskas Lippe. Franziska scheint das nicht bemerkt zu haben, jedenfalls macht sie keine Anstalten, den ekligen Brösel wegzuwischen. Ich starre dorthin, ähnlich wie Evelyn Hamann auf Loriots berühmte Nudel im Gesicht. Spuck-Brösel-Ingo fährt fort.

«Tja, und nun ist leider im Laufe der Zeit Wasser in das Holz gesickert, da hat sich bereits Fäulnis gebildet. Und weil die Dachbalken betroffen sind, puuh, ist das kein Spaß.»

«Und was bedeutet das?», frage ich besorgt und halte es nicht mehr aus. Ich schnipse mit meinem Finger den Brösel von Franziskas Oberlippe und ernte dafür einen giftigen Blick von ihr.

«Das bedeutet, dass das kein Zuckerschlecken ist», antwortet Ingo und kratzt sich die Wange.

«Und was bedeutet *das*?»

«Na ja, dass das kein Kindergeburtstag ist.»

Franziska bemerkt, dass ich langsam den Humor angesichts der Gesamtsituation zu verlieren scheine und unruhig auf meinem Stuhl hin und her rutsche. Sie legt ihre Hand auf meine und übernimmt die Gesprächsführung.

«Was ist denn konkret zu tun?», fragt sie.

«Der Dachstuhl muss komplett erneuert werden. Habt ihr noch so ein Stück Kuchen?»

«NEIN», entfährt es mir etwas zu laut.

«War ja nur 'ne Frage. Vielleicht was anderes? Brot oder so, ich bin ja noch nicht zum Frühstücken gekommen und unterzuckert. Ihr habt mich ja schon so früh aus dem Bett geklingelt.»

Ich atme tief durch, stehe auf, stecke wortlos zwei Toasts in den Toaster und krame Butter, Käse und Schinken aus dem Kühlschrank.

«Also, der Dachstuhl muss komplett erneuert werden», wiederholt Franziska, während Ingos Blick versonnen auf ihren Brüsten ruht und er sich mit der Zunge die Kuchenreste aus den Zahnlücken kratzt.

«Wie teuer ist so was?»

Nachdenklich wackelt er mit seinem Kopf hin und her. «Schwer zu sagen, kommt drauf an.»

«Nur so ungefähr.» Auch Franziska scheint so langsam die Geduld zu verlieren.

Nun schnalzt Ingo nachdenklich und laut mit der Zunge. «Um was Genaues sagen zu können, müsste ich es mir noch mal genauer angucken. Vielleicht können wir gleich noch mal zusammen ...»

«Nein», unterbrechen der Toaster und ich ihn gleichzeitig. Du gehst ganz bestimmt nicht noch einmal mit meiner Frau auf den Dachboden. Du isst jetzt deine blöden Toasts, und dann gehst du schön nach Hause. Selbst wenn unser Dach gleich wegfliegen würde. Wozu braucht man schon ein Dach? Dächer werden völlig überschätzt.

«Hör zu», sagt Franziska nun ruhig. «Wir müssen es nur so ganz grob wissen. Gar nicht genau. Wir brauchen nur was ganz Ungefähres, damit wir wissen, worum es hier geht. Also, was kann uns das am Ende kosten?»

Nun lacht er laut auf. Ich bappe ihm wütend zwei Käsescheiben auf die ungebutterten Scheiben und schiebe ihm den Teller hin.

«Gegenfrage», sagt er. «Was kostet ein Auto?»

Franziska und ich schweigen nun beide und sehen uns resigniert an.

«Seht ihr», fährt Ingo mit einem Toast im Mund fort. «Die Frage kann man auch nicht so einfach beantworten. Da kommt es eben auch drauf an. Aber wenn ihr mal 'ne Hausnummer hören wollt ...»

«Jaaaa», schreien Franziska und ich gleichzeitig.

«Also, wenn das ein Dachdecker macht, mit allem Pipapo, dann biste mit irgendwas zwischen 20 und 30 dabei.»

«Tausend?», kreische ich.

«Na, zwanzighundert bestimmt nicht. Kann ich noch von der Salami?»

«Und wenn das kein Fachbetrieb macht, sondern du?»

Noch bevor Franziska die Frage zu Ende gestellt hat, schwant ihr schon Schlimmstes.

«Bin ich kein Fachbetrieb, oder wie?», fragt Ingo und kaut beleidigt auf der Zusatzsalamischeibe herum.

«Doch, natürlich», beschwichtigt Franziska gleich.

«Bin ich also kein Fachbetrieb?», wiederholt er. «Interessant, interessant. Und wer bin ich dann? Ich bin dann der Himbeertoni, oder was?»

Genau der bist du, denke ich.

«Nein, ich meinte halt einen reinen Dachdeckerfachbetrieb. Du, Ingo, kannst doch schließlich noch viel mehr», versucht ihn Franziska zu besänftigen.

Ich gucke wieder auf seine Hände.

«Na ja, in gewisser Weise hast du da ja nicht ganz unrecht.»

Wieder versucht es Franziska mit der präzisen Frage, wie viel er für solch eine Arbeit berechnen würde.

«Na, bei so 'ner großen Sache», antwortet er. «Da weiß ich nicht, ob ich das kann. Hmm, weiß nicht ... das ist schon 'ne Riesengeschichte, die euch da bevorsteht.»

«Ich dachte, du kannst alles», entfährt es mir immer noch im Hintergrund stehend aus der Kühlschrankecke.

«Ja, ist auch so. Ich könnt's auch probieren. Aber ich kann für nichts garantieren.»

Ich auch nicht, mein lieber Ingo Gitterbruck, ich auch nicht.

Machen wir es nun kurz. Gleich am nächsten Morgen ließen wir einen Dachdeckerfachbetrieb unseren Dachschaden begutachten. Es gibt nun keinen Zweifel mehr: Der komplette Dachstuhl muss erneuert werden. Und zwar schnell, für etwa 25 000 Euro. Untertrieben gesagt, haben wir nun ein Problem, denn wir mögen vieles haben, nur eines sicher nicht: 25 000 Euro.

Ronald: Hi, ich bin's.

Melina: Oh, hallo, Ron.

Ron: Wollt mal hören, wie's dir geht.

Melina: Danke, geht so.

Ron: Brauchste irgendwas? Kann ich dir irgendwie ...

Melina: Nein, Ron, ich hab dir doch schon gestern gesagt, ich melde mich, wenn ich was brauche.

Ron: Was machst du so?

Melina: Ich ruh mich aus.

Ron: Gut.

Melina: Ja, gut. So, Ron, ich würde jetzt gerne ...

Ron: Ist schon krass, was wir in unserem Job immer aushalten müssen.

Melina: Es hat uns ja keiner gezwungen ...

Ron: Trotzdem, was du jetzt durchmachen musst ...

Melina: Es ist schon o.k., Ron, ehrlich.

Ron: Versteh mich nicht falsch, aber dass du dich mit diesen Typen rumtreibst! Das sind die gleichen, die dir das angetan haben ...

Melina: Ron, du nervst. Leg mal 'ne andere Platte auf.

Ron: Entschuldigung.

Melina: Also, Ron, bis dann, trotzdem danke für deinen Anruf.

Ron: *(schweigt)*

Melina: Ron?

Ron: Ja.

Melina: Bist du jetzt beleidigt, oder was ist los?

Ron: Nein. Ich mach mir halt einfach Sorgen um dich. Sorry, dass ich dich mag.

Melina: Ach, Ron ...

Ron: Ich will einfach für dich da sein. Ich ...
Melina: Ja, ich weiß, danke. Bis dann.
Ron: Tschüs, ich meld mich wieder.

Dienstag, 12. September

Der neue Kindersitz ist zwar viel größer, schöner, sicherer und teurer, doch Frida scheint dies nicht würdigen zu können. Sie schreit.

Schon während der gut zwanzig Minuten, die ich benötigte, um das Anschnallkonzept zu durchschauen, machte sie in offenbar böser Vorahnung ihren Unmut lautstark deutlich. Sie müsse sich halt erst daran gewöhnen, meinte Franziska. Wir hätten das Ding doch schon zwei Wochen, entgegnete ich. Manchmal dauere es eben länger.

Gut reden hat sie, meine Frau, denn während mein Ohr abzufallen droht, vergnügt sie sich entspannt in der Musikschule. Dann soll sie bitte nur nicht wieder heute Abend zu lamentieren anfangen, wie schwierig es sei, lustlosen Pubertierenden Klavier beizubringen. Das ist überhaupt nicht schwierig. Das hier ist schwierig. Denn Frida schreit inzwischen nicht mehr nur bloß, sie kreischt. Und zwar so laut, dass mal wieder ganz Bad Salzhausen weiß: Ah, der Herr Bröhmann will sein wehrloses armes kleines Zwillingstöchterchen in diesen schrecklichen Kindersitz pressen.

Frau Hubschmitt, unsere Nachbarin, steht natürlich längst auf ihrem Balkon und meint, mir gut gemeinte Tipps geben zu müssen, die ich souverän ignoriere. Ich kann sie auch gar nicht verstehen. Dafür schreit Frida einfach zu laut.

«Guck mal, Frida», rede ich auf sie ein und fummele immer hektischer an der Anschnallschnalle herum. «So blöd ist der doch gar nicht, der Kindersitz. Nein, ganz im Gegenteil, das ist der allerbeste, der allerteuerste, und du wirst den jetzt auch toll finden. Dafür hat dein Papa nämlich drei Tage lang alles im Internet über Kindersitze durchgelesen, dafür war er in jedem beschissenen Elternforum, hat alle Erfahrungsberichte und Mütter-Blogs durchgeackert, und vor allem hat er scheiß viel Geld ausgegeben. Jaaa, Geld, das er eigentlich gar nicht hat und jetzt für dieses bekackte Dach da hinten bräuchte.»

Ich blicke in ein Kindergesicht, das einen ähnlichen Ausdruck hat wie Edvard Munchs «Der Schrei».

Gott sei Dank findet Nick das alles eher amüsant. Er hat bereits ins seinem Sitz Platz genommen, dem Sitz, in dem schon Laurin seinerzeit saß. Nick beobachtet ruhig und entspannt, wie Berlusconi in den Nachbargarten scheißt.

«Mann, was'n hier los?»

Laurin hat sich von Fridas Geschrei von seinem Computer wegtreiben lassen. Hat diese Nummer hier doch also auch ihr Gutes.

«Ich krieg das scheiß Ding hier nicht zu», fluche ich. Ich schwitze inzwischen wie verrückt.

Mit beiden Händen in den Taschen nuschelt Laurin: «Du machst das ja auch völlig falsch.»

Ich atme tief aus und fühle mich durchaus in der Lage, einen Doppelmord an der Hälfte meiner Kinder durchzuführen.

«Lass mich ma.»

Ich gehe zur Seite.

«Du musst die linke Seite erst unten durchführen und dann das Ende hier einrasten lassen. Is doch total einfach.»

Frida ist angeschnallt und schweigt beeindruckt.

Ich nuschle ein kaum verständliches «Danke», springe ans Steuer und mache mich auf den Weg nach Rudingshain, zu meiner Mutter.

Es dauert keine zwei Minuten, dann schreit Frida wieder. Und diesmal macht auch Nick endlich mit.

«Junge, was ist denn mit dir los?», begrüßt mich meine Mutter. «Nichts gegen Emanzipation, aber mit kleinen Kindern klarkommen, das kriegt ihr Männer einfach nicht richtig hin. Mein Gott, du siehst ja furchtbar aus.»

«Hallo, Mutter, ich freue mich auch, dich zu sehen.»

Ich baue meine Kinder aus den Sitzen aus und führe sie, eins links, eins rechts an der Hand, in mein Elternhaus. Meine Mutter trägt die Tasche mit Wasserfläschchen, Spielsachen und Bilderbüchlein.

«Wenn dein Vater sich mal um euch kümmern sollte, mein Gott, das ging auch immer in die Hose», sagt sie und lacht dazu etwas überdreht. «Du weißt, ich bin eine moderne Frau, aber ihr Männer müsst nicht immer alles besser können. Es gibt Bereiche, da sind wir Frauen einfach geeigneter für.»

«Vielleicht könntest du mir dann mal helfen, Nick die Jacke auszuziehen. Das müsstest du doch schließlich als Frau viel besser können als ich», knottere ich patzig.

«Ach, da brauchst du doch nicht gleich beleidigt zu sein, Junge. Wie dein Vater. Dein Vater schmollte auch immer gleich herum, wenn man ihm seine Grenzen aufzeigte.»

Kichernd geht meine Mutter in die Küche, um einen Kaffee aufzusetzen. Ich ziehe Nick die Jacke aus.

Zu seinen Lebzeiten hatte ich mich eher selten mit meinem Vater solidarisiert. Jetzt funktioniert das gerade sehr gut.

Zwei Jahre ist es nun schon her, dass er völlig ohne Vorwarnung auf dem Weg vom Wohnzimmer zum Bad zusammenbrach. Schlaganfall. Meine Mutter rief den Rettungswagen, doch schon auf dem Weg zum Krankenhaus starb er. Einfach so, ohne Verabschiedung, ohne weise Worte, die er seiner Frau oder seinen Kindern und Enkeln noch mit auf den Weg hätte geben können. So etwas «Gefühlsduseliges» wäre ihm ohnehin zuwider gewesen. So gesehen passt dieser schnelle, wortlose, unpathetische

Tod ganz gut zu ihm. Für meine Mutter allerdings war das ein massiver Schlag, an dem sie, auch wenn sie es niemals zugeben würde, noch heute schwer zu tragen hat. Sosehr ihr mein Vater in all den Jahren mit seiner besserwisserischen, autoritären, altklugen Art auf die Nerven gegangen ist, so sehr fehlt ihr nun genau das.

«Dein Vater würde nicht wollen, dass ich hier weinerlich wie eine olle Witwe rumsitze», sagte sie am Tag der Beerdigung. Sie weinte an dem Tag keine öffentliche Träne. Ich dagegen heulte für sie mit und empfand eine Trauer, die ich niemals für möglich gehalten hätte.

Mein Vater war gerade so unter der Erde, da schlüpfte meine Mutter in eine hautenge gelbe wasserfeste Sport-Leggins, zog dazu pink leuchtende Joggingschuhe an und rannte ohne jedes Training durch den Rudingshainer Oberwald auf den Hoherodskopf.

An diesem Nachmittag höre ich mir zunächst einmal eine halbe Stunde lang ihre Geschichten an, ehe ich die Frage stelle, deretwegen ich da bin.

«Mutter, mh, könntest du uns ein bisschen, mh, aushelfen? Wir brauchen dringend Geld.»

Für ein paar Sekunden ist es, zum ersten Mal, seit ich hier bin, ganz still. Ein schönes Geräusch. «Warte.» Dann steht sie auf und verlässt das Wohnzimmer.

Ich warte.

Frida und Nick laufen simultan rot an und bekacken ihre Windeln, da kommt meine Mutter auch schon wieder herein. In der Hand hat sie ihr Portemonnaie. «Wie viel brauchst du denn?»

«Äh, nicht so, Mutter. Ich mein das nicht so kleingeldmäßig. Bei uns regnet's rein. Wir müssen das Dach erneuern. Und das kostet 25 000 Euro.»

Meine Mutter steckt den Fünfzigeuroschein wieder zurück in ihren Geldbeutel.

«Huihuihui», sagt sie dann, und ich weiß nicht, ob dies die Reaktion auf das undichte Dach oder Nicks undichte Windel ist. Aus der nämlich quillt es inzwischen seitlich braun heraus.

«Oje, was macht ihr nur für Sachen, Kinder ...»

Schon jetzt bereue ich, dass ich sie gefragt habe.

«Ich meine das auch eher so als zinslosen Kredit», sage ich rot werdend. «Ich zahle das natürlich wieder zurück, wenn wir, na ja ... äh, also wenn's mal wieder besser läuft. Finanziell.»

Sie lässt mich zappeln, keine Frage.

«Ach, darum geht's doch nicht, Henning», sagt sie und tätschelt mir die Hand. «Ich helfe euch ja immer gerne, das weißt du doch, nur, ich habe so viel Geld im Moment nicht. Also nicht mehr ... ich habe gerade investiert.»

«Ach so», sage ich tonlos. «Investiert.»

«Ja, zusammen mit Doris und Tante Gunhild. In ein eigenes kleines Theater.»

«In ein eigenes Theater?»

«Jaaa», antwortet sie euphorisch. «Nur ein ganz kleines Theater. 60 Plätze soll es mal haben. Da können wir dann eigene Stücke spielen und auch Gastspiele organisieren und und und. Ach, wir haben so viele Ideen. Du wirst es auch lieben, Henning, wenn es fertig ist. Vielleicht kannst du dann mit deinem Manni da mal auftreten? Warum denn nicht? Und vor allem wirst du das dann ja auch mal erben. Und ich sag's dir, wenn es fertig ist, wird das auch richtig was abwerfen.»

Ich nicke verzagt und frage, wann es denn fertig sei.

«Na ja, das dauert noch eine Weile. Es muss halt noch einiges gemacht werden.»

«Und wo ist dieses Theater?», frage ich und stelle gleichzeitig erschrocken fest, dass ich die Wechselwindeln zu Hause vergessen habe. «Ich wusste gar nicht, dass es hier bei uns in der Gegend so ein kleines verstecktes Kleintheater gibt.»

«Kannst du auch nicht wissen. Es wird ja auch erst eins. Im Moment ist es nur der alte Kartoffelkeller bei Doris im Haus.»

«Der alte …»

«Der ist wie gemacht dafür, Junge. Wir müssen halt erst mal alles entrümpeln, ihn trocken kriegen, den Boden und die Wände neu machen, Toiletten reinbauen lassen und den Strom neu verlegen. Dann kann es auch schon losgehen.»

Relativ logisch, dass meine Mutter keine 25 000 Euro mehr im Geldbeutel hat.

«Tja, und da mussten wir natürlich ein bisschen was investieren. Und daher habe ich halt im Moment nicht …»

Meine Mutter guckt mich nun mit einem schuldbewussten Gesicht an, das ich gar nicht sehen will. Schließlich kann sie mit ihrer Kohle machen, was sie will. Und dass ich keine habe, ist ja weiß Gott nicht ihre Schuld.

«Nee, ist klar. Mach dir da keinen Kopf. Wir kriegen das schon anders hin.»

Die Gerüche der Zwillinge haben inzwischen das gesamte Elternhaus eingehüllt.

«Willst du die beiden nicht vielleicht mal wickeln?», fragt meine Mutter.

Ich antworte, dass ich die Windeln leider vergessen hätte.

Sie schmunzelt maliziös in sich hinein und sagt:

«Siehste, Junge, *das* habe ich vorhin gemeint. Für manche Dinge seid ihr Männer einfach nicht geschaffen.»

Nun klingelt es an der Tür.

«Aaahhh, die Gunhild», singsangt Mutter und springt auf.

Gunhild ist Tante Gunhild, auch wenn sie genau genommen nicht meine Tante ist. Sie ist die Frau meines ehemaligen Chefs und Patenonkels, Kriminaloberrat Onkel Ludwig Körber.

«Puuuuhhh, wie riecht es denn bei dir?», höre ich sie durch den Flur rufen.

Meine Mutter lacht. «Da haben meine kleinen Enkelchen eine Duftmarke hinterlassen, und der Filius weiß halt noch nicht, dass man besser ein paar Windeln einpackt, wenn man unterwegs ist, haha.»

«Haha», macht auch Tante Gunhild und fügt hinzu: «So sind se, die Männer, nicht wahr?»

Ich glaube, es ist dringend Zeit für mich zu gehen.

«Grüüüüß dich, Henning», schmettert mir Tante Gunhild entgegen. «Mensch, du, dich hab ich ja schon lange nicht mehr gesehen, mein Lieber. Wie geht's denn so?»

«Danke, gut. Und selbst?»

Hastig packe ich die dreieinhalb Spielsachen meiner Kinder in die Tasche. Nick weint ein bisschen. Er mag keine lauten Menschen und hat daher auch mit Tante Gunhild so seine Schwierigkeiten.

«Und? Fehlt dir die Polizei?», schreit Tante Gunhild.

«Ein bisschen», lüge ich.

«Ludwig hat ja auch nicht mehr lange zur Pension. Ein Jährchen noch, meine Güte. Ihm wird die Arbeit sehr fehlen.»

Ich nicke.

«Furchtbar, was da in Frankfurt passiert ist, oder?»

Wieder nicke ich.

«Wir mussten da an Melina denken. Ludwig erzählte, dass sie bei diesen Krawallen häufig mittendrin ist, nicht wahr? Was für ein mutiges Mädchen, oder?»

«Ja, das ist sie», antworte ich.

«Ganz anders als unser Henning», schaltet sich meine Mutter ein, und beide lachen.

Ganz im Gegensatz zu Nick, der sich noch immer noch nicht so wirklich mit Tante Gunhilds Trompetenstimme arrangiert hat.

«Wir müssten dann mal», sage ich.

«Ludwig tauscht sich viel mit dem Frankfurter Personalchef aus. Der kennt den ja schon ganz lange», ignoriert Tante Gunhild meine Bemerkung. «Wusstest du, dass die Schüsse auf Lubricht wahrscheinlich von einer Polizeiwaffe abgefeuert wurden? Aber pssst, das sind noch Interna.»

Nein, das wusste ich natürlich nicht. Von Melina hört man ja nichts, und woher soll ich es auch sonst wissen. Und glauben tue ich es auch erst mal nicht. Sowohl Onkel Ludwig als auch Tante Gunhild reden, wie sagt man so schön, viel, wenn der Tag lang ist.

Mittwoch, 13. September

Grün: Guten Tag, Frau Bröhmann, bitte sehr.
Melina: *(nimmt Platz)*
Grün: *(lächelt und schweigt)*
Melina: *(lächelt nicht und schweigt)*
(Es vergeht eine Minute)
Melina: Wieso sagen Sie denn nichts?
Grün: Wünschen Sie es denn, dass ich etwas sage?
Melina: Äh, ja? Würde die Sache hier vereinfachen.
Grün: Möchten Sie, dass ich Sie etwas frage?
Melina: Mann, was soll das denn? Natürlich möchte ich, dass Sie mich was fragen. Bin ich denn nicht zum Reden hier? Stumm die Wand anglotzen kann ich zu Hause auch. Wär für meine Krankenkasse auch billiger.
Grün: *(lacht)* Na ja, Sie könnten ja auch reden, ohne dass ich Sie was frage.
Melina: Über was denn?
Grün: Zum Beispiel darüber, was Ihnen gerade so durch den Kopf geht.
Melina: Hmm. Was mir durch den Kopf geht?
Grün: *(lächelt und nickt)*
Melina: Das geht aber echt ganz schon psychomäßig ab hier.
Grün: Vielleicht liegt es daran, dass ich ein Psychotherapeut bin.
Melina: Der war nicht schlecht.
(Wieder schweigen beide)
Melina: Ich soll also einfach sagen, was mir durch den Kopf geht? Also wollen Sie jetzt nicht mit mir erst meine ganze Kindheit durchackern?
Grün: Wenn Sie es wollen, können wir auch das gerne machen.

Melina: Nein, will ich nicht. Ich bin ganz bestimmt nicht so ein Jammerlappenpatient, der hier rumheult und auf die böse Mama schimpft. Ich bin hier eher so … lösungsorientiert, wenn Sie wissen, was ich meine.

Grün: *(lächelt)*

Melina: Mir geht's übrigens auch schon besser. Nächste Woche gehe ich wieder arbeiten.

Grün: Das freut mich. Das heißt, mit Ihren Ohren ist wieder alles o. k.?

Melina: Fast. Der Schwindel ist jedenfalls komplett weg. Aber was krass ist, ich hab so immer noch diese Gedächtnislücken. Ein paar Sachen sind echt weg. Wie so 'n Filmriss. Oder nur so verschwommen.

Grün: Ich fürchte, dass so etwas nicht selten vorkommt, nach einem Schlag auf den Kopf und einer derart starken emotionalen Belastung.

Melina: Wieso emotionale Belastung?

Grün: Na ja, sich inmitten solcher gewalttätigen Randale zu bewegen ist ganz bestimmt eine emotionale Belastung.

Melina: Das ist mein Job, das hab ich Ihnen doch schon am Freitag gesagt.

Grün: Ja, stimmt, das sagten Sie.

Melina: Ja, und es ist auch so.

Grün: Hmm.

Melina: Ich mache das eben gerne. Mir liegt das. Sie brauchen mir da nichts anderes einzureden.

Grün: Frau Bröhmann, ich bin mir sicher, dass Sie eine hervorragende Polizistin sind, und glaube Ihnen auch, dass Sie Ihre Arbeit gerne tun. Was ich Ihnen nicht glaube, ist, dass es in Ihrer Arbeit keine belastenden Situationen gibt.

Melina: *(denkt nach)*

Grün: Woran denken Sie?

Melina: Ich habe Ihnen ja eben gesagt, dass ich so Gedächtnislücken habe, ne? Das wäre ja jetzt nicht sooo schlimm. Nur muss ich nach dem Schlag noch 'ne ganze Weile ein bissi verpeilt gewesen sein.

Grün: Wie meinen Sie das?

Melina: Sie haben doch Schweigepflicht, oder?

Grün: Selbstverständlich.

Melina: O.k. Weil ... ich hab's meinem Chef bisher noch nicht gesagt. Ich ... wie soll ich sagen, also ... ich finde meine Dienstwaffe nicht mehr. Ich war mir eigentlich sicher, dass ich sie noch am Abend nach dem Anschlag zusammen mit meiner Uniform in meinen Schrank zu Hause geschlossen habe. Aber da ist sie nicht mehr.

Grün: *(nickt)*

Melina: Normalerweise schließen wir unsere Dienstwaffen immer in der Dienststelle in einen Spind. Nur wenn wir Bereitschaft wegen irgendwas haben, dann nehmen wir die manchmal auch mit nach Hause. Ich war ja kurz im Krankenhaus, bin dann heim und dachte eigentlich, ich hätte alles dort weggeschlossen. Ich habe mir da so ein Schränkchen mit Schloss zugelegt. Und gestern Abend merke ich, die ist da gar nicht.

Grün: Wenn ich Sie richtig verstanden habe, trauen Sie nicht hundertprozentig Ihrer Erinnerung, dass Sie sie dort eingeschlossen haben?

Melina: Na ja, es wird sich schon aufklären. Vielleicht hat sie ja auch ein Kollege an sich genommen, als die mich zum Krankenhaus brachten, und ich weiß es nur einfach nicht mehr.

Grün: Nur, um das zu erfahren, müssten Sie den Verlust bei Ihren Kollegen publik machen. Und das wollen Sie vorerst vermeiden, wenn ich Sie richtig verstanden habe.

Melina: Haben Sie.

(Schweigen)

Melina: Jetzt sagen Sie doch mal, was soll ich denn jetzt machen?

Grün: Sie möchten einen Ratschlag von mir?

Melina: Na, deswegen bin ich doch hier. Freundlich lächeln und nett nicken kann meine Oma auch. Obwohl ... meine vielleicht nicht.

Grün: Wenn Sie einen Ratschlag haben wollen, dann rate ich Ihnen, noch mal in Ruhe überall nachzuschauen und vielleicht einen Kollegen oder eine Kollegin ins Vertrauen zu ziehen und mal nachzufragen. Gäbe es denn für Sie so jemanden, zu dem Sie Vertrauen haben?

Melina: *(denkt kurz nach)* Ja, der Ron. Den kann ich mal fragen. Der reitet mich nicht rein. Ganz im Gegenteil, der ist, na ja, wie soll ich sagen, ich kann ihm auf jeden Fall vertrauen.

Grün: *(nickt)*

Melina: Na ja, jetzt hat's ja doch mal was gebracht.

Grün: Was meinen Sie?

Melina: Na, das hier, unser Gelaber.

Grün: *(lächelt)*

Melina: *(lächelt auch)*

Niemals wollte ich in die Lage geraten, ernsthaft in Frage stellen zu müssen, ob ich es mir leisten kann, mit meiner Frau essen zu gehen. Das sollte und musste immer drin sein. Ich wollte niemals mit sorgenvoller Miene gesehen werden, wenn Franziska ein zweites Glas Wein bestellt oder statt des Pasta-Gerichts ein Rinderfilet.

Und nachdem Franziska ihre erste Lehrerinnen-Stelle angetreten hatte und ich mich im gehobenen Beamtendienst bei der Polizei wiederfand, war klar, dass dies auch niemals passieren würde, falls es nicht mit dem Teufel zugehen sollte. Nun ja, ob es nun mit dem selbigen zugegangen ist, weiß der Teufel, aber heute, eine Totschlagsanklage, eine Kommissarkündigung und einen Dachwasserschaden später, sage ich zu meiner Frau: «Wollen wir nicht lieber einen Döner essen gehen?»

Franziska lacht, als wäre dies ein Scherz, und ich tue schnell so, als sei es auch einer gewesen.

Nachdem Frida und Nick geboren waren und es bei uns noch mehr drunter und drüber ging, nahmen wir uns vor, immer einmal im Monat zu zweit essen zu gehen, um uns Zeit und Raum für uns als Paar zu nehmen und tiefsinnige Gespräche zu führen. Wir dachten, so etwas täte gut, wenn man den ganzen Tag mit einer Rassel auf dem Fußboden gesessen, Lieder von der «Bimmelbummelbahn» gehört und stundenlang Fläschchen ausgewaschen hat.

Doch meist waren wir schlicht und ergreifend zu müde und erschöpft, um auch nur einen vernünftigen Satz hervorzubringen. So glotzten wir uns häufig nur durch unsere Augenringe an und sangen im Geiste noch immer das Bimmelbummelbahnlied.

Heute allerdings gibt es viel zu viel zu besprechen, als dass wir uns diesen Luxus erlauben könnten. Franziskas Freundin Petra, gleichzeitig Nick und Fridas Patentante, wenn wir bis heute nicht vergessen hätten, sie taufen zu lassen, passt auf die Zwillinge auf, und wir sind in die Mittelhessenmetropole Gießen gefahren. So sitzen wir im Dachcafé des einzigen Hochhauses und blicken auf die eher gebrochene Schönheit dieser Stadt hinunter. Verrückt, wie ich bin, bestelle ich mir eine Apfelschorle. Franziska nimmt ein stilles Wasser.

«Henning, ich weiß, dass du an unserem Haus hängst», sagt sie. «Ich doch auch, na ja, ein bisschen, aber lassen wir doch nun mal die emotionale Komponente außen vor. Wie soll das denn da jetzt weitergehen? 25 000 für das Dach.»

Ich nicke ernüchtert. «Aber wer soll das denn kaufen?», frage ich. «Ein Haus mit Dachschaden in Bad Salzhausen.»

«Chinesen», scherzt Franziska.

Man muss wissen, dass chinesische Investoren tatsächlich Bad Salzhausen für sich entdeckt haben und derzeit ein stillgelegtes Hotel zu einem Zentrum für Traditionelle Chinesische Medizin umbauen. Gestresste und durch die schlechte Luft geplagte Großstadt-Chinesen sollen hier demnächst auftanken.

«Ich hänge an Bad Salzhausen», jammere ich.

Franziska zieht eine Braue hoch. Sie braucht mich nicht daran zu erinnern, wie oft ich mich über dieses Örtchen lustig mache.

Es hilft alles nichts, denn fest steht, dass wir unseren derzeitigen Lebensstandard nicht werden halten können und nach neuen Lösungen suchen müssen.

«Am besten wäre eine alternative Wohnform mit anderen Leuten», sagt Franziska. Ich zucke zusammen.

«Haben Sie gewählt?», fragt die junge Bedienung, und wir bestellen beide das Rinderfilet.

«So mit anderen jungen Familien», fährt Franziska fort.

«Wir sind keine junge Familie. Wir sind alt.»

Franziska ignoriert meine Bemerkung und referiert weiter die Vorteile ihrer Idee. Man könne viel Geld sparen und sich gegenseitig mit den Kindern entlasten.

Ich bemerke mit Schrecken, dass es ihr ernst ist, und in meinem Kopf tauchen Bilder auf, wie ich in einer Hofreite mit engagierten Wohnprojektmüttern und zwölf Kindern Näpfe für unsere gemeinsamen Haustier-Ziegen töpfere. Abends kommt dann Franziska von der Arbeit nach Hause und wirft ihren Lohn in die Kommunenblechdose.

«Ich weiß nicht, ob das so das Richtige für uns ist», sage ich.

«Für *dich*, Henning, du weißt nicht, ob es für *dich* das Richtige ist.»

«Ich bin halt nicht so der gesellige Typ. Hab halt gerne meine Ruhe. Wenn ich die schon mit kleinen Kindern nicht kriegen kann, dann will ich wenigstens nicht noch nervende Erwachsene um mich haben.»

Franziska lächelt und tätschelt mir die Hand. Auf irgendeine Weise scheint sie diese Seite an mir zu mögen, auch wenn sie selbst so ganz anders ist. Franziska würde sicher gerne mit anderen Menschen Ziegennäpfe töpfern.

Wir einigen uns darauf, dass wir beide Augen und Ohren nach neuen Wohnmöglichkeiten offen halten, und schließen einstimmig den Pakt, nicht zu meiner Mutter zu ziehen. Komme, was wolle.

So verspeisen wir in gelassener Stimmung unsere Steaks, bestellen Zweit- und Drittgetränke und lassen auch den Espresso nicht aus.

Während wir auf die Rechnung warten, frage ich Franziska, ob sie etwas von Melina gehört hat.

«Ja, ich habe gestern mit ihr kurz gesimst», antwortet sie.

«Und, geht's ihr gut?»

«Ja, alles in Ordnung. Sie schreibt, dass sie zum Glück nicht direkt in die Randale mit den Demonstranten verwickelt gewesen ist. Sie ist wohl weit abseits im Einsatz gewesen.»

«Na, ein Glück», sage ich, «habe ich mir aber auch schon gedacht. Wenn irgendetwas passiert wäre, hätten wir es ja gehört.»

Franziska nickt. «Sorgen habe ich mir trotzdem gemacht, wo es doch unter den Polizisten einige Verletzte gab.»

So macht man sich unnötige Sorgen um die Kinder, als ob es nicht andere Probleme gäbe. Der Ober kommt mit einer entsetzlich hohen Rechnung, und ich gebe trotzig besonders viel Trinkgeld.

Donnerstag, 14. September

Begeistert war Kriminaloberrat Onkel Ludwig Körner ganz sicher nicht, als er vor vier Jahren plötzlich meine Kündigung auf seinem Schreibtisch liegen hatte. Verstehen konnte und wollte er diesen Schritt bis heute nicht, war er doch der Meinung, dass ich «mich gefangen» und auf dem Weg befunden hätte, vielleicht doch noch ein richtig guter Hauptkommissar zu werden. Aus seiner Sicht bin ich gescheitert, ich habe gekniffen und bin vor der Verantwortung geflohen. Und so etwas war ihm schon immer zuwider.

Ganz offen gesagt ist es mir relativ egal, was Ludwig über mich und diesen Schritt dachte oder denkt. Nicht egal war mir, dass mein Vater meine Beweggründe zu respektieren schien. Das hing sicher damit zusammen, dass ich damals, sprechen wir es doch angemessen pathetisch aus, sein Leben gerettet hatte. Jaja, es hätte gar nicht viel gefehlt, da wäre es mit uns beiden ganz böse geendet.

Dafür war er mir dankbar, auch wenn er es mir natürlich nie direkt sagen konnte. Seinen Dank und vielleicht sogar etwas wie eine spät empfundene Wertschätzung bemerkte ich vor allem daran, dass er meine Kündigung gleichmütig hinnahm, mir keine Lebensweisheiten über Pflichterfüllung entgegenschnarrte, sondern mir so lange am Stück zuhörte wie vielleicht noch nie in meinem ganzen Leben zuvor.

In der Regel vermeide ich es, meiner alten Arbeitsstelle, der Polizeidirektion Alsfeld, Besuche abzustatten. Ich schwänze auch die Weihnachtsfeier, zu der ich leider Gottes noch immer alljährlich eingeladen werde. Nachdem allerdings Tante Gunhild bei meiner Mutter gestern ausgeplaudert hatte, dass man bei der Frankfurter Polizei davon ausgehe, der Schuss auf Bernd Lubricht sei aus einer Polizeiwaffe abgegeben worden, wurde auf eine gewisse Weise meine Neugier geweckt. Ich kann wirklich gar nicht richtig erklären, warum, aber es ist so.

So versuchte ich, Ludwig ans Telefon zu bekommen, um mehr zu erfahren. Wurde Bernd Lubricht tatsächlich durch Schüsse aus einer Polizeiwaffe getötet? Nicht, dass mir diese Fragestellung schlaflose Nächte bereiten würde – für die sorgen zu Hause schon andere –, aber spannend ist das schon. Körbers Sekretärin versprach, ihm meine Anrufe ausrichten, doch zurückgerufen hat er bis jetzt nicht. Und da Franziska heute nicht in der Musikschule arbeiten muss und ich einen Grund für eine kurze Flucht aus dem Familiendasein suchte, befinde ich mich nun auf dem Weg zum Alsfelder Revier.

Und ich freue mich sogar ein bisschen, ein paar meiner alten Kollegen wiederzutreffen.

Wie soll es auch anders sein, das erste bekannte Gesicht, das mir über den Weg läuft, ist Teichner,

«Isch glaub, mein Meerschwein pfeift, das gibt's doch net, de Bröööhmann.»

«Mensch, Teichner, ich, äh, freu mich, dich zu sehen.»

Ich greife seine schwitzige Hand.

«Tja», ruft Teichner, «manche Dinge lernt man halt erst schätze, wenn se net mehr da sind. Zum Beispiel Ex-Kollege oder Klopapier.»

Ich tue ihm den Gefallen und lache. Schließlich muss ich mir ja seine aus dem Internet gesammelten und auswendig gelernten Sprüche nicht mehr täglich anhören.

«Und wie geht's so?», frage ich.

«Es geht net, es rollt nur, ne? Nee, passt, im Moment bin isch ein bissi erkältet, is halt grad unner de Leut.»

Ich wische meine Hand am Oberschenkel ab und sage: «Oh», während Teichner kräftig abhustet und sich rotzig räuspert.

«Immer noch besser ein Frosch im Hals als gar kein Frühstück», sagt er, und ich gehe unauffällig ein bisschen mehr auf Abstand.

«Nun denn, Teichner, dann mal gute Besserung und bis bald mal.»

«Jo, wird schon, besauf isch misch heut halte mal mit Tee, gelle? Isch hab schon 2,5 Kamille.»

«Haha», mache ich und will gerade in Richtung Onkel Ludwigs Büro verschwinden, da sagt er noch:

«Kriegst demnächst noch 'ne Einladung, ne?»

«Aha.»

«Willste net wisse, für was die Einladung is?»

So sicher bin ich mir da tatsächlich nicht, ob ich das wirklich wissen will.

«Junggeselleabschied», schmettert er mir die Lösung entgegen. «Man mag's kaum glaube, aber der guhde alde Teischi kommt unner die Haube. Da will isch's noch mal krache lasse, bevor's mit dem Spass am Lebe endgültig vorbei is, wenn de weißt, wie isch meine.»

«Hmm», mache ich.

«De Maggus kommt auch.»

Das ist das einzig Tröstliche an dieser Einladung. Dass mein sehr geschätzer Ex-Kollege Markus Meirich auch eingeladen ist. Nur mit ihm zusammen wäre ein solcher Abend zu überleben. Doch wahrscheinlicher ist, dass ich leider, leider an genau diesem Abend auf die Kinder aufpassen oder einen anderen wichtigen Termin wahrnehmen muss. Oder auch beides.

«Alles klar, Teichner, ich muss dann mal, ne?», sage ich abschließend und gehe zügig weiter.

«Grüße daheim, gelle?!», höre ich Teichner mir noch nachrufen.

Im Treppenhaus begegne ich meinem ehemaligen Kollegen Gerd vom Ordnungsamt.

Auch ihn begrüße ich freundlich und erkläre, dass ich nur mal kurz bei meinem alten Chef und Patenonkel vorbeischauen möchte.

Gerd nickt und blickt mich über seine Brillenränder an.

«Ich habe euch übrigens spielen sehen. Am Samstag beim Parkfest.»

«O super, das freut mich.» Ich freue mich wirklich.

«Das war net gut.»

«Bitte?»

«Hat mir net gefallen.»

Ein bisschen verunsichert, weiche ich seinem Blick aus und sage: «Na ja, muss ja nicht, ne? Kann ja nicht jedem, also ich meine, jeder hat ja auch 'nen unterschiedlichen Musikgeschmack, und Manni ist ja auch ein spezieller Typ.»

Danach lache ich etwas affig auf und ärgere mich über mich selbst. Ich muss mich hier weder rechtfertigen noch irgendetwas oder irgendwen verteidigen.

Gerd, der einen guten Kopf kleiner ist als ich, hat noch immer den gleichen Gesichtsausdruck. Eigentlich kenne ich auch nur diesen einen. Der Mund grinst leicht, und seine Stirn ist nach oben gezogen.

«Nee, die Mucke an sich fand ich ganz o.k. *Du* warst nicht gut.»

Einen winzigen Moment denke ich, dass er mich veräppelt, doch schnell ist klar, Gerd meint das ernst. Denn Gerd meint es immer ernst.

«Tut mir leid, wenn ich das so sagen muss», fährt er fort, «aber das ist nix. Du und die Geige. Fällt tierisch ab im Vergleich zu den anderen Muckern.»

Das sitzt. Das Schlimme ist, er hat recht. Er trifft da einen wunden Punkt. Und doch hatte ich immer gehofft, dass das vom Publikum nicht so wahrgenommen wird.

«Das ist irgendwie so lasch, wie du spielst. Und schepp.»

Schon längst habe ich bereut, hierhergekommen zu sein. Wäre ich doch zu Hause bei meinen schreienden Zwillingen geblieben.

«Ist halt meine Meinung, sorry, aber es hat mir net gefallen.»

«Ja, ich hab's verstanden. O.k., schade, na ja, nett, dass wir uns mal wieder ... ich muss dann mal ...»

«Muss man jetzt ja nicht persönlich nehmen, ne?»

Ich nicke und schüttele den Kopf gleichzeitig, murmle dabei: «Nein, das muss man nicht», bin aber in Wahrheit gleichermaßen verärgert und gekränkt und bedaure zutiefst, dass mir keine passende Retourkutsche einfällt. Heute Nacht, kurz vorm Einschlafen, fällt sie mir dann ein, da bin ich sicher.

Ludwig Körber ist «nicht an seinem Platz», jedoch «auch nicht zu Tisch» und weder «in einer Besprechung» noch in «einem Meeting». Er ist schlicht und ergreifend auf dem Klo.

So warte ich in seinem Büro vor seinem Schreibtisch, genau da, wo ich früher gerne das eine oder andere Mal einen Anschiss kassiert habe. Nach zehn Minuten taucht Ludwig auf und begrüßt mich ein bisschen zu überschwänglich. Kurz befürchte ich, dass mich mein dicker Patenonkel gar umarmen will.

«Freut mich, lieber Henning, dass du mal vorbeischaust. Wie geht's bei euch?», fragt er und kramt bei meiner Antwort in irgendwelchen Unterlagen. Ich erzähle ein bisschen von meiner Familie und dass sowieso einfach alles superklasse laufe.

Mit ernster, fast väterlicher Miene unterbricht er mich. Äußert er sich nun auch über die Qualität meines Geigenspiels? Nein, es geht um etwas anderes Peinliches:

«Ich hörte, ihr habt finanzielle Probleme? Mensch, Henning, das tut mir leid. Gunhild und ich würden dir natürlich auch helfen, nur, du weißt ja, wir haben gerade am Haus ...»

«Danke, Ludwig, lass mal. Passt schon alles», falle ich ihm schnell ins Wort.

Meine Mutter konnte mal wieder ihren Mund nicht halten.

In Ludwigs Büro liegen nun auch unschöne Worte wie diese in der Luft: Mensch, Junge, ich wusste doch, dass es ein Fehler war, hier alles hinzuschmeißen. Denk doch mal nach, du hast doch Familie.

Bevor Ludwig auch nur auf die Idee kommt, diese auszusprechen, starte ich einen kleinen Konter: «Wenn wir schon beim Tratschen sind. Tante Gunhild hat mir erzählt, dass die Tatwaffe in Frankfurt eine Polizeiwaffe gewesen sei. Das konnte ich ja kaum glauben. Stimmt das wirklich?»

In Ludwigs Blick erkenne ich zunächst, wie sehr er in diesem Moment die Geschwätzigkeit seiner Ehefrau verflucht, er verkneift sich allerdings eine Bemerkung darüber, hüstelt gewichtig und rutscht etwas näher an mich heran.

«Henning, das sind ab-so-lute Interna. Also bitte nirgends weitererzählen. Du weißt ja, ich kenne den Huber aus dem Frankfurter Präsidium sehr gut. Wir waren schon zusammen auf der Polizeischule, und seitdem tauschen wir uns gerne mal aus. Fakt ist tatsächlich, dass die Schüsse aus einer P 30 stammen. Also, unsere Waffe. Und da einige Beamten an diesem Tag natürlich ihre bei sich trugen, beginnen die nun mit internen Ermittlungen. Willst du einen Kaffee?»

«Danke nein. Und diese Info soll aber noch nicht an die Öffentlichkeit?», frage ich.

Onkel Ludwig schüttelt heftig den Kopf. «Auf keinen Fall. Das will die Frankfurter Polizei so lange wie irgend möglich vermeiden. Stell dir mal vor, was dann dort los wäre!»

«Wäre das wirklich schlimmer als das, was im Moment abläuft?»

Ludwig gibt mir freundlich zu verstehen, er habe leider nicht mehr so viel Zeit, mit mir weiterzudiskutieren, sondern müsse sich nun wieder dem Tagesgeschäft widmen.

Bei der Verabschiedung reicht er mir die Hand. «Wie geht's denn Melina dort? Die hat nun ja bestimmt einiges um die Ohren, was? Was sagt die denn zu der ganzen Sache?»

«Och, der geht's gut. Alles paletti.»

«Dann grüß sie mal.»

Ich suche noch kurz nach Markus Meirich, finde ihn allerdings leider nicht an seinem Platz vor. So verlasse ich die Direktion mit einem flauen Gefühl in der Bauchgegend. Im Auto versuche ich ein weiteres Mal, Melina zu erreichen. Doch wieder meldet sich nur die Mailbox.

Melina: Hallo, Ron, ich bin's, Melina.

Ron: Oh, hi, hallo ...

Melina: Alles klar bei dir?

Ron: Ja logo, wieso? Alles klar, wie geht's dir denn?

Melina: Besser, geht schon. Ich hab nur ... kannst du grad reden?

Ron: Ja, warte, gleich. Jetzt, ja.

Melina: Du wirkst so konfus. Mache ich dich immer noch nervös?

Ron: Wie?

Melina: Vergiss das, war nur ein dummer Spruch.

Ron: O. k. Also, was ist los?

Melina: Hast du gerade Dienst?

Ron: Ja, bin auf der Dienststelle.

Melina: Pass auf, ich hab ein scheiß Problem. Ich finde meine Waffe nicht mehr.

Ron: Oh.

Melina: Ja, kannste laut sagen: oh! Ich dachte, ich hätte sie, nachdem ich wieder zu Hause war, weggeschlossen. Doch da isse nicht. Seit dem Einsatz auf dem Römer finde ich sie nicht mehr. Ich weiß, blöde Frage, aber hast du sie irgendwo gesehen?

Ron: Ob ich deine Waffe irgendwo gesehen habe?

Melina: Ja.

Ron: Ehrlich gesagt, nein.

Melina: Vielleicht habe ich sie beim Einsatz auf dem Römer verloren, und einer von euch hat sie in dem Durcheinander eingesteckt und mitgenommen. Du weißt davon nichts?

Ron: Nee. Tut mir leid.

Melina: Ron, bitte sei doch so nett und guck einmal in meinem Spind. Vielleicht liegt sie da ja doch. Ich kann's mir zwar nicht vorstellen, aber sicher ist sicher.

Ron: O. k.

Melina: Du weißt ja, wo ich meine Ersatzschlüssel gebunkert habe.

Ron: Ja, warte, ich gucke kurz. Bin gleich wieder da.

(Zwei Minuten später)

Ron: Nee, da ist nix. Sorry, tut mir leid.

Melina: Scheiße ... und ... ach, Ron, und bitte kein Wort an die anderen, hörst du? Ich habe dir das als Freund anvertraut. Ich hoffe, die taucht noch irgendwo auf.

Ron: Ich bin ein Freund?

Melina: Ach, Ron ... natürlich. Jetzt fang doch nicht wieder mit dem ganzen Kram an. Wie oft soll ich mich noch entschuldigen, dass mir das leidtut mit dem Sommerfest.

Ron: Jetzt tut es dir schon leid?

Melina: O Mann, jetzt mach dich doch mal locker. Nicht, was wir da gemacht haben, tut mir leid, sondern dass du dir diese falsche Hoffnungen gemacht hast.

Ron: Vielleicht hat sich ja dein Anarcho-Freund Josh einen Spaß mit deiner Waffe erlaubt?

Melina: Das meinst du jetzt nicht ernst, oder?

Ron: Vergiss nicht, dass genau solche Typen es waren, die dich verletzt haben. Nur mal so nebenbei.

Melina: Jetzt fang nicht wieder damit an, bitte. Hab grad andere Sorgen.

Ron: Wie lange bist du noch krankgeschrieben?

Melina: Keine Ahnung. Ich hatte wohl 'ne Gehirnerschütterung, das soll noch ein bisschen beobachtet werden.

Ron: O. k.

Melina: Irgendwas ist doch, du bist zwar sonst auch nicht unbedingt eine Plaudertasche, aber grad biste besonders kurz angebunden.

Ron: Bin halt heute einfach nicht so gesprächig. Ich muss mal weitermachen. Bis dann ... und gute Besserung weiterhin.

Melina: O. k., tschüs.

(Zwanzig Minuten später)

Melina: Melina Bröhmann.

Kurth: Guten Tag, Frau Bröhmann, Kurth hier.

Melina: O hallo, Herr Kurth.

Kurth: Wie geht's Ihnen denn?

Melina: Danke, immer besser.

Kurth: Natürlich ist dies kein Kontrollanruf, ob Sie sich auch brav zu Hause auskurieren. Ich melde mich wegen einer anderen Sache.

Melina: Ja?

Kurth: Ich weiß, dass Sie krankgeschrieben sind, aber wäre es für Sie möglich, ausnahmsweise trotzdem morgen früh um 8.30 Uhr im Präsidium mit Dienstausweis und Waffe zu erscheinen? Dauert auch nicht lange. Ein Kollege holt Sie zu Hause ab.

Melina: Äh ... ja, klar, darf man fragen, warum?

Kurth: Das erklären Ihnen dann die Kollegen vor Ort. So viel darf ich aber sagen: Es melden sich dort alle Beamtinnen und Beamten, die am Freitag im Einsatz waren.

Melina: O. k.

Kurth: Alles klar, danke, dann erholen Sie sich mal weiter gut. Wiederhörn.

Melina: Danke ... tschüs. *(legt auf)* Scheiße scheiße scheiße.

Freitag, 15. September

Um ein möglicherweise drohendes Wohnkommunenjungelternprojekt zu verhindern, habe ich mich gestern Nacht eigenmächtig an den Computer gesetzt und im Internet nach kleinen Häusern gesucht, die für uns in Frage kämen. Richtig fündig wurde ich nicht. Und doch machte ich auf eigene Faust einen Termin zur Reihenhausbesichtigung im Ostvogelsberger Dörfchen Mauswinkel mit einem ortsansässigen Makler aus. Irgendwie muss man ja mal vorankommen.

«Na gut», murmelte Franziska, «dann gucken wir uns das halt mal an.» Begeisterung klingt anders, aber sie wollte mein proaktives Engagement wohl auch nicht unterwandern.

Eigentlich sind wir uns beide noch völlig im Unklaren darüber, wann, wie und wohin wir umziehen möchten oder nicht. Manchmal kommt man in so einem Entscheidungsprozess ja einen Schritt weiter, wenn man sich mal ein paar Objekte anschaut. Im schlechtesten Fall weiß man wenigstens, was man nicht möchte.

So packen wir also Frida und Nick ins Auto und machen uns auf den Weg nach Mauswinkel, einem Ortsteil von Birstein, ungefähr dreißig Kilometer von unserem jetzigen Zuhause entfernt. Bad Salzhausen ist sicherlich keine Metropole, doch mehr Provinz geht immer. Vor allem bei uns im Vogelsberg. Und je tiefer die Provinz, je abgelegener die Lage, je weiter weg ein Autobahnanschluss, desto geringer nun mal der Mietpreis.

«Du lieber Himmel», stöhnt Franziska, «das zieht sich aber.» Auch ich hatte mir die Anreise zügiger vorgestellt. Wir durchqueren den südlichen Vogelsberg fast vollständig von West nach Ost.

Kurz bevor wir endlich das kleine Dörfchen erreichen, stellen wir fest, dass Mauswinkel nicht einmal mehr zum Vogelsberg gehört, sondern zum Main-Kinzig-Kreis.

«Darauf kommt's jetzt auch nicht mehr an», meint Franziska.

So stehen wir also, jeder von uns mit einem Kind auf dem Arm, an der Hauptstraße vor einem Achtziger-Jahre-Reihenhaus, und sofort ist uns beiden klar: Nein, hier wollen wir ganz bestimmt nicht wohnen. Schon von außen gefällt uns nichts an diesem Haus. Eigentlich müsste man dem Makler das gleich zurufen. Tut uns leid, aber wir brauchen das Haus gar nicht erst von innen zu besichtigen. Wir haben uns jetzt schon entschieden. Doch so etwas brächte ich niemals fertig. Der arme Mann hat sich Zeit genommen, und so fühle ich mich nun einmal verpflichtet, mir jedes blöde Zimmer dieses noch blöderen Hauses anzugucken. Und wenn wir dann am Ende absagen, tut es mir leid, den Makler enttäuscht zu haben. Völliger Irrsinn, das Ganze, aber so bin ich nun mal. Ich habe in meinem ganzen Leben auch niemals einem Kellner auf die Frage, ob es geschmeckt habe, mit Nein geantwortet oder gar ein Essen zurückgehen lassen.

«Aaaaahhhhhh, das müsste die Familie Bröhmann sein», singt uns der junge dunkelhaarige Mann im hellblauen Anzug zu.

«Tünnelheim», stellt er sich vor, und beim Ü seines Namens spitzt er seine Lippen zu einem neckischen Kussmund.

«Na, du bist aber ein Süßer», kussmundet er kurz darauf wieder, allerdings nicht zu mir, sondern zu Frida, und streichelt ihr über die Wange. Und wenn Frida eines nicht ausstehen kann, dann, wenn ihr jemand Fremdes am Gesicht rumbatscht. Recht hat sie, und sie gibt dies Herrn Tünnelheim auch deutlich zu verstehen, der verunsichert grinsend ein Stück zur Seite weicht.

«Soooooooo, dann wollen wir doch mal rein in die gute Stube, oder?»

Franziska überlässt mir die Rolle des Ansprechpartners, schließlich habe ich uns diesen Termin eingebrockt.

«Sooooooo, hier hätten wir dann schon mal den Hausflur. Bitte sehr, hereinspaziert.»

Wir spazieren herein.

«Immer gut, so einen geräumigen Flur zu haben. Wenn mal Gäste kommen, nicht wahr, gibt es genügend Platz für die Garderobe. Soooo, hier wäre dann die Gästetoilette. Immer praktisch, so 'ne Gästetoilette.»

«Stimmt, vor allem wenn mal Gäste kommen», bemerkt Franziska trocken.

«Richtig, richtig, wenn man einmal eine Gästetoilette hatte, dann will man darauf nie mehr verzichten. Soooooo, hier wäre dann die Küche. Und da das Küchenfenster. Immer praktisch, so ein Küchenfenster.»

Ob er häufig Blinde durch die Häuser führt? Wie anders ist es zu erklären, dass er all das, was für jeden deutlich zu erkennen ist, benennen muss? Dass das ein Küchenfenster ist und kein Elefant, das erkenne ich auch als Laie.

«Gehört die Einbauküche dazu, oder kommt die noch raus?», frage ich.

«Ja, genau, da ist noch 'ne Einbauküche», antwortet Tünnelheim.

Dann blättert er ein bisschen hektisch in seinen Papieren herum.

«Die könnten Sie dann behalten, wenn Sie wollen. Da müsste man sich noch mit den Vormietern einigen.»

Dann gehen wir ins Wohnzimmer.

«Soooooo, das wäre das Wohnzimmer. Das ist sozusagen das Sahnehäubchen des Hauses. Einfach toll geschnitten, oder? Ich weiß nicht, wie es Ihnen geht, Frau Bröhmann, aber ich bekomme da sofort Hunderte Ideen, was man daraus machen könnte.»

Frau Bröhmann geht es anscheinend nicht so, denn sie lächelt nur müde, zuckt ein bisschen mit den Schultern und sagt: «Ja, ist auch immer praktisch, so ein Wohnzimmer.»

Jetzt müsste man eigentlich doch mal langsam sagen, dass

dieses Haus hier nichts für uns ist. Sonst kann das noch eine sehr lange Besichtigung werden.

«Soooo, da ist die Treppe, da schlage ich doch mal vor, wir schauen mal geschwind, was wir da oben noch so alles Schönes vorfinden. Ist ja nicht ganz unwichtig, wo die kleinen Racker da vielleicht mal wohnen werden, was?»

Wieder steuert Tünnelheim mit dem Finger auf Frida zu, doch Franziska dreht sich und damit auch unsere Tochter rechtzeitig zur Seite und bewahrt sie vor dem nächsten Übergriff.

«Soooooo, dann gehen wir doch mal ...»

«Wo ist denn eigentlich der Saunabereich?», fällt ihm Franziska ins Wort.

«Sauna?»

«Ja, das ist doch das Haus mit dem Sauna- und Fitnessraum.»

«Und Whirlpool», füge ich hinzu. Ich will auch mitmachen.

«Nee, das, äh, hat dieses Haus nun eher nicht. Wir könnten aber im Keller nachher mal schauen, ob man da nicht vielleicht in Zukunft so etwas einbauen könnte, oder ...»

«O Mensch, da haben wir irgendwas durcheinandergebracht.» Franziska schlägt sich ein klein wenig zu theatralisch mit der Hand auf die Stirn. «Wir hatten nämlich ein Auge auf dieses eine Wellnesshaus geworfen. Schatz, gab es da nicht auch eine Blockhaussauna im Garten?»

«Ja, Liebling», bestätige ich.

Franziska wendet sich wieder an Makler Tünnelheim. «War das nicht auch eines der von Ihnen betreuten Häuser?»

«Nein, ich glaube nicht», murmelt er mit nun deutlich leiserer Stimme und blättert planlos in seinen Unterlagen.

«Oh, dann tut uns das leid», sage ich. «Da haben wir was durcheinandergebracht. Sauna ist nämlich für uns ab-so-lu-te Pflicht. Danke aber für Ihre Zeit. Auf Wiedersehen.»

Herr Tünnelheim reicht uns enttäuscht die Hand.

«Sooooooo», rufe ich, «dann lasst uns mal wieder nach Hause fahren.»

Wir steuern unser Auto an.

«Sooooooo», macht nun auch Franziska, «da wäre dann das Auto.»

«Immer praktisch, so ein Auto», ergänze ich. «Und hier wäre der Kindersitz.»

«Und dort der Autoschlüssel», komplettiert Franziska.

«Sind wir zu gemein?», fragt sie dann.

«Auf gar keinen Fall», antworte ich.

Heiter kichern wir noch eine Weile vor uns hin, bis wir den Main-Kinzig-Kreis verlassen haben und endlich wieder die Grenze zum Vogelsberg erreichen.

«Du würdest doch nicht wirklich ernsthaft hier in der Gegend wohnen wollen, oder?», fragt mich Franziska.

«Hmm», mache ich. «Warum denn nicht? Birstein ist doch schließlich die Perle des Vogelsbergs.»

Ich erhebe meinen Zeigefinger und komme dabei nicht ganz ohne ironischen Unterton aus.

«Und ich gurke dann immer durch die ganze Pampa, wenn ich nach Nidda zur Musikschule fahre, oder was?»

«Genau», antworte ich. «Und nimmst die Kinder dann gleich mit zum Schlumpfloch. Ich sitze derweil zu Hause, trinke Kaffee und gucke im ZDF ‹Volle Kanne›. Ich habe übrigens noch eine weitere interessante Hausanzeige hier in der Gegend gefunden. In Bösgesäß.»

Kurze Pause, dann: «Nicht dein Ernst.»

«Doch. Und zwar in Hessisch-Bösgesäß. Nicht zu verwechseln mit dem einen Kilometer entfernten Preußisch-Bösgesäß. Zwischen diesen beiden Dörfchen verlief im 18. Jahrhundert tatsächlich die Grenze», doziere ich. «Ich hatte mal einen Kollegen, der erzählte mir, er sei in Preußisch-Bösgesäß aufgewachsen, und er wurde nicht selten von Mitschülern aus Hessisch-Bösgesäß als Saupreuße beschimpft.»

«Ach, tatsächlich? Der Arme.»

«Genau. Und damit es tatsächlich nicht verwechselt wird, wird das eine Bösgesäß zusammengeschrieben und beim anderen zwischen Bös und Gesäß ein Bindestrich gesetzt.»

Franziska hört mir, so glaube ich, inzwischen gar nicht mehr zu. Sie batscht stattdessen auf ihrem Smartphone herum.

«Also, meine liebe Frau», fahre ich daher mit etwas lauterer Stimme fort, «möchtest du lieber in Bösgesäß leben oder in Bös…» – hier mache ich eine theatralische Pause – «Gesäß?»

Von mir selbst höchst amüsiert, verpasse ich eine Abfahrt, und wir sehen somit unfreiwillig noch weitere kleine Dörfer mit schrulligen Namen, in denen Franziska ganz bestimmt auch nicht wohnen möchte.

«Was hältst du von San Francisco?», frage ich dann.

«Jetzt kommen wir der Sache schon näher», antwortet meine Frau.

Kurz nachdem wir die Orte Merkenfritz und Hirzenhain hinter uns gelassen haben, zeigt Franziska auf ihr Smartphone: «Oh, eine Mail von Dr. Hansen.»

«Von wem?»

«Na, der Typ vom Schlumpflochkindergarten … warte …»

Ich warte.

«Wir haben den Platz», jubelt Franziska und schlägt mir auf den Oberschenkel. «Super, oder?»

«Aua, ja. Glaub schon.»

Schnell ist uns beiden klar, dass es mit San Francisco nun doch schwierig wird. Die Fahrtzeiten zum Kindergarten wären etwas lang.

«Wir sollten wirklich relativ in der Nähe bleiben», meint Franziska. «Sodass uns da zwar keiner kennt, vor allem mich nicht und meine Geschichte, aber der Weg nach Nidda noch zu bewältigen ist. Auch für Laurin. Ich glaube, ein Schulwechsel wäre gerade nicht so gut für ihn.»

«Na ja, ob er in einer neuen Schule keine Freunde hat oder in seiner alten, ist doch eigentlich egal», murmle ich.

Das nun findet Franziska gar nicht witzig. War es auch nicht. Schon bevor ich den Satz beendet habe, tut er mir leid.

«Das war ganz bescheuert, Henning. Wirklich!» Richtig sauer ist sie.

«Genau diese Haltung von dir spürt Laurin. Meinst du, der merkt nicht, dass du nicht damit klarkommst, wenn er so viel für sich alleine ist? Dass er nicht deinem Idealbild von Sohn entspricht?»

Leider hat sie ein bisschen recht, und mir fällt weiß Gott nichts ein, was ich darauf antworten kann.

«Wir müssen beide aufpassen, Henning, dass wir ihn nicht zu sehr alleine lassen. Gerade mit den Zwillingen jetzt. Auch wenn es den Anschein macht, dass er uns nicht sonderlich braucht, dürfen wir ihn nicht vergessen. Wenn du weißt, was ich meine. Er braucht uns, und auch dich, Henning. Als Vater, als männliche Bezugsperson bist du nun mal sehr wichtig für ihn.»

Bei meinem Vater hatte ich auch bis zum Schluss das Gefühl, er hätte lieber einen anderen Sohn gehabt. Ich entsprach selten seinen Erwartungen oder Idealen. Sollte ich mich täuschen, dann hat er dies stets gut verborgen.

Und diese Geschichte, die will ich ganz bestimmt nicht mit meinem eigenen Sohn wiederholen.

Grün: *(öffnet die Tür)* Oh, guten Tag, Frau Bröhmann. Soweit ich weiß, haben wir jetzt keinen ...

Melina: Ich muss mit Ihnen reden!

Grün: Frau Bröhmann, das tut mir leid, ich ...

Melina: Es ist dringend, bitte!

Grün: Es tut mir wirklich leid, aber ich habe gerade ein anderes Gespräch. Wir haben übermorgen wieder einen Termin.

Melina: Herr Grün, bitte! Ich würde hier doch nicht so eine Show abziehen, wenn es nicht wirklich wahnsinnig dringend und wichtig wär. Es dauert auch nicht lang.

Grün: *(kämpft erkennbar mit sich)*

Melina: Ich flehe Sie an. So was kommt auch nie wieder vor. Sonst bin ich nicht so, ehrlich ...

Grün: O. k., Frau Bröhmann. Ich mache da jetzt mal eine Ausnahme. Normalerweise geht so etwas gar nicht, das wissen Sie. Aber nun denn, setzen Sie sich bitte hier in das Wartezimmer. Ich rufe Sie dann zu mir. In zwanzig Minuten nehme ich mir für Sie kurz Zeit.

Melina: Tausend Dank, Herr Grün, ehrlich!

(Zwanzig Minuten später. Die Praxistür öffnet sich, Dr. Grün verabschiedet eine Patientin.)

Grün: Bitte, Frau Bröhmann.

Melina: Herr Grün, Sie *müssen* mich krankschreiben. Ich weiß, ich bin ja eigentlich schon krankgeschrieben, aber trotzdem, Sie müssen noch einen draufsetzen. Irgendwas von wegen psychisch labil, Trauma-trallala. Darf nicht aus dem Haus und so weiter. Sie müssen mir das verbieten, so ein Attest oder so schreiben, dass ich morgen nicht zu einem Termin gehen kann, o. k.?

Grün: Jetzt setzen Sie sich doch bitte erst einmal. Und dann, liebe Frau Bröhmann, nehmen Sie bitte zur Kenntnis, dass ich gar nichts muss. Und ganz ehrlich, ich lasse mich auch ungern so unter Druck setzen. Dass ich jetzt hier mit Ihnen ohne Termin spreche, widerspricht eigentlich meinen Grundsätzen und Regeln.

Melina: *(kämpft mit den Tränen)*

Grün: Und jetzt erzählen Sie mal der Reihe nach.

Melina: Ich habe Ihnen doch beim letzten Mal gesagt, dass ich meine Dienstwaffe nicht mehr finde. Und als wäre das nicht beschissen genug, soll ich morgen früh mit allen anderen Bereitschaftskollegen bei der Kripo mit Ausweis und Dienstwaffe antreten. Ich weiß nicht, warum, aber irgendwas muss das mit der Lubricht-Sache zu tun haben. Und wenn ich da morgen antanze und sag, ich hab meine Waffe nicht mehr, dann kann ich mich gleich nach 'nem neuen Job umgucken. Und deswegen will ich, dass Sie, äh, ich mein, und deswegen möchte ich Sie herzlich bitten, dass Sie mir da helfen.

Grün: Und mit helfen meinen Sie, dass ich Ihnen ein Erscheinen dort sozusagen medizinisch verbiete?

Melina: Genau. Dann hätte ich wenigstens noch ein bisschen mehr Zeit, das Scheißding zu finden oder mir zu überlegen, wie ich da jetzt mit umgehe, weil sonst weiß ich nicht, was ich da morgen, also wie ich da ...

Grün: Sie wirken sehr aufgelöst.

Melina: Ach nee, tue ich das?

Grün: *(schweigt)*

Melina: Sorry.

Grün: Frau Bröhmann, ich werden Ihnen dieses Attest nicht schreiben. Das kann und will ich nicht tun. Da Sie krankgeschrieben sind, steht es Ihnen ohnehin frei, zu diesem Termin zu erscheinen oder nicht. Es kann Sie keiner dazu zwingen.

Melina: Ehrlich?

Grün: Ja.

Melina: Sie meinen also, ich soll da nicht hingehen?

Grün: Ich meine gar nichts. Wichtiger ist, was *Sie* wollen.

Melina: Ich hab da schon zugesagt.

Grün: Hmm. Sie müssen für sich die Frage klären, wann Sie beginnen wollen, mit dem Thema offen umzugehen, beziehungsweise wie lange Sie das aufschieben möchten.

Melina: Was würden Sie denn an meiner Stelle tun?

Grün: Das spielt keine Rolle, Frau Bröhmann. Sie müssen Ihre Entscheidung treffen, und ich kann mit Ihnen am Montag darüber reden, wie sich diese Entscheidung für Sie angefühlt hat. *(erhebt sich)* In diesem Sinne, bis dann, Frau Bröhmann.

Melina: Das heißt, Sie schmeißen mich jetzt raus?

Grün: Genau.

Melina: O. k. Trotzdem danke, dass ich …

Grün: Schon gut. Auf Wiedersehen!

(Eine Viertelstunde später)

Kurth: Ja, Kurth.

Melina: Melina Bröhmann, hier. Hallo, Herr Kurth, also …

Kurth: Tag, Frau Bröhmann, was gibt's?

Melina: Äh, ja, also, es geht um den Termin morgen bei der Kripo. Ich würde da, wie soll ich sagen, also … ich kann da doch nicht kommen. Mein Kreislauf spielt noch verrückt, da sagt der Arzt, dass ich besser zu Hause im Bett bleibe.

Kurth: Selbstverständlich, Frau Bröhmann. Wenn es noch nicht geht, dann geht's nicht.

Melina: Ja, danke. Ich melde mich dann, wenn es wieder …

Kurth: Warten Sie, Frau Bröhmann. Es geht den Kollegen bei der Kripo ja vor allem um die Dienstwaffen der Kollegen. Ist Ihre Waffe hier bei uns im Spind?

Melina: *(schluckt)* Nein, äh, die ist hier bei mir zu Hause.

Kurth: O.k., dann schicke ich Ihnen einen Kollegen vorbei, der sie bei Ihnen abholt. Damit wäre uns schon einmal geholfen.

Melina: *(schweigt)*

Kurth: Ich denke, es wird heute am späten Nachmittag jemand vorbeikommen. Gute Besserung Ihnen. Wiederhören.

Fünf Minuten später

Hallo, Josh,
ich schreib dir jetzt diesen Brief, weil ich nicht weiß, wann wir endlich mal wieder in Ruhe reden können.
Telefonieren willste nicht, mailen auch nicht, weil du da ja deiner Abhörparanoia treu bleiben musst. Deswegen schreib ich jetzt meine Gedanken mal ganz oldschool auf einen Zettel.
Zuerst muss ich dir eine Frage stellen, die mir ein bisschen peinlich ist. Aber ich muss das machen, ich muss alle Möglichkeiten ausschließen:
Josh, habt ihr irgendwas mit dem Verschwinden meiner Dienstwaffe zu tun? Natürlich traue ich dir das nicht zu, und du bist jetzt bestimmt super beleidigt, aber ich muss das fragen.
Seit der Geschichte auf dem Römer ist die weg.
Ich muss die dringend finden. Sonst krieg ich verdammt Stress bei der Arbeit.
Doch wahrscheinlich ist dir das eh scheißegal. Du hasst es ja, was ich mache. Das ist der Unterschied zwischen uns beiden. Du hasst, was ich tue, und ich hab Respekt vor dem, was du machst und wofür du einstehst. Vor allem kann ich das trennen. Job und Privatleben. Auch wenn ich jobmäßig auf der anderen Seite stehe, bin ich privat nahe bei dir. Das weißt du genau.

Nichts dringt durch mich nach außen. Keiner erfährt irgendwas, auch wenn ich in letzter Zeit Angst habe, dass ihr zu weit geht.
Es wäre übrigens nicht unhübsch gewesen, wenn du dich mal ein bisschen nach meinem Wohlbefinden erkundigt hättest. Es ist nicht so schön, das Gefühl zu haben, dir ist es egal, dass irgendein Arsch mir gegen den Kopf getreten hat. Oder bin ich inzwischen für dich auch nur noch ein dahergelaufener Scheißbulle?
Ich weiß nicht, was du über mich oder uns noch denkst und fühlst. Mir jedenfalls bedeutet es was. Immer noch, und ich will, dass es weitergeht. Nur damit du's weißt.

Mel

Samstag, 16. September

Fast hätte ich eine weitere Gelegenheitsbetätigung unterschlagen, der ich in unregelmäßigen Abständen nachgehe. Ich bin Aufguss-Hampelmann in der Bad Salzhausener Justus-Liebig-Therme. Klingt wie ein müder Scherz, ist aber wahr.

Vor Jahren habe ich angefangen, da regelmäßig hinzugehen, und ich wurde ein immer größerer Freund des gepflegten Saunierens. Vor allem bin ich ein regelrechter Aufguss-Fan geworden und mache von Honig-Peeling bis zur Klangschale jeden Firlefanz mit. Und so geschah es, dass vor zwei Jahren, an irgendeinem Sonntag im November, unser Saunameister Harald kurzfristig ausfiel. Zur vollen Stunde tauchte die Empfangsdame auf und entschuldigte sich, dass der Aufguss heute ausfallen müsse. Großes Gemurre. Da gab ich mir dann einfach mal einen Ruck, band mir das Handtuch um die Hüfte und bot an, für den Tag die Aufgüsse zu übernehmen. So ambitioniert wie ungeschickt wedelte ich mit dem Handtuch durch die Sauna und redete dabei wirres Zeug, wodurch die Aufgusszeit zu einer unfreiwillig komischen Slapstickeinlage mutierte. Den Leuten gefiel's. Schnell sprach sich herum, dass es bei meinen Aufgüssen etwas zu lachen gäbe, und ich wurde gefragt, ob ich das nicht häufiger machen möchte. Warum nicht, dachte ich und sagte schnell zu.

Natürlich bin ich heute viel souveräner. Inzwischen würde auch ich die Handtuchschleuder pannenfrei hinbekommen. Doch ich habe eine gewisse Trottelhaftigkeit zu meinem Aufgussmeistermarkenzeichen werden lassen. Franziska kam ein einziges Mal zu meiner Performance, um sich das einmal anzuschauen. Seitdem nimmt sie mich noch weniger ernst.

Am heutigen Samstagabend allerdings besuche ich die Therme privat, ich möchte schlicht zwei Stunden Ruhe genießen. Doch daraus wird nichts.

«Ach hallo, Herr Bröhmann.» Ich komme gerade splitternackt aus der Erlebnisdusche, bin auf dem Weg zu meinem Handtuch, da steht mir gegenüber, ebenfalls splitternackt auf dem Weg in die Dusche, Gaby Sprötter, Laurins Lehrerin.

Eigentlich gibt man ja in gemischten Saunen ein kleines bisschen sein Schamgefühl am Kassenhäuschen ab, und üblicherweise fällt es mir nicht schwer, meine eigene Nacktheit und die der anderen auszublenden. Nun allerdings, als Frau Sprötter vor mir steht, blende ich gar nichts aus. Intuitiv ist mir kurz danach, hastig meine Hände vor meiner Scham zu positionieren, doch im letzten Moment verzichte ich darauf. Es würde doch etwas merkwürdig wirken, zumal Lehrerin Sprötter eine sehr entspannte Haltung zu ihrer Nacktheit zu haben scheint.

«Ich wollte euch ohnehin die Tage mal anrufen. Wegen Laurin», sagt sie und versperrt mir weiterhin vollbusig den Weg zum Handtuch. Sie «ihrzt» mich, da sie mich zwar siezt, Franziska aber als ehemalige Kollegin im Gymnasium Nidda duzt.

«O. k., wir sind die nächsten Tage auch super telefonisch zu erreichen», versuche ich, das Gespräch schnell abzuwürgen. Am Telefon habe ich dann auch wieder eine Hose an.

«Ja, ich muss mit euch unbedingt mal über Laurins Verhalten sprechen.»

«Wieso?», frage ich dann doch von der Neugier besiegt, dabei aber hartnäckig bemüht, nirgendwo anders als in ihr Gesicht zu schauen.

«Das können wir dann ja am Telefon besprechen», antwortet Frau Sprötter. «So wie das jetzt läuft, kann das jedenfalls nicht weitergehen. Da muss ich auch an seine Mitschüler denken.»

Von was um Himmels willen redet diese nackte Frau?

«Er tut sich damit selber auch keinen Gefallen. Da müssen

wir wirklich gemeinsam schnell nach einer Lösung schauen. Ich melde mich dann bei euch.» Sagt's und watschelt an mir vorbei auf die Dusche zu.

«Einen Moment bitte noch, Frau Sprötter», rufe ich ihr nach. «Ich weiß wirklich gar nicht, worum es geht. Was macht der Laurin denn? Jetzt bin ich doch ein bisschen verunsichert.»

«Er stört den Unterricht unentwegt mit, ja, wie soll ich's sagen? Mit doch sehr überheblichen Kommentaren, und er stellt seine Langeweile recht provokativ zur Schau. Das kommt weder beim Lehrkörper noch bei seinen Mitschülern so gut an. Laurin sollte lernen, sich in die Gruppe einzufügen, auch wenn er den Unterrichtsstoff meist viel schneller verstanden hat als seine Mitschülerinnen und Mitschüler.»

Frau Sprötter ist im Begriff, den Duschknopf zu betätigen, da wirft sie mir noch zum Abschluss hin: «Aber entschuldigen Sie jetzt bitte, Herr Bröhmann. Es ist Wochenende, und ich glaube zudem, dass das hier vielleicht nicht der richtige Ort für ein Elterngespräch ist, nicht wahr?»

Gaby Sprötter lässt das Duschwasser über sich ergießen, ich blicke an mir herunter, stelle fest, dass ich noch genauso nackt und nass bin wie vor fünf Minuten, verlasse daher zügig die Dusche und steuere auf mein Handtuch zu.

«Hey, das ist meins», beschimpft mich ein älterer Herr mit stark behaartem Rücken.

«Oh, Entschuldigung», stammle ich und bin so nackt als wie zuvor.

Eine große Erholung war dieser Thermenbesuch nicht, und so mache ich mich schneller als geplant auf den Weg nach Hause.

Ich erzähle Franziska von meiner hüllenlosen Begegnung, und wir beschließen, so schnell wie möglich mit Laurin ein Gespräch zu führen.

Wir legen uns schlafen, werden aber bereits um eins von Frida geweckt. Sie schläft bald wieder ein, ich aber nicht. Dann macht sich Nick bemerkbar. Auch Nick schläft wieder ein, ich stehe kurz davor, es auch zu tun, ehe um 2.14 Uhr dann der Anruf kommt. Der Anruf von Melina.

«Ich bin's», höre ich sie leise und zittrig sprechen.

«Warte kurz», sage ich, schnappe mein Handy, husche aus dem Schlafzimmer und bleibe dabei mit dem kleinen Zeh an der Türkante hängen.

«Was ist los?», frage ich.

«Ich rufe aus der Untersuchungshaft an, Papa. Die haben mich verhaftet.»

Ich schlage mir mit der Hand auf meine Wange, um sicherzugehen, dass das, was ich gerade hören muss, nichts mit irgendwelchen wirren Träumen im Halbschlaf zu tun hat.

«Ich stehe in dringendem Tatverdacht, etwas mit dem Mord an Lubricht zu tun zu haben», sagt Melina ebenso sachlich wie tonlos.

«Du stehst was?», rufe ich ins Telefon. Mir wird schwindlig.

«Die behaupten, dass meine Dienstwaffe die Tatwaffe gewesen sein könnte.»

«Wieso das denn?», würge ich heraus.

«Weil ... weil sie weg ist. Und weil ich angeblich Kontakte zur linksradikalen Szene pflege. Papa, ich ...» Sie kämpft hörbar mit den Tränen. «Ich muss jetzt Schluss machen. Ich bin in Preungesheim.»

«Melina, hör mir jetzt zu, bleib ruhig. Das bringen wir in Ordnung. Das klärt sich alles auf. Ich bin, so schnell es geht, bei dir. Und noch was: Ich besorge dir einen guten Anwalt. Bevor der nicht mit dir gesprochen hat, sagst du gar nichts. Hast du das verstanden?»

Melina bejaht meine Frage.

«Ich kümmere mich drum, mein Schatz, hörst du?»

«Ja», flüstert sie. Dann legt sie auf.

Sonntag, 17. September

Franziska und ich verbringen den Rest der Nacht damit, vor Fassungslosigkeit apathisch stumm vor uns hin zu starren. Was passiert nur immer mit uns? Ich habe mir fest vorgenommen, diesmal nicht in meiner Spezialdisziplin, dem Selbstmitleid, zu versacken. Aber wie soll das gehen? Wie soll man da nicht jammern? Wenn einer das Recht dazu hat, dann ich. Welcher Fluch lastet auf dieser doch eigentlich so friedliebenden Familie? Ja, ich stelle sie nun doch, die Selbstmitleidsfrage Nummer eins: Womit haben wir das verdient?

Reicht es wirklich nicht, dass schon Franziska in Preungesheim einsaß (wenn auch zugegebenermaßen nicht ganz schuldlos)? Muss jetzt auch noch meine Tochter einer Tat verdächtigt werden, die sie im Leben nicht begangen hat? Wieso werden ständig Familienmitglieder in irgendwelche kriminellen Dinge verwickelt? Hört das denn nie auf? Nicht mal jetzt, wo ich kein Kommissar mehr bin?

Würde ich all das, was in den letzten Jahren mit dieser Familie geschehen ist, einem Fremden erzählen, er würde mir kein Wort glauben. Und zwar zu Recht. Vielleicht sollte ich mal ein Buch schreiben. Das wäre Stoff für einen Roman. Ach was, für mehrere Romane.

Nun hilft es aber nichts, es ist bittere Realität: Melina sitzt in U-Haft, verdächtig, mit den tödlichen Schüssen auf Bernd Lubricht etwas zu tun gehabt zu haben.

Zur linksradikalen Szene soll sie engen Kontakt pflegen? Was für ein alberner Blödsinn! Melina verabscheut jede Form von Fanatismus! Wird ihr ein Strick daraus gedreht, bloß weil sie privat die Olympiabewerbung ablehnt? Hat sie damit vielleicht während der Arbeit ihre Kollegen provoziert? Und warum in Gottes Namen ist ihre Waffe verschwunden?

Montag, 18. September

Gleich in der Frühe habe ich Renate Valentin angerufen und sie flehentlich gebeten, das Mandat für Melina zu übernehmen. Mit Frau Valentin hatte ich einige Male während meiner Polizeizeit zu tun und war jedes Mal von ihrer juristischen Kompetenz derart beeindruckt, dass ich mir vornahm, sollte ich je einmal einen Rechtsbeistand brauchen, dann stünde sie an erster Stelle.

Glücklicherweise erinnerte sie sich noch an mich, sagte ohne Umschweife zu, versprach zudem, Termine umzulegen, um so schnell wie möglich zu Melina in die JVA zu eilen.

Mit Renate Valentin, das jedenfalls rede ich mir ein, wird sich das Missverständnis blitzschnell aufklären.

Zu Hause untätig herumsitzen kann ich nicht, so bin ich an diesem Montagmorgen ebenfalls nach Preungesheim gefahren und warte in meinem Auto auf dem Parkplatz der JVA. Ich möchte von Frau Valentin aus erster Hand ihre Einschätzung erfahren. Selber habe ich erst für morgen einen Besuchstermin bekommen.

Nervös steige ich aus, laufe ungeduldig im Kreis und bedaure, dass ich im letzten Jahr mit dem Rauchen aufgehört habe. Danach setze ich mich wieder ins Auto, diesmal auf den Beifahrersitz, um den Ausgang der JVA besser im Blick zu haben.

Endlich, nach gefühlten Ewigkeiten, schreitet Renate Valentin entschlossenen Schrittes durch den Ausgang. Ich winke und stürme zu ihr hin.

«Wie geht es Melina?»

Die drahtige Strafverteidigern, die mit fast sechzig Jahren noch immer die Tennisrangliste ihres Heimatvereins anführt und genau das auch ausstrahlt, schlägt vor, dass wir uns kurz in ihren Ich-bin-nicht-nur-eine-sportliche-Frau-sondern-auch-eine-erfolgreiche-Anwältin-BMW setzen.

«Zunächst einmal galt es sicherzustellen», beginnt sie ihren Bericht, «dass sie dort ärztlich weiterhin vernünftig versorgt wird. Dann ...»

«Wieso das denn?», falle ich ihr hektisch ins Wort. «Wieso ärztlich versorgt?»

«Na ja, Sie wissen doch, dass sie noch immer unter den Nachwehen der Attacke leidet.»

Mir steht der Mund offen.

«Nichts Neues, Herr Bröhmann, keine Angst. Es handelt sich um die alte Kopfverletzung durch die Demonstranten.»

Kopfverletzung? Warum weiß ich von keiner Kopfverletzung? Warum erzählt das Mädchen uns denn nichts? Es ist mir vor der Anwältin zu peinlich, näher nachzufragen.

«Ach sooo, das meinen Sie», bringe ich hervor. «Aber es geht ihr trotzdem doch einigermaßen gut? Also ihrem Kopf.»

«Na ja, Sie wissen ja, sie hat immer noch ein wenig mit Schwindelgefühlen zu tun. Und drei Hörstürze in einem Jahr sind auch nicht ohne. Daher braucht sie gute Betreuung in der jetzigen Situation, auch psychologisch.»

DREI Hörstürze? Von wem reden wir hier?

«Klar, die Hörstürze», zwistelt es dünn aus meinem Mund. Ich hoffe, dass Frau Valentin meine wässrigen Augen nicht bemerkt.

«Stört es Sie, wenn ich dampfe?»

Ich weiß zwar nicht, wovon sie spricht, aber dampfende

Rechtsanwältinnen können die Sache auch nicht viel schlimmer machen. Ich nicke stumm und beobachte, wie sie einen blauen Plastikstift aus ihrer Handtasche zieht und in den Mund steckt. «Hab mir damit das Rauchen abgewöhnt», sagt sie und bläst ein nach Vanille und Kirsch riechendes Dampfgemisch in ihr Auto.

Eine E-Zigarette kann auch nicht die Lösung sein, denke ich still.

Wie Frau Valentin berichtet, streitet Melina jede Beteiligung an der Tat ab, hat aber bestätigt, dass ihre Dienstwaffe seit dem Mord an Lubricht verschwunden ist. Die Polizei habe zudem klare Hinweise, dass Melina mit einigen polizeibekannten Mitgliedern der links-autonomen Szene in Kontakt stünde. Mit einem aus der Gruppe führe sie sogar eine intime Beziehung.

«Wie bitte?», unterbreche ich.

«Ja, so ist das wohl. Ihre Tochter sagt aber, sie wisse nichts von illegalen Aktionen oder Ähnlichem. Trotzdem besteht eben dadurch der dringende Verdacht, dass sie in die Sache verwickelt ist. Und da laut Staatsanwaltschaft Verdunklungsgefahr besteht, sitzt sie nun in U-Haft.»

«Verdunklungsgefahr, klar, logisch», ächze ich erschöpft und stütze den Kopf in die Hände.

«Ich habe Melina geraten», fährt Frau Valentin ruhig und sachlich fort, «zunächst einmal gar nichts zur Sache auszusagen. Ich werde mir nun in Ruhe eine Strategie überlegen, und dann sehen wir weiter. Ich melde mich dann wieder bei Ihnen.»

Wie in Trance starre ich auf die Windschutzscheibe und bemerke erst mit Verzögerung, dass die Anwältin mir schon eine Weile ihre Hand zur Verabschiedung reicht.

«Oh, klar ... äh ... ja, danke ... Wiedersehen.»

Ich steige aus, blicke auf den riesigen Gefängnisbau und murmle leise: «Ich krieg dich da raus, Melina, ich krieg dich da raus.»

Dienstag, 19. September

Die Besuchsregelungen in der U-Haft sind streng. Besuche müssen beantragt werden und sind auch nur maximal einmal wöchentlich möglich. Franziska und ich haben daher beschossen, Melina nicht zusammen zu besuchen, sondern einzeln, dann hat sie mehr davon.

Wie sehr habe ich mir für meinen ersten Besuch nun vorgenommen, Melina Mut zu machen, ihr zu zeigen, dass wir für sie da sind und alles dafür tun werden, dass sie so schnell wie möglich wieder frei kommt.

Doch irgendwie scheint das gerade so ein bisschen nach hinten loszugehen.

«Papa, was willst du eigentlich? Willst du mir helfen, oder willst du mir Vorwürfe machen?», fragt Melina und schickt einen verächtlichen Blick hinterher. Dabei hatte ich nur ganz vorsichtig gefragt, mit welchen Idioten sie denn da Umgang habe.

«Natürlich will ich dir helfen», insistiere ich, doch meine Tochter macht, wie man so schön sagt, zu.

«Aber ich kann dir doch auch nur helfen, wenn du mir ein bisschen was erzählst.»

Melina verschränkt die Arme vor der Brust. Ihre Augen sind gerötet und ihre Wangen blass.

«Melina, warum hast du uns denn nichts davon erzählt, dass du auf der Demo verletzt wurdest? Wir sind doch deine Eltern! Ich verstehe das nicht.»

Ich klinge viel zu weinerlich.

«Wieder Vorwürfe», murmelt sie, mehr zu sich als zu mir.

«Und das mit den Hörstürzen, davon wussten wir auch nichts.»

Melina richtet sich auf ihrem Stuhl auf und wendet sich mir ein ganz kleines bisschen mehr zu. «Papa, ich bin keine zehn mehr. Ich bin eine erwachsene Frau. Ich muss meinen Eltern nicht mehr jedes Fitzelchen erzählen. Auch wenn du es nicht wahrhaben kannst oder willst, es ist so.»

Eigentlich ist das hier gerade nicht der richtige Ort oder Zeitpunkt, ein Adoleszenzkrisengespräch zu führen. Daher frage ich schnell: «Wie findest du die Anwältin, die Frau Valentin? Kommst du mit ihr klar?»

«Ja, bestens. Danke.»

Ich betone noch einmal, dass sie mit Abstand die beste Strafverteidigerin sei, der ich jemals begegnet bin.

Danach schweigen wir wieder eine unangenehme Weile. Es bricht mir das Herz, doch ich komme nicht an sie ran. Ich versuche es ein weiteres Mal.

«Melina, wer hat deine Waffe? Du musst doch irgendeine Idee haben. Und wer sind diese Linksradikalen, mit denen du dich da rumtreibst?»

Sie schüttelt den Kopf und deutet mit den Augen auf einen Wachmann, der einige Meter von uns entfernt unser Gespräch im Auge behält.

«Der hört doch nichts», flüstere ich. «Der passt nur auf, dass ich dir nichts zustecke oder so.»

«Das glaubst auch nur du», patzt Melina zurück. «Wenn die wollen, hören die alles ab. Und bei der Nummer, die hier läuft, erst recht.»

Unwillkürlich suche ich den Tisch, an dem wir sitzen, nach Minimikros ab.

«Papa, nimm's mir nicht übel, aber lass uns das jetzt hier beenden. Es wird schon alles wieder gut. Ich komm hier raus. Grüß Mama, Laurin und die Twins.»

Melina steht auf, scheitert vergeblich an einem Lächeln und lässt sich aus dem Besucherraum führen.

Auf der Fahrt nach Hause geht es mir schlecht, richtig schlecht. Es ist schlimm genug, dass Melina in U-Haft sitzt. Und fast genauso schlimm ist, wenn der Besuchstermin so verläuft, wie er eben verlaufen ist. Das hinterlässt ein so beschissenes Gefühl, dass ich gar nicht mehr weiß, ob ich mich jemals schlechter gefühlt habe. Ich versuche, all diese Gedanken wegzudrücken, mich wieder in einen rationaleren Modus zu rücken, und verursache dabei fast einen Auffahrunfall.

Das abrupte Bremsen schüttelt mich durch.

Nerven bewahren ist angesagt. Denn das Leben geht weiter, was auch sonst, und führt mich morgen früh erst einmal zum Antrittsbesuch mit den Zwillingen im Schlumpfloch e. V.

Mittwoch, 20. September

Früher, da war das so: Man meldete sein Kind im Kindergarten an, blieb zur Eingewöhnung noch so lange dabei, bis man das Gefühl hatte, man kann gehen, und dann ging man. Funktionierte es, war's gut, funktionierte es nicht, war's auch gut, nur dann klingelte zu Hause das Telefon, und man fuhr eben wieder hin und holte das Kind.

Bei Melina damals dauerte es nur einen Tag, da stürmte sie schon ins Getümmel und kriegte nicht einmal mit, wie ihre Mutter den Kindergarten verließ. Bei Laurin dauerte es zwei Wochen, bis er erstmalig Franziskas Hose losließ und sich langsam auf die anderen Kinder zubewegte.

Heute, an diesem sonnigen Mittwochmorgen, konfrontiert man mich in der konzeptionell neu strukturierten Kindergruppe Schlumpfloch e. V. mit der Frage, ob ich für die Eingewöhnung unserer Zwillinge das Münchner oder das Berliner Modell bevorzuge.

Ich gebe zu, ich bin kein Fachmann im Themengebiet «Kindereingewöhnung», war doch Franziska bei unseren beiden Großen federführend im Einsatz, aber eins glaube ich doch zu wissen: Elterliche Intuition kann im Vergleich zu irgendwelchen «Konzepten» und «Modellen» durchaus Punktsieger sein.

Ich kenne diese Modelle nicht, weder das aus Berlin noch das aus München. Und offen gesagt, will ich die auch gar nicht kennenlernen. Ich will einfach, dass meine Kinder so bald wie möglich freiwillig in diese Krabbelgruppe gehen, dass sie viel Spaß beim Spielen haben und ich endlich wieder etwas mehr Freiraum.

Ich rede hier natürlich nicht über Freiräume zum Kaffeetrinken oder Serien-Glotzen, sondern über Freiräume für eine Tochter in Untersuchungshaft und eine immer feuchter werdende Wohnsituation, der dringend ein Ende gesetzt werden muss.

Carla Kippich, eine der mir noch unbekannten jungen Erzieherinnen in der Schlumpfloch-Krabbelgruppe, wartet mit Klemmbrett im Arm auf meine Antwort und blickt mit großen dunklen Augen durch eine noch dunklere, groß umrandete Hipster-Brille. Berliner oder Münchner Modell, das war die Frage.

«Ich hätte gerne das Vogelsberger Modell», sage ich und freue mich diebisch über diesen kecken kleinen Scherz. Sie zieht die Brauen hoch und schiebt ihre leicht abgerutschte Brille nach oben, verzieht dabei aber keine Miene.

«Den Unterschied zwischen den beiden Modellen kennen Sie?», fragt sie.

«Ja», antworte ich.

«Ehrlich?»

«Nein.»

Carla Kippich schmunzelt milde und erklärt: «Ist eigentlich ganz einfach. Also, das Münchner Modell bezieht im Vergleich zum Berliner Modell stärker die Erkenntnisse der Transitionsforschung ein.»

«Ach so.»

«Genau. Es geht um die Übergangsbewältigung.»

«Klar.»

«Im Vordergrund steht da das ...» – nun macht sie Gänsefüßchen mit den Fingerchen – «*starke* Kind.»

«Aha.»

«Habe ich das Gefühl, dass Sie mich veralbern?»

«Nein.»

«Dann ist ja gut.»

So entscheide ich mich für das Münchner Modell und habe dabei das eindeutige Gefühl, dass ich mich eben gerade nicht wirklich beliebt gemacht habe.

Frida und Nick ist das alles eh egal. Sie stehen rechts und links neben mir und verfolgen äußerst interessiert, was hier gerade so alles passiert. Diese vielen kleinen wahnsinnig lauten Menschen auf einem Fleck, die sich teils in kleine Hausschühchen zwängen, teils in Bilderbüchern vergraben oder anderenteils einfach mal wild durch die Räume flitzen, faszinieren die beiden sichtlich.

Eine kleine Josefa berechnet eine Kurve falsch und rennt mit ihrem Gesicht direkt in meinen Oberschenkel. Eine Weile überlegt sie nun, ob es das wert war, mit dem Heulen zu beginnen, oder ob's nicht doch effektiver ist, gleich weiterzurennen und den Part mit dem Schreien einfach mal auszulassen. Eine kleine Weineinlage muss es dann doch sein, unter höchst faszinierter Anteilnahme meiner Zwillinge.

Natürlich haben auch Franziska und ich uns immer wieder die Frage gestellt, ob so eine Krabbelgruppenkrippe schon das Richtige für unsere erst gut einjährigen Jüngsten sei. Bei Franziska schwang auch heute Morgen wieder ein kleiner Hauch schlechten Gewissens mit. Schieben wir unsere Zwillinge nicht schon zu früh ab?

Auf keinen Fall, denke ich. Die sind so weit, die wollen schon jetzt die Welt erobern, die brauchen endlich ein paar neue Impulse. Nicht ständig nur ihre übermüdeten, überlasteten Eltern wollen die um sich haben, sondern eben auch kleine neue Josefas, die wild gegen Oberschenkel rennen. Zudem geben sie sich gegenseitig Sicherheit, die ihnen bei der Eingewöhnung helfen wird.

Währenddessen hat sich Frida schon komplett von meiner Hand gelöst und watschelt auf einen großen Gummiball zu, der es ihr scheinbar angetan hat. Nick zögert nicht lange und folgt ihr nach.

Läuft!

Ich suche Blickkontakt zu Carla Kippich, um ihr zu zeigen: Hey, guck mal, meine coolen Kinder, wie die hier schon alleine durch die Gegend spazieren. Die junge, nebenbei bemerkt recht attraktive, nein, eigentlich eher sehr attraktive Frau Kippich verweigert allerdings den gewünschten Blickkontakt. Vielleicht wegen meines Verhaltens vorhin, vielleicht aber doch eher, weil sie momentan zwei Kinder wickeln und dabei das Frühstück vorbereiten muss, während gleichzeitig zwei aufgeregte Mütter auf sie einreden.

Eine weitere Mitarbeiterin klatscht kurz darauf zackig in die Hände, und alle Eltern wissen nun, was zu tun ist. In Windeseile verlassen sie die Kindergruppe. Außer mir natürlich, ich bin ja noch Teil des Münchner Modells, oder war es jetzt doch das Berliner? Ich werde freundlich gebeten, mich gemeinsam mit Frida und Nick in den Morgenkreis zu setzen. Beide Zwillinge lehnen einen Schoßplatz ab und bestehen auf einem eigenen Stuhl. Wieder versuche ich der schönen Carla zu signalisieren, was für coole Kinder ich habe und dass die Eingewöhnung spätestens morgen abgeschlossen sein wird. Wieder lande ich nicht bei ihr. Schade eigentlich.

Struktur hat Einzug genommen im Schlumpfloch, nichts ist mehr so wie damals, und ich finde das gut so. Ich sitze auf einer Bank an der Wand, meine Kleinen nehmen fröhlich am Treiben teil, kommen immer mal wieder zum Auftanken bei ihrem alten Vater vorbei, und es gelingt mir dabei tatsächlich, über einen längeren Zeitraum nicht an das Melina-Fiasko zu denken.

Genau jetzt hat Franziska ihren ersten Besuchstermin. Ich hoffe, dass der besser verläuft als mein verunglückter Besuch gestern. Die halbe Nacht habe ich gegrübelt, um auch nur ansatzweise zu verstehen, was da gerade vor sich geht. Was ist mit ihrer Waffe passiert? Wann, warum, weshalb, wieso hat sie die verloren? Wer hat sie, und wo ist sie? Und was sind das für «Kontakte zur linken Szene»? Um welche «intime Beziehung» geht es da? Ich weiß überhaupt nichts. Ich kenne auch keinen einzigen ihrer Frankfurter Freunde. Melina hat alles dafür getan, uns außen vor zu lassen.

Viele Fragen, nur wie soll ich nun zu Antworten kommen? Soll ich das alles der Frau Valentin und den Ermittlern in Frankfurt überlassen? Soll ich einfach darauf vertrauen, dass sehr bald die Wahrheit ans Licht kommt und sich alles als großes Missverständnis herausstellt?

Ja, vielleicht sollte ich das. Denn so wird es kommen, beruhige ich mich, alles wird wieder gut.

Ich beobachte Nick, wie er einer neuen Krabbelfreundin zum 47. Mal ein und denselben Legostein in die Hand drückt. Die Kleine wirft ihn voller Dankbarkeit auch dieses Mal wieder vor seine Füße. Nick hebt den Stein begeistert auf und plant Wiederholung Nr. 48.

Danach blättere ich ein wenig in dem Faltblatt über das Münchner Modell herum und zucke an einer Stelle erschrocken zusammen.

Mit dem Blatt in der Hand kämpfe ich mich durch die wuseligen Krabbelkinder zu der bestimmt schönsten Erzieherin Deutschlands durch.

Carla Kippich, die gerade Elefanten oder vielleicht auch Schweine knetet, man weiß es nicht, vielleicht sind es auch Ameisen, blickt mich an.

«Ja, Herr Bröhmann?»

«Hier steht», sage ich und tippe auf das Faltblatt, «dass es bei Ihrem Münchner Dings hier keine Trennung von den Eltern in den ersten sechs Tagen geben darf.»

«Ja, und?» Frau Kippich knetet doch keinen Elefanten und kein Schwein, auch keine Ameise. Es wird eher ein Bagger.

«Na ja», räuspere ich mich und lache etwas zu selbstgefällig, «also, Sie sehen ja, wie meine beiden das hier meistern. Ich glaube nicht, dass ich da *so* lange hierbleiben muss. Das mag ja für andere, ängstliche Kinder sinnvoll sein, in unserem Fall ...»

In dem Moment erbricht ein kleines Bürschchen mit Silberblick sein Müslifrühstück auf meine linke Socke.

Zum ersten Mal ernte ich bei Carla Kippich ein Lächeln.

«Sechs Tage sind Minimum, das Waschbecken ist drüben», sagt sie.

Ich humple ins Bad, wasche meine Socke aus und kehre barfuß zurück.

«Frau Kippich», rufe ich, «hier steht doch eindeutig, dass die Eingewöhnungsphase, ich zitiere, sanft dem individuellen Tempo des Kindes folgt.»

Ich warte auf eine Reaktion, es kommt keine, sie knetet weiter.

«Individuell, steht da, also, warum wird dann festgesetzt, dass ich sechs Tage hierbleiben muss?»

Die schöne Carla ist nicht aus der Ruhe zu bringen. Eine Fähigkeit, die alle Erzieherinnen mitbringen sollten. «Es ist, wie es ist, Herr Bröhmann. Sechs Tage, Minimum.»

«Ich könnte jetzt schon gehen», töne ich gockelartig.

Wieder keine Reaktion.

«Was kneten Sie da eigentlich?»

«Mohammed. Wir kneten heute Mohammed-Karikaturen.»

Irritiert betrachte ich den Knetklumpen.

«War ein Witz», murmelt sie. «Ich knete das Münchner Modell.»

Schachmatt gesetzt wiederhole ich, was ich von der Sechs-Tage-Regelung halte, und sage noch einmal, dass ich schon jetzt gehen könne.

«Dann machen Sie's doch», antwortet Carla Kippich kurz und trocken.

«Okahay», rufe ich. «Sie haben ja meine Handynummer, falls wider Erwarten doch was sein sollte. Ich bin um zwölf vor dem Mittagessen wieder zurück.»

Ich muss jetzt wohl nicht ausführen, wie das Ganze ausging. Das muss ich wirklich nicht. Nur so viel:

Zehn Minuten nach meinem Abgang klingelte mein Handy, und ich hörte ganz leise die Stimme der Frau Kippich und deutlich lauter die Brüllorgane meiner Kinder.

Ich verstand nicht viel, eines aber doch: Ich solle schnellstens zurück zum Schlumpfloch, zu der schönen Carla, meinen schreienden Kindern und dem Münchner Modell.

Am selben Tag

Franziska schält sich neben mir aus unserem Wohnzimmersofa hoch, küsst mich auf die Stirn, flüstert «Das wird alles wieder» und kündigt an, schlafen zu gehen. Ich bleibe noch eine Weile sitzen und wippe unruhig mit dem linken Fuß.

Sie hat mir gerade ausführlich von ihrem Besuch bei Melina erzählt, der deutlich besser verlief als meiner. Sie ist an sie herangekommen und hat ein paar Dinge aus ihrem Lebensumfeld erfahren können, von denen wir bis dato nichts wussten. Und diese Dinge sind es, die gerade heftig in mir arbeiten.

Ich werde hier nicht untätig sitzen, nein, ganz sicher nicht. Ich warte bestimmt nicht ab und vertraue darauf, dass sich alles von alleine zum Guten wendet. Es beginnt in mir zu brodeln, eine Idee setzt sich in meinem Kopf fest und verfestigt sich von Minute zu Minute. Ich fühle mich urplötzlich wach wie schon seit Monaten nicht mehr, eile in mein Arbeitszimmer, setze mich an mein Notebook und gehe ins Internet. Dann fällt mir Olaf Beitz ein, mit dem ich früher in der Schule Volleyball spielte und den ich zufällig vor zwei Jahren bei einem Manni-Konzert wiedergetroffen habe. Bis spät in die Nacht plauderten wir über alte Zeiten. Olaf ist vier Jahre älter als ich, heute ist er Geschäftsführer bei einer Vermögensberatungsfirma, früher trug er Che-Guevara-T-Shirts und filzige Dreadlocks.

Bei der Abiturfeier nahm er sein Zeugnis im Batik-Unterhemd entgegen, um gegen die Leistungsgesellschaft zu protestieren. Ich fand das als Fünfzehnjähriger total faszinierend, auch wenn ich nichts von dem verstand, was der große Olaf da erzählte. Ich wusste nicht mal, wer dieser Che Guevara auf seinem T-Shirt überhaupt war. Ich dachte, das sei ein Reggae-Musiker, und verwechselte ihn lange mit Bob Marley.

Ich schreibe Olaf Beitz eine SMS mit meinem Anliegen und bekomme schon zehn Minuten später eine Antwort: Bestimmt könne er mir helfen, gleich morgen früh solle ich bei ihm in Hungen vorbeikommen.

Nur wenige Sekunden später klingelt mein Handy: eine unterdrückte Nummer.

«Bröhmann.»

«Hey, Henny, du alter Hallodri, isch bin's, de Manni. Unn wie?»

«Hallo, Manni! Du, im Moment ist grad ganz schlecht.»

«Genau, bei mir auch. Und sonst so?»

«Äh, danke, gut ... Übrigens, du musst mal in deinem Telefon einstellen, dass deine Rufnummer angezeigt wird.»

«Nee, das geht net, mein Lieber», sagt er. «In meinem Bekanntegrad muss ich die Nummer geheim halte. Ob ich will oder net. Denn die Bewunnnerrung und der Sympathismus meiner Fans könne auch mal gannnnz schnell in Hysterie und Fanatismus umverschlage. Das hab ich bei meinem Kollegen, dem Dings, dem Cashjonny hautnah miterlebe könne ... im Film, den wo ich über ihn gesehe hab.»

«O. k., um was geht's denn, Manni?»

«In dem Film? Um Johnny Cash.»

«Nein, bei deinem Anruf grad.»

«Ei ja, da geht's darum, dass mir grad über meine geheime Geheimnummer gesproche habbe.»

Ich schweige einfach, irgendwann wird er ja wohl sagen, warum er eigentlich angerufen hat. Es sei denn, er hat es vergessen. Was auch gerne das eine oder andere Mal vorkommt.

«Hier, echt, super Idee, das mit deine Muddi», sagt er dann.

«Wie?»

«Nee, klasse Idee. Das mach ich doch gern. Ich mag dei Muddi, ich mag dich, da tu ich euch gerne den Gefalle.»

«Manni, ich weiß nicht, wovon du sprichst.»

«Ei, das Kartoffeltheater!!!»

«Kartoffeltheater?»

Mir schwant Schlimmstes. Reden wir gerade von dem feuchten Kartoffelkeller, den meine Mutter einer fixen Idee folgend zum Theater umbauen möchte, von meinem Erbe?

«Dei Muddi macht doch nächste Woch so e Veranstaltung dort mit verschlossene Gesellschaft für Sponsoren et cetera. Und da hat die mich angerufe und erzählt, dass du angebote hast, dass wir da spiele wolle könne täte. Und da hab ich ratzifatzi zugesaacht. Ist doch Ehresach. Ohne Honorrrar.»

«Das Dings, also dieser Keller, also dieses Theater, das ist doch noch lange nicht fertig. Die fangen doch erst an. Wie kann denn da ...?»

«Keine Ahnung, das musst du dei Muddi frage. Ist ja mini, die Bühn, gelle? Da spiele mer mit dem kleine Besteck. Drei, vier Leut: fertig.»

Wie kommt meine Mutter nur dazu zu behaupten, ich hätte vorgeschlagen, dort mit der Manni-Band zu spielen? Vielleicht hat der gute Manni auch nur mal etwas falsch verstanden.

«Ach, nun noch was, Henny, ich will den Gig auch nutze und ein bissi mal was Neues auszuprobiere. Mit 'ner neuen Sängerin.»

«Wie? Ohne Probe?»

«Na, ich prob daheim schon allein mit der, als und als.»

«Aha.»

«Un rat mal, wer! Das is die Hessi. Die is ein riesiges Talent. Die hatt immer ihren Scheffel unners Licht vergrabe. Doch wenn ich die ab und an unner der Dusch trällern hör ... leck mich am Arsch. Da prickelt einem die Gänsehaut durch die Fußzehe. Das geht einem richtig ans Herzeblut.»

«Aha.»

«Die hat auch so 'n jazzigen Sound in der Stimm, wenn du weißt, was ich mein. So 'n ganz spezielle Groove. Ich nenn sie daheim nur noch die Jazzy Hessi.»

«Ah ja.»

«Deswege hab ich die überredet, drei Songs am Freitag zu singe, und zwar ‹Summertimes› ... weißte, das ganz berühmte ...»

Dann singt er: «Summer...tiiiimes ... na na na na na ... easy.»

«Ja, ich weiß schon», rufe ich entnervt.

«Dann noch ‹Over the Rainbow› und ‹Hit Me Baby One More Time› von de Pritneei.»

Da verschlucke ich mich nun doch. «Meinst du nicht, dass das stilistisch ein bisschen ... also, meinst du, dass das passt?»

«Ach, da muss man sich mal logger mache und ein bissi paar annere Fassette uffzeige.»

Ich atme tief durch.

«Ich hab die Lieder alle auf Kassette. Soll ich sie dir vorbeibringe, zum Vorbereite?»

«Nein, nicht nötig. Ich habe eh keinen Kassettenrecorder mehr. Ich besorge mir das übers Internet.»

«Hier, so isser, der Bröhmann. Immer am Puls der Zeit. Alles klar, mein Gutster, kannst ja ma gugge, wie wo da 'ne Geige hinpasst. Und wir spiele das dann nächste Woch im Kartoffeltheater im Soundcheck mal alles durch. Aber mir sehe uns ja eh erst vorher noch in Gieße, in de Galerie, gelle? Tschüsikowski!»

Ach, wenn ich doch irgendwann mal lernen könnte, nein zu sagen.

Donnerstag, 21. September

Tags darauf öffnet mir um sieben in der Frühe Olaf Beitz im grauen Anzug mit blauer Seidenkrawatte die Tür seines schmucken Neubaugebiet-Einfamilienhauses. Er begrüßt mich herzlich und bittet mich durch einen langen hellen Flur in sein Arbeitszimmer. Das Haus ist eines von der Kategorie, die für Franziska und mich eher nicht in Frage kämen.

Viel hat der aktuelle Olaf mit dem früheren Anarcho-Olaf nicht mehr gemein. Rein äußerlich gar nichts. Er hat dichtes gescheiteltes graues Haar, trägt eine randlose Brille, und doppelt so dick wie früher ist er auch. Doch seinen wachen, gewitzten Blick und den leicht spöttischen Zug um den Mund, den hat er sich bewahrt.

«Ich dachte, du hättest dich ganz aus der Polizeiarbeit rausgezogen?», fragt er.

«Ja, im Großen und Ganzen. Ab und zu helfe ich noch mal aus», schwindle ich. «Als verdeckter Ermittler.»

Er bittet mich, auf einem grünen Stuhl Platz zu nehmen, der durchaus die Abschlussarbeit eines kalifornischen Möbeldesignstudierenden sein könnte. Chic sieht er aus, drauf sitzen sollte man nicht unbedingt.

Olaf nickt und öffnet einen Karton. «Ich hab den ganzen Scheiß aufgehoben», sagt er grinsend. «Da ist bestimmt einiges dabei, was du gebrauchen kannst.»

Er kramt zunächst einen zeitlosen Parka und mehrere beschriftete schwarze Kapuzenpullover heraus. «Nazis aufs Maul», «Krieg den Palästen» und «Kein Mensch ist illegal», lese ich unter anderem.

«Je nach Stimmungslage habe ich auch noch ein paar schicke 80er-Jahre-Ansteckbuttons.»

Mit leuchtenden Augen kramt Olaf in einem Schuhkarton herum. Von ganz harmlos – «Kein Blut für Öl» oder «Hände weg von der Gesamtschule» – bis «Stoppt Tierversuche, nehmt Nazis» wird eine breite Palette geboten.

Dann öffnet sich die Tür, und ein ungefähr acht- bis neunjähriges blondes Mädchen mit entzückend gebundenen Zöpfchen steht im Zimmer.

Olaf springt hektisch auf. «Oh, Schätzchen, du äh, warte mal, ich muss hier noch was ... ich komm gleich zu euch. Geh mal wieder zu Mama.»

Das Schätzchen lässt sich so leicht allerdings nicht abwimmeln und zeigt auf ein T-Shirt mit der Aufschrift «ACAB».

«Was ist das denn, Papa? Was heißt'n das?»

«Hallo», sage ich erst einmal.

Das kleine Mädchen wartet geduldig auf die Antwort.

«Das bedeutet ... äh ... Alles ... Christen ... außer ...»

«Buddhisten», komme ich Olaf zu Hilfe.

«Genau.»

«Aha», macht das Mädchen und sagt: «Ich geh wieder Müsli essen.»

Olaf schiebt sie aus seinem Arbeitszimmer. «Das war Larissa. Die melde ich demnächst mal bei der Schüler-Union an.»

Ich kichere und begutachte das ACAB-Shirt. «‹All Cops are Bastards›, das ist genau das Richtige für mich.»

Olaf blickt auf seine Uhr. «Nimm, was du willst, ich muss langsam los zur Arbeit. Muss die Reichen noch reicher machen», sagt er und grinst ein klein wenig schief. «So ändern sich die Zeiten, was, Henning?»

Ich nicke und packe ein paar Sachen in meine Altherren-Saunatasche.

Olaf führt mich zurück in den Flur, stellt mir auf dem Weg noch schnell seine zwanzig Jahre jüngere Drittfrau vor und verabschiedet mich mit den Worten: «Wenn du irgendwelche Storys von früher brauchst, meld dich einfach. Du weißt, rund um Gorleben gibt es kein Gleis, an dem ich nicht angekettet war.»

Noch am selben Abend soll das Vorhaben starten, das ich lange begrübelt und schlussendlich für gut befunden habe. Natürlich fühle ich mich etwas albern in diesem alten Parka, mit der grauen verranzten Wollmütze auf dem Kopf und den gerade so passenden schwarzen Stiefeln an den Füßen. Das «Alles Christen außer Buddhisten»-T-Shirt lasse ich zunächst einmal weg, käme mir etwas zu «too much» vor, wie man neudeutsch sagt. Man muss ja erst mal in seine Rolle wachsen.

Auf dem Plan steht nun der Besuch der «Soli-Party gegen Repression und Polizeiwillkür» in einem Frankfurter Autonomenzentrum in der Nähe des Südbahnhofs mit dem Namen Volxbunker. Als, na ja, nennen wir es freiberuflicher verdeckter Ermittler.

Hier nämlich, in diesem von einigen Antifa-Gruppierungen geführten, jahrelang unbenutzten Postgebäude, in dem Konzerte, Ausstellungen, Partys und Diskussionsveranstaltungen stattfinden, stehen die Chancen gut, einen gewissen Josh Krüger anzutreffen.

Josh Krüger ist ein enger Freund von Melina. Wie eng, weiß ich nicht, ist für den Moment auch nicht wichtig.

Von diesem Typen erzählte Melina gestern ihrer Mutter bei deren Besuch in der JVA. Sie sagte, dass sich der Kerl zurzeit fast ausschließlich im Volxbunker aufhalte, um Aktionen gegen die Frankfurter Olympiabewerbung zu koordinieren. Krüger habe aber ganz bestimmt nichts mit den Schüssen und der verschwundenen Waffe zu tun, meinte Melina. Sie habe vielmehr Angst, dass er auch demnächst verhaftet werden könnte. Das allerdings wäre mir persönlich relativ wurscht. Ich hege vielmehr den leisen Verdacht, dass dieser doch anscheinend recht militant veranlagte Herr Krüger, von dem Melina niemals auch nur ein Sterbenswörtchen erzählt hat, irgendwas im Schilde führte, das Melina in die Situation brachte, in der sie nun steckt.

Wie das hier allerdings ganz genau klappen soll, weiß ich auch nicht. Aber es ist immer noch besser, als gar nichts zu tun und zu Hause abzuwarten.

Schon von weitem wummert laute Musik, was mir die Suche nach dem Eingang erleichtert. Ich nähere mich den Klängen, die nach schlechter Punkmusik in schlechter Tonqualität klingen, und bekomme zunächst einmal als bürgerlicher Spießer ein Klischee bestätigt. An der steinigen Hauswand steht ein junger Herr und uriniert in freier Wildbahn. Das macht man doch nicht.

Etwas nervös dränge ich mich durch die Tür, an Unmengen von Soli-Partygästen vorbei, eine feuchte Treppe hinauf, immer in Richtung Musik. Ich bemühe mich, so zu wirken, als ob ich täglich auf Veranstaltungen dieser Art ginge, bis ich eine Hand auf meiner Schulter spüre.

«Sorry, Kollege», ruft mir ein hagerer junger Mann mit schlecht riechendem Atem ins Ohr. «Haben wir da nicht was vergessen?»

Das fängt ja gut an. Ich lächle etwas dümmlich und starre unsicher auf seine autonome Nase.

Gerade noch rechtzeitig erkenne ich, dass er eine Dose in der Hand hält, in die ich wohl am Eingang gerade Geld hätte einwerfen sollen.

«Es geht quasi um eine Art freiwilligen Eintritt, quasi um einen Solibeitrag für unsere Arbeit, die wir hier machen.»

Sagte er nicht gerade «freiwillig»? Warum habe ich dann seine Hand auf meiner Schulter?

«Sorry, aber du siehst jetzt quasi nicht gerade so aus, als ob du nicht ein bisschen was beisteuern könntest. Sonst können wir quasi über alles diskutieren, falls du wirklich gerade eher knapp ...»

«Nee, Alter, geht schon klaro», sage ich viel zu affig und komme mir selbst vor wie ein schlechter Udo-Lindenberg-Parodist. Ich suche in den Taschen meines geliehenen Parkas mein Portemonnaie, stecke kurz darauf einen Zehneuroschein in seine Dose und stelle einmal mehr fest, dass «quasi» das unnötigste Wort der deutschen Sprachgeschichte ist.

«Krösus, oder was?», sagt er, grinst dann aber und ruft mir im Weggehen zu: «Kannst dir da drüben 'n Umsonstbier holen.»

«Logo», rufe ich. «Klaro.»

Aus einem Kasten greife ich mir ein lauwarmes Bier; nirgends

Öffner. Ein klein gewachsenes Punkmädel mit gepiercter Nase, dickem schwarzem Lidstrich und grün-schwarzen Haaren hat mich beobachtet und wirft mir ein Feuerzeug zu.

«Thanx», sage ich lässig, hoffe dabei, dass sie das x mithört, und lasse das Feuerzeug fallen. Danach scheitere ich zwei Minuten daran, die Flasche mit dem Punk-Feuerzeug zu öffnen. Konnte ich noch nie. Ich versuche es daher lieber mit der Tischkante und setze den Flaschenhals an. Ich schlage mit der flachen Hand von oben auf die Flasche, es macht klirr, und klebriges Bier läuft mir erst über die Hand und dann auf den Boden.

«Ich hatt dir doch mein Feuerzeug gegeben», ruft darauf die junge Dame mit dem grünen Haar und reicht mir kopfschüttelnd zwei Taschentücher.

«Ja, danke, ging aber nicht, irgendwie», stammle ich und putze mir das Bier mit den Taschentüchern von der Hand.

«Hab dich hier noch nie gesehen», sagt sie. «Ich bin K.»

«Ja klar, ich auch», sage ich, ohne zu wissen, was es bedeutet, K zu sein. Doch um im Moment nicht noch mehr negativ aufzufallen, ist es bestimmt nicht ganz dumm, das zu sein, was die anderen hier auch so sind. Dann bin ich eben auch «K».

«Häh?», macht sie. «Du bist wohl ein ganz Lustiger, was?»

Ich grinse jetzt einfach mal und sage gar nichts. Ist vielleicht das Beste in diesem Moment.

«Also, noch mal von vorn im Text», sagt sie und hat scheinbar Spaß mit diesem merkwürdigen alten Mann. «Ich bin die K, und wie heißt du?»

Nachdem ich nun endlich die Bedeutung der K-Frage für mich klären konnte, sage ich allerdings nicht: «Ich bin der H», sondern: «Ich bin der Henn…er.»

«Hi, Henner.»

«Hi, K.»

Reiß dich zusammen, Bröhmann. Ich muss dringend meine Rolle finden, ganz dringend. Wie sonst soll ich hier ernst genommen werden und an Informationen kommen, die meine Tochter entlasten könnten.

«Und, Henner, was machst du so im Leben?», fragt K mit einer für ihr junges Alter sehr heiseren und tiefen Stimme.

«Was ich im Leben so mache?», wiederhole ich doof, um ein wenig Zeit zum Nachdenken zu gewinnen. «Sagen wir mal so. Ich habe, äh, nicht aufgehört zu kämpfen. Zu kämpfen für eine bessere, gerechtere, selbstbestimmte Welt. Ich habe nicht resigniert, wie viele andere aus meiner Generation, die sich unserem ausbeuterischen kapitalistischen Verbrechersystem untergeordnet haben.»

Ich nicke meinem Satz gewichtig hinterher und bin selber ganz beeindruckt von meiner Antwort.

«Weißt du, nach all den Jahren», lege ich nach, «nach all den vielen Häuserkämpfen und Straßenschlachten könnte man meinen, ich sei etwas müde ...» Nun erhebe ich meinen Finger. «Aber ich sag dir was: Die Wut bleibt jung. Und glaub mir, es gibt kein Gleis, an dem ich rund um Gorleben nicht angekettet war. Startbahn West, da habe ich als kleiner Steppke meine ersten Steine geworfen, und Wackersdorf, du, das sag ich dir, da ging's ab.»

K, die kaum älter als Melina sein dürfte, zündet sich eine Zigarette an und bläst mir den Rauch ins Gesicht.

«Und Hafenstraße», werfe ich hinterher. «Alter Schwede, da ging's zur Sache.»

«Hat Opa nun genug vom Krieg erzählt?», fragt sie und zieht ihre gepiercten Brauen hoch.

Habe ich doch ein bisschen zu sehr übertrieben? Egal, nur locker bleiben jetzt. Und vor allem in der Rolle bleiben.

«Ist mir schon klar, das wollt ihr jungen Leute nicht mehr hören. Ihr habt ja recht, mich haben das 68er-Geprahle und die

RAF-Verklärung meiner Eltern auch immer genervt. Ihr jungen Leute müsst eure eigenen Akzente setzen.»

«Du laberst gern, was? Ich trink lieber. Willste auch 'n Bier?»

«Danke, nein. Oder doch, ja.»

K schlurft zu dem Tisch mit den Bierkästen, trifft dort eine offenbar sehr enge Freundin und vergisst mich und das Bier.

«Das sind diese apolitischen Party-Punker. Denen geht es nicht um die Sache. Denen geht's nur um Saufen und Fun.»

Ein kleiner schmaler Mann in meinem Alter mit langem, zum Pferdeschwanz gebundenem Haar und einem vergilbten ärmellosen Unterhemd steht plötzlich neben mir.

«Hab dich gerade mit der Kleenen reden hören. Respekt. Die jungen Punks kannste für die politische Arbeit aber voll knicken.» Er reicht mir die Hand. «Bumpi.»

«Wie bitte?»

«Bumpi.»

«Bumpi?»

«Ja! So heiß ich.»

Ich stelle mich wieder als Henner vor und frage mich, wie es wohl so ist, als erwachsener Mensch Bumpi genannt zu werden.

Bumpi hat dunkle Augen und einen Schuss Wahnsinn im Blick, der schon ein bisschen unheimlich ist. Dafür zeigt er sich von meiner Kampfrede an K sehr angetan. Auch er beginnt nun, Heldentaten von früher aufzuzählen.

«Wobei ich eher von der Theorie komme.»

«Aha.»

«Dass wir das Ding hier besetzt haben, na ja, so ganz schuldlos bin ich an der Nummer nicht. So strategisch gesehen ...»

«Ach, der Bunker hier ist ein besetztes Haus? Wusste ich gar nicht.»

Bumpi windet sich ein bisschen.

«Na ja, besetzt ist ja relativ, ne?»

«Klar», antworte ich. «Alles ist immer irgendwie relativ. Das ist ja das Ding.»

«Genau. Politisch soundso.»

«Also stimmt das nicht, dass euch die Stadt den Schuppen hier zur Verfügung gestellt hat?», frage ich maliziös nach. «Ich dachte, ich hätte davon gelesen.»

«Genau. Also die Stadt hat uns das ... also, die konnten gar nicht anders. Bei dem Druck, den wir denen gemacht haben.»

Gerade in den Moment, als ich denke, dass ich hier mal irgendwie weiterkommen müsste, fragt Bumpi: «Warst du Mittwoch auch dabei aufm Römer?»

Mit einem Schlag werde ich hellwach. Ich schüttele den Kopf.

«Ein gefundenes Fressen für die Staatsmacht. Das sage ich dir. Jetzt schieben die uns das in die Schuhe und nehmen uns hoch, mit allem, was dazugehört. Jetzt werden wir den Überwachungsstaat und die Repression so richtig zu spüren bekommen.»

Bumpi lässt nicht von mir ab. Ich wünschte, er würde auch mal woanders hingucken als direkt in meine Augen. Er salbadert weiter.

«Ich geb dir nur einen Tipp. Verhalt dich nächste Zeit total unauffällig, du wirst bestimmt gerade rundum observiert. Werden wir alle.»

Ich nicke und gucke dabei so, als wäre mir das ohnehin klar.

«Sag mal», frage ich dann. «Kennst du einen Josh Krüger?»

Seine Augen durchbohren mich in diesem Moment noch mehr, als sie es ohnehin schon taten.

«Wieso?», fragt er mit leicht misstrauischem Unterton. «Bist du ein Bulle, oder was?»

So, jetzt seinem Blick standhalten. Schließlich bin ich ja tatsächlich kein Bulle mehr, warum also nervös werden.

Dann beginnt Bumpi zu lachen. Er zieht dazu seine Schultern angespannt nach oben, die beiden dürren Arme wackeln, und sein Gesicht verzerrt sich zu einer merkwürdigen Fratze. Ausgelassenes Lachen liegt ihm nicht so.

«War ein Scherz, ne? Nee, der Josh macht sich gerade eher so ein bisschen rar. Genau aus den Gründen, die ich gerade nannte. Gestern waren auch schon ein paar Bullen hier. Würde mich auch nicht wundern, wenn sie heute noch mal hier aufkreuzen, die Schweine.»

Ich nicke und sage so ernsthaft und konspirativ wie möglich: «Ich muss ihn dringend sehen.»

«Wieso denn?»

«Kann ich nicht drüber reden.»

Bumpi nickt beeindruckt. Man merkt ihm an, dass er jetzt keinen Fehler machen will. Vielleicht bin ich eine große Nummer in der Szene, die er hätte eigentlich kennen müssen.

«Ich will ihn natürlich nicht anrufen», sage ich. «Nicht in diesen Zeiten.»

«Nein, natürlich nicht. Komm am besten am Montag um sechs ins Café Aufstand hier im Bunker. Da leitet er das Plenum.»

«O. k., danke, mach ich. Und du heißt wirklich Bumpi?»

«Ja, wieso?»

«Nur so.»

Ich erhebe die Kampfesfaust und sage: «Ich muss weiter. Du weißt ja, der Feind schläft nicht.»

Zeit zu gehen. Josh Krüger ist nicht da, was soll ich hier also noch? Melinas verschwundene Polizeiwaffe findet sich bestimmt nicht hier auf der Herrentoilette. Ich verlasse also den Volxbunker, atme im Treppenhaus zum Abschied ein süßlich-würziges Grasgemisch ein und mache mich auf den Weg zu meinem zwei Straßen weiter entfernten Wagen. Als ich um die Ecke biege, stolpere ich fast über zwei auf dem Boden herumsitzende weibliche Punks.

«Oh, der Henner, der Antifa-Veteran», röhrt heiser und etwas angetrunken eine der beiden. Es ist K. «Ach stimmt, ich hatte dir ja ein Bier versprochen. Ist irgendwas dazwischengekommen, sorry. Kannst aber ’n Schuck abhaben.»

Sie hält mir ihre Bierflasche entgegen, die ich dankend ablehne.

Zu der ganz in Schwarz gekleideten und mit Ketten an ihrer Lederjacke geschmückten etwas wuchtigeren Freundin sagt sie: «Das ist der Henner. Der hat schon mehrmals die Welt gerettet. Da haben wir beide noch in die Windel geschissen, weißtewieichmein?»

Die andere lacht kurz auf und rülpst standesgemäß.

«Das ist die Lu», sagt K.

«Freut mich», nuschle ich kurz angebunden. «Ich muss jetzt aber mal. Tschüs zusammen.»

«Wie? Wowillstn noch hin?», fragt K.

«Nirgendwohin mehr», antworte ich. «Ich fahr jetzt heim.»

«Biste mitm Auto da?»

Vier Augen blicken mich durch schwarze Lidstriche erwartungsfroh an.

Was mache ich nun? Ich kann ja nicht nein sagen und gleich in der Nachbarstraße meinen bürgerlichen Kombi starten.

«Nimmste uns ein Stück mit?», fragt K.

Hektisch versuche ich, mich zu erinnern, ob ich nicht irgendwelche Dinge im Auto herumliegen habe, die meine Identität verraten könnten. Es müsste eigentlich ungefährlich sein. Ich hatte das Auto heute extra ein wenig freigeräumt. Doch noch bevor ich antworte, sind die beiden schon aufgesprungen.

«Cool», ruft K, «danke, Henner.»

«Kannste über Eckenheim fahren? Wo wohnst du eigentlich?»

«Ich habe keinen festen Wohnsitz. Bin mal hier, mal da, immer auf der Reise.»

Diesmal konnte ich punkten. Die beiden Punkmädels schweigen beeindruckt, bis sie meinen Opel-Familien-Van erspähen.

«Das ist ja cool. Du fährst so 'ne Spießer-Karre», freut sich K. «So scheiße, dass es schon wieder geil ist.»

Hinten nimmt die bis jetzt stumme Lu Platz, neben mir vorne fläzt sich K hin. Ich unterdrücke die Bemerkung, dass ich es nicht leiden könne, wenn man seinen Schuh an das Handschuhfach drückt. Das hat mich früher bei Melina schon immer genervt.

«Geil, Johnny Cash», jubelt K, nachdem sie eine CD in der Seitentür entdeckt hat. Oje, was liegt da sonst noch drin?

«Johnny Cash ist ganz groß. Mag ich!»

K kramt weiter in der Seitentür.

«Was iss'n das? Manni Kreutzer? Lonesomer Wolf? Hä?»

«Ääähhhh, das ist Country ... äh ... Countrytrash ... punk», antworte ich hektisch und reiße ihr die CD aus der Hand. «Nix für kleine Mädchen», scherze ich hilflos hinterher.

Das kam jetzt nicht so gut an.

Plötzlich spüre ich eine kühle Hand mit schwarz lackierten Fingernägeln in meinem Nacken.

«Spar dir deinen Sexismus, du Wichser», röhrt die stumme Lu von hinten. Vor Schreck überfahre ich fast eine rote Ampel.

«Kannst du mich bitte loslassen?», zische ich und versuche, ihre Hand wegzuschlagen. Es fährt sich ohne einfach besser.

«Fass mich nicht an», blökt sie nun. «Du lässt deine Finger mal schön bei dir.»

«Ey, Lu, entspann dich. Henner ist korrekt. Lass ma gut sein. Sorry, Henner, Lu ist manchmal ein bissi ... wie soll ich sagen ... aufbrausend.»

Danach kichert sie.

Lu lässt von mir ab und erntet von mir einen bösen Blick durch den Rückspiegel.

«Guck weg, du Spanner», bekomme ich nun zu hören.

Jetzt reicht es. Ich fahre beleidigt rechts ran und sage: «So, das war's. Die Fahrt ist beendet, bitte aussteigen. Auf Wiedersehen!»

«Ach komm, Henner, chill mal», lächelt mich K an. «Du klingst ja fast so wie mein Alter. Die Lu ist halt heut ein bissi aggro. Mach dir nix draus.»

Ich grummle kurz und fahre die Damen dann doch weiter.

«Hast du echt keinen festen Wohnsitz?», fragt dann K, um mich von der Aggro-Lu abzulenken.

«Im Moment nicht», antworte ich. «Im Moment haben wir so 'n selbstbestimmtes Projekt am Laufen. Aufm Land, weißte?»

Während ich das sage, denke ich an mein real existierendes Projekt zu Hause. Das undichte Einfamilienhaus, bewohnt von einem Nerd-Sohn, einer vorbestraften Frau und zwei Zwillingen, gefangen im Münchner Modell.

«So hippietechnisch kommunenmäßig, oder wie?», will es K genauer wissen.

«Ja, kann man sagen. Hab 'ne Zeitlang auch mal normal zur Miete gewohnt. Ich habe aber schnell festgestellt, dass es mir nicht guttut, in Abhängigkeit zu leben und Teil des Systems zu sein. Da hab ich meinen Job gekündigt und bin jetzt einfach free. Free im Denken, free im Handeln.»

«Und Kinder haste auch, oder was?», bellt die böse Lu von hinten.

«Nö, wieso?»

Lu hält mir einen Schnuller vor die Nase.

«Ach sooo», stammle ich. «Im Moment haben wir auf unserem Hof ein paar syrische Flüchtlingskinder mit Down-Syndrom zur Pflege aufgenommen. Die fahren hier dann manchmal mit.» Wie bin ich jetzt darauf gekommen?

«Syrische Flüchtlingskinder mit Down-Syndrom?», fragt K ungläubig nach.

Vielleicht hätte ich das Down-Syndrom doch besser weglassen sollen.

«Links oder rechts?», frage ich.

«Rechts», antwortet Lu, und ich fahre rechts. «Da vorne noch mal links, dann sind wir schon da.»

Wir müssten ganz in der Nähe von Melinas Wohnung sein. Ganz sicher bin ich nicht, dafür kenn ich mich in Frankfurt zu schlecht aus. Doch diese Hügelstraße, auf der wir gerade fahren, die kenne ich. Kurz nach ihrem Einzug durften wir Melina mal besuchen, nachdem sie dafür gesorgt hatte, dass keiner ihrer beiden Mitbewohner anwesend sein würde.

«Syrische Flüchtlingskinder?», fragt K noch einmal.

Ich mache «Hmm», nicke dabei ein wenig und wünsche mir einen Themenwechsel. Ich biege noch einmal nach links ab, da höre ich, wie bei einem Zwiegespräch zwischen K und Lu der Name Josh fällt.

«Ach, kennt ihr auch diesen Josh?»

«Klar», antwortet K, «ist mein Mitbewohner.»

«Ah», mache ich.

«Wieso Ah?», fragt sie und äfft mich dabei nach.

«Nur so Ah. Ich muss mit ihm nur mal reden.»

«Der ist aber nicht da im Moment.»

Ich sage, dass ich das wüsste und dass ich zum nächsten Plenum ins Café Aufstand käme, bis K mich bittet anzuhalten.

«Danke, Henner.»

«Tschüs, K», sage ich. «Hab ich gern gemacht.»

Lu springt kommentarlos aus dem Auto, dreht mir ihren Rücken zu und zündet sich eine Kippe an. Du blöde Kuh, denke ich, wenn das meine Tochter wäre, der würde ich was erzählen.

Freitag, 22. September, 2 Uhr morgens

«Ja und?»

Franziska legt ihre Stirn in Falten, hebt die Schultern und schaut mich an, als würde sie noch auf eine Pointe warten, die aber nicht kommt. Meine bis ins letzte Detail ausgeschmückte Erzählung von meinem Ausflug in die Frankfurter Autonomenszene findet im nächtlichen Bröhmann'schen Ehebett zu Bad Salzhausen nicht den Anklang, auf den ich gehofft habe.

«Das ist alles?»

Beleidigt lege ich mich auf den Rücken und verschränke die Arme.

«Du fährst extra zu einem alten Kumpel, lässt dich mit Autonomen-Kram ausstatten, verkleidest dich wie an Fasching, schlägst dir in diesem Zentrum die halbe Nacht um die Ohren, fährst dann zwei Punkmiezen durch die Gegend, um genau *was* Neues zu erfahren?»

Franziska sitzt aufrecht im Bett und guckt von oben auf mich herab. Ich bohre mich beleidigt noch tiefer mit dem Rücken in die Matratze.

«Ich bin doch ganz nah dran», meckere ich. «Es ist doch erst der Anfang für mich als ... äh ... verdeckten Ermittler. Ich habe jetzt das Vertrauen von zwei Freunden von diesem Krüger gewonnen.»

«Verdeckter Ermittler?» Franziska lacht höhnisch auf. «Dir scheint dein alter Job doch mehr zu fehlen, als du dir selbst eingestehst.»

«Blödsinn», protestiere ich.

«Warum bist du am Schluss denn dieser H nicht hinterhergegangen und ...»

«K.»

«Von mir aus K, also warum hast du ihr, nachdem sie dir gesagt hat, dass sie mit diesem Josh Krüger zusammenwohnt, nicht ein paar Fragen zu dem Typen gestellt?»

Ich fuchtele mit den Händen herum. «Weil das am Ende alles zu schnell ging. Wenn ich den beiden da hinterhergelaufen wäre, hätte mich diese verrückte Aggrofreundin in drei Teile geteilt.»

Ich bin sauer. Da legt man sich so ins Zeug!

«Das ist doch wirklich albern», fährt Franziska fort. «Lass doch die Frankfurter Polizei diesen Job machen. Die werden schon bald feststellen, dass Melina damit nichts zu tun hat. Und sie werden das ganz bestimmt nicht schlechter machen als du.»

Sie legt ihre Hand auf meinen Oberarm. Eine versöhnliche Geste soll das wohl sein, doch ich ziehe beleidigt meinen Arm weg.

«Wir haben hier doch genügend andere Baustellen, Henning. Die Twins müssen eingewöhnt werden, Laurin braucht uns, und wir müssen endlich unsere Wohn- und Finanzsituation klären.»

«Hmm», mache ich. «Und ich muss morgen Abend bei Manni spielen. In Gießen, bei 'ner Misswahl», grummle ich.

«Ach du liebe Güte.» Franziska gähnt, löscht das Licht und wünscht mir eine gute Nacht.

Samstag, 23. September

Der berühmte Philosoph Günter Netzer hat einmal gesagt, es sei das Privileg der Jugend, Fehler und Dummheiten machen zu dürfen. Da hat er wohl recht. So muss man wohl leider auch jungen Mädchen zugestehen, an Misswahlen teilzunehmen oder sich vor einem Millionenpublikum von einem zynischen altersmagersüchtigen Ex-Model demütigen zu lassen. Ich hoffe, wenn ich so etwas sehe, immer, dass diese jungen Mädchen keine bleibenden seelischen Verwundungen davontragen, sondern vielmehr mit dem Einsetzen einer gewissen Reife irgendwann mit einem milden Lächeln verstehen werden, für welch würdeloses Spiel sie ausgenutzt wurden.

Solche Gedanken schwirren in meinem Kopf herum, als ich das Parkhaus der Gießener Einkaufsgalerie ansteuere, in der ich gleich mit der Manni-Kreutzer-Band einen Miss-Wettbewerb musikalisch zu begleiten habe.

Meine Güte, bei einer Misswahl in einem Einkaufszentrum Geige spielen, während es zu Hause reinregnet und die Tochter in Untersuchungshaft sitzt. Ich muss mir eingestehen, im Moment könnte es in meinem Leben durchaus runder laufen.

Ich zwänge mich in eine Parklücke hinein und mich selbst aus der Autotür heraus. Bepackt mit dem Equipment, fahre ich eine Rolltreppe hinab direkt zu einer Bühne, an die ein langer Laufsteg anknüpft. Und das alles mitten in der Einkaufsgalerie. Einige ältere Gießener in beigen Rentnerwesten beobachten die Vorbereitungsarbeiten mit Neugier und durchaus berechtigter Skepsis. Lichttraversen werden errichtet, Lautsprecherboxentürme aufgebaut und Werbebanner aufgestellt. Ich suche etwas verzweifelt nach meinen Bandkollegen, in der Hoffnung, dass ich mich dann nicht mehr ganz so deplatziert fühle. Ich laufe am Jurytisch vorbei und lese die Namen von Prominenten der Kategorie, die nicht einmal mehr ins Dschungelcamp eingeladen wird.

Ein paar Meter weiter entdecke ich endlich ein mir bekanntes Gesicht. Jutta Hessi Hesswig, Manni Kreutzers Managerin und Freundin, steht neben dem Laufsteg und blickt skeptisch und besorgt in einen kleinen Handschminkspiegel. Diesmal hat sie auf ihren Hosenanzug verzichtet, sondern sich stattdessen in ein hautenges knallrotes Abendkleid gezwängt.

«Wow, Jutta», rufe ich, «du hast dich aber in Schale geworfen.»

«Danke, Henning», ächzt sie etwas kurzatmig. «Fühl mal, wie kalt meine Hand ist. O Gott o Gott, bin ich nervös. Ich glaub, ich halt das nicht aus.»

Ich zeige mich ein klein wenig verwundert, da wir heute einerseits nur vier Stücke spielen und Manni andererseits sein Ding doch immer und überall gnadenlos und unverrückbar durchzieht.

«Ach, das wird doch schon.»

Ich blicke auf eine Gruppe Männer, vor deren Blicken ich niemals in meinem Leben im Badeanzug herumstöckeln möchte.

Zu Jutta, deren Brüste bedenklich Gefahr laufen, jeden Moment aus dem Dekolleté ihres Abendkleides zu purzeln, sage ich:

«Mir tun diese jungen Mädchen leid, die sich da gleich von allen angaffen lassen müssen. Nur weil sie tatsächlich glauben, dass sie später einmal eine große Modelkarriere ...»

Ich stocke, denn ich entdecke in diesem Moment an Hessis Hüfte eine mit einer Sicherheitsnadel befestigte Nummer.

«7» steht da geschrieben.

Jutta, die um eine gleichmäßige Atmung bemüht ist und sich dabei wie wild mit einer Werbebroschüre Luft zufächert, antwortet: «Na ja, so jung sind wir Mädels dann ja auch nicht mehr ... und eine Modelkarriere? Warum eigentlich nicht?»

Nun sehe ich, wie ein Mann ein großes Plakat neben der Bühne anbringt. «Miss Mittelhessen Ü50 Plus», steht darauf.

«Oh», mache ich und haspele, weil mir nichts Besseres einfällt: «Wusste gar nicht, dass du schon fünfzig bist.»

«Danke.» Hessi lächelt geschmeichelt und begrüßt dann eine spindeldürre ungesund sonnenbankbraun gegerbte Mitbewerberin mit der Nummer 4 auf dem Hüftknochen und einem Gesicht, das der Herrgott vor diversen Eingriffen bestimmt einmal anders geplant hatte.

Ich verziehe mich rasch und mache mich auf die Suche nach

so etwas wie einer Garderobe oder einem Rückzugsraum für uns Musiker. Hinter einer Stellwand, die für eine Faltencreme wirbt, steht Manni, der mit ausladenden Armbewegungen eine seiner vielen Geschichten zum Besten gibt.

Ich gehe zu ihm und werde wie immer freundlich bis überschwänglich begrüßt.

«Mensch, du, die Hessi macht ja mit bei dieser Mrs. ... dieser Misswahl», sage ich. «Das ist ja ein Ding.»

Manni lächelt stolz. «Tja, so isse, mei Hessimeedsche. Die ist echt so was von einem multitalentierten Talent gesegnet, da haut's dich aus de Stöckelschuh, du. Ich find's aber auch ein bissi unfair.»

«Wieso?»

«Na, komm, gugg dich doch um. Haste die annere Mitbewerberinne gesehe?», fragt Manni und nickt unzählige Male hinterher.

«Äh, nee, nur sehr teilweise.»

«Das is ein Klasseunnerschied. Die Hessi is da in 'ner anderen Liga. Das is ein Prachtweib, die wird die annern Miss-Fraue so dermaßen in die Tüt stecke. Das wird viele Träne gebe.»

Ich lächle und nicke und weiß wieder einmal, dass Manni Kreutzer wirklich alles so meint, wie er es sagt.

«Das Selbstbewusstvertraue, das hat die Hessi von mir eingepflanzt bekomme. Ohne mich wär die immer noch so 'ne Mauerpflanze, wenn du weißt, wie ich mein.»

«Blümchen», sage ich.

«Was?»

«Nichts.»

Schnell stellt sich heraus, dass es für uns Musiker keine Garderobe oder Ähnliches gibt. So stehen wir gemeinsam mit den aufgeregten Ü50-Damen und einem noch aufgeregteren Ü60-

Moderator mit zu hochgezogener Hose und sehr weißen Zähnen hinter einem großen Vorhang und warten auf den Beginn dieses Events. Zu meiner Beruhigung erfahre ich, dass bei Ü50-Misswahlen auf den Badeanzug-Durchgang verzichtet wird. Nicht, dass ich ein Problem mit Ü50-Damen in Badeanzügen hätte, aber in Einkaufszentren außerhalb von Umkleidekabinen gehört so etwas nicht hin.

Ich versuche noch einmal kurz, meine Geige nachzustimmen, da höre ich sofort ein harsches «Psssst» aus der Ecke der Event-Veranstalter. Unterwürfig hebe ich zur Entschuldigung meine Hand und frage mich zum hundertsten Male heute, was in Gottes Namen ich hier bitte gerade mache.

Dann erleide ich um ein Haar einen Herzinfarkt bei gleichzeitigem Ertauben. Die Eröffnung wurde soeben vom schwitzenden DJ per Knopfdruck gestartet. Nur eben so laut, dass die erschreckend vielen Zuschauer in der Gießener Einkaufsgalerie vor Schreck laut aufschreien. Mit rotem Gesicht korrigiert *DJ Hammasound*, wie auf seinem Pult zu lesen ist, sein Missgeschick.

Moderator Yann G. La Mére, mit bürgerlichem Namen Jan-Georg Pfütz, zieht sich noch einmal die Hose in Richtung Brust, dass mir beim bloßen Anblick der Unterleib schmerzt. Dann stürmt er die Bühne.

Unter spärlichem Applaus weist er sein Publikum darauf hin, dass in Gießen ja immer «subba Stümmung» sei. Er erzählt was von Best-Ager-Ladys und selbstbewussten, gestandenen Frauen, die im Leben «ihren Mann» stünden. Dann bittet er die Damen auf die Bühne. Der Event-Blödmann, der mich gerade maßregelte, klatscht albern in die Hände, gockelt «Hopp Hopp Hopp», und die selbstbewussten Best-Ager-Ladys, die gestandenen Frauen, die im Leben ihren Mann stehen, stöckeln auf die Bühne, aufgeregt wie kleine Mädchen, die in der Mini-Playback-Show auftreten.

Vom dritten Stock der Galerie ertönt leises «Ausziehn».

Danach post eine Dame nach der anderen über den Laufsteg und wird anschließend vom Moderator interviewt. Was sie denn im Leben sonst so täten, fragt er sie. Manche sind kaufmännische Angestellte, andere Hausfrauen, wieder andere Fitnesstrainerinnen. Und Hessi ist natürlich Event- und Manni-Managerin.

Hessi nutzt den kurzen Moment am Mikrophon, um bei der Jury für sich zu werben.

«Ich bin der Meinung», sagt sie, «an 'ner richtigen Frau muss was dran sein. Vonne unn hinne. Wer will denn so Hungerhaken?»

Danach schwingt sie ihr Vorne und Hinten selbstbewusst über den Laufsteg und ist ab sofort der Publikumsliebling.

Nach dem ersten Durchgang sind wir nun dran. Wir huschen schnell auf unsere Position, und Manni legt auch gleich mit seiner Anmoderation zum ersten Song los. Wir Musiker waren und sind alle unsicher, ob seine Songauswahl tatsächlich so stimmig für den Anlass ist. Doch Manni war nicht davon abzubringen.

«So, ihr Leut, ich seh das genauso wie die Hessi, also, ich mein die Jutta ebe», röhrt er ins Mikrophon. «Ein Weibsbild muss natürlich natürlich daherkomme. Und ihr wisst, ich war in Sache Fraue noch nie ein Kostverbrecher und lass auch so schnell nix anverbrenne. Da kann ich ein schönes Lied von singe.»

Uli, der Schlagzeuger, zählt ein, und Manni fängt an:

Ich hab seit Jahrn ganz ohne Stress
ganz unbeschwert so nebeher,
wenn's grad mal passt, so ganz leger, 'ne Love-Affär.
Seit zwanzich Jahrn lässt sie mich ran,
ganz unbemerkt vom Ehemann
hock ich mich rin zu ihr in die Ba-ba-Badewann.

Doch eines Tags, ganz aus dem Nichts,
löscht sie das Licht im Badezimmer aus
und guggt verschämt an sich herab
und sacht hopp hopp, hau jetzt mal ab
und geh mal schön nach Haus.

Ich kann die Welt net mehr verstehn,
soll sie net sehn, wie soll ich das kapiern?
Sie sacht, das wüsst ich ganz genau,
sie dät von Tach zu Tach als Frau
ihr Schönheit verliern.

Ich sach, ach was, sie sacht, ei klar,
ich sach, wieso, sie sacht, ei guck doch mal hin:

Orangehäutche, Hängebäckche, Augefältche, Speck um die Hüft,
Schwabbelärmche, Hängebrüstche, Altersfleckche,
und schon geht ihr der Stift

Ich sach, jaja, sie hat ja recht,
nimmt man's genau, is alles wahr.
Doch das Gesamtpaket bleibt trotzdem wunnerbar.
Doch das geht hier rinn, da raus,
will mei Geschmeichel net mehr hörn,
so macht sie ernst und tut die Liebelei zerstörn.

Und so geht die Zeit ins Land,
hab sie nun bald ein ganzes Jahr net mehr gesehn.
Oh, was fehlt mir dieses Weib, und es juckt mich keinen Deut,
dass all die annern junge Dinger auf misch stehn.
Und gestern war es dann so weit,
hab sie gesehn, mein Herz ist fast erfrorn,

ihr Anblick tut mir richtig weh.
Durch eine Schönheits-OP hat sie das Schönsein verlorn.

Sie sacht, ach was, ich sach, ei klar.
Sie sacht, wieso, ich sach, ei guck doch mal hin.

Botoxbacke, digge Lippe, Plastikbrüst, nach obe verrückt,
Nas gerichtet, Face geliftet, bähh, isch will das Original zurück.

Orangehäutche, Hängebäckche, Augefältche wein ich hinnerher,
Schwabbelärmche, Hängebrüstche, Altersfleckche, fehln mir so sehr.

Auch wir bekommen nur spärlichen Applaus, was Manni dazu hinreißen lässt, «Was ist dann hier los? Was seit dann ihr für Leut?» ins Publikum zu rufen.

Hinter der Bühne stelle ich mit Schrecken anhand des Stimmgeräts fest, dass meine Geige einen halben Ton zu tief gestimmt war. Noch erschreckender ist allerdings, dass ich das auf der Bühne gar nicht bemerkt habe.

Gleich startet der zweite Durchgang: Businesslook.

«Das ist meine Domäne», sagt Jutta und schlägt sich auf die Schenkel. «Hier kann ich punkten.»

«Los, Baby, zeig's dene», ruft Manni, und der Moderator kündigt nun den finalen Durchgang an.

«Jetzt geht's um die Worscht, wie man in Hessen sagt», schmettert er. «Und ich sag Ihnen, es gibt Preise ohne Ende. Zum Beispiel einen Gutschein für einen Einkausgutschein hier in dieser wunderbaren Galerie im Wert von ...» – nun sucht er etwas hektisch in seinen Moderationskärtchen – «äh, im Wert von sage und schreibe ...»

Der dicke DJ Hammasound versucht zu helfen und spielt einfach mal wieder die Fanfare vom Anfang ein. Mittendrin ruft der angespannte Veranstalter von hinten «50 Euro», was allerdings keiner hört und eigentlich auch allen völlig egal ist.

«So, es kann nur einen, eine geben, wie mal einer so zutreffflich zu sagen pflegte», ruft Moderator Yann-Jan in das sich immer mehr leerende Einkaufszentrum.

Dann watscheln die Damen also ein zweites Mal einzeln über den Laufsteg. Danach singt ein 16-jähriges Mädchen, das einmal in der Vorausscheidung der Fernsehshow «The Voice» fast aufgetreten wäre, einen Song von Celine Dion, und dann kommt es endlich zur Verkündung der Juryentscheidung.

Zunächst werden die Damen genannt, die nicht zu den Top 3 gehören. Der erste Name, der fällt, ist: Jutta Hesswig.

«Waaaas?», hören wir sie hinten ungläubig rufen und laut höhnisch auflachen. Wutschnaubend kommt sie hinter die Bühne gestürmt und feuert ihren Blumenstrauß in die Ecke. «Das ist ja wohl ein Witz.» Sie ist den Tränen nahe.

«Komm mal her, mein Hessi-Babe», brummt Manni und nimmt sie in seine Arme.

«Jetzt bin ich aber mal gespannt, wer die Siegerin wird», schnieft sie erstickt in Mannis Brust. «Daaaa bin ich wirklich gespannt. Ich kann's mir schon denken. Es wird bestimmt der dümmliche Hungerhaken mit den falschen Titten aus Biedenkopf.»

Doch Hessi irrt sich. Denn noch während sie diese Vermutung gut hörbar herausruft, kommt die genannte Biedenkopfer Dame mit einem eigenen Verliererinnen-Blumenstrauß durch den Vorhang.

Zunächst blickt sie fassungslos auf Hessi, dann auf den Tisch mit den Sektgläsern, und es passiert das, was passieren muss. Sie greift nach einem Glas, brüllt: «Die sind echt, du fette Kuh», schüttet den Sekt in Richtung Hessi, trifft allerdings nur Manni im Gesicht.

Der lächelt milde und sagt mit ruhiger Stimme: «Da is wohl ein gewisser Emotionalismus bei der Dame ein Stück weit zu hoch gekocht.»

Recht hat er, der Manni.

Als ich ein paar Stunden später gegen elf, erschöpft von der Nichtigkeit und Leere dieser Veranstaltung, nach Hause komme, brennt in Laurins Zimmer noch Licht. Natürlich müsste er längst schlafen, da morgen Schule ist. Hektisch raschelt es in seinem Zimmer, und schnell wird das Licht gelöscht. Ich schleiche die Treppe hinauf und möchte eigentlich nur schnell ins Bad, die Zähne putzen, dann rasch einschlafen und hoffe, die würdelosen Bilder der Ü50-Misses, die es eigentlich besser wissen müssten, so schnell wie möglich aus dem Kopf zu bekommen. Als ich vor Laurins Zimmer stehe, zögere ich aber und betrete dann sein Reich. Natürlich stellt er sich schlafend.

«Laurin», flüstere ich.

Keine Reaktion.

«Laurin», flüstere ich noch einmal. «Ich weiß, dass du noch nicht schläfst. Ist schon o.k., du kriegst jetzt keinen Anschiss.»

Das Flurlicht wirft ein schwaches Licht auf sein Gesicht, ich erkenne, dass er seine Augen öffnet. Ich gehe zu seinem Bett, trete dabei auf zwei Fantaflaschen und in etwas, von dem ich nicht wissen möchte, was es ist.

«Was ist denn los?», knarzt er mit seiner noch immer hellen Knabenstimme.

«Ach, nichts», antworte ich und setze mich dem Rücken an die Wand neben sein Bett. «Darf ich mich kurz zu dir hocken?»

Laurin nickt, traut dem Frieden allerdings nicht ganz.

«Ich hatte gesehen, dass bei dir noch Licht brannte, da dachte ich, guck halt noch mal kurz vorbei», sage ich. «Was hast du denn grad noch gemacht?»

«Nichts.»

«Und wie war das?», frage ich.

«Was?»

«Das Nichtsmachen.»

Nun entlocke ich meinem Sohn den Anflug eines Lächelns.

«Cool», sagt er dann.

Wir schweigen ein bisschen. Ich gucke auf eine kahle Wand. Laurin hat keine Fußballhelden, keine Pop- oder Rapstars aufgehängt. Interessiert ihn alles nicht.

Mit dem Fuß berühre ich das auf dem Boden stehende Gehäuse meines alten PC, den ich ihm vermacht habe. Mein linker großer Zeh spürt, dass der Computer noch warm ist.

«Und dieses Nichtsmachen», fahre ich fort, «geht das auch mit einem Computer oder nur mit tatsächlich ‹nichts›?»

Sofort geht Laurin in die Defensive. «Ich hab nur noch schnell was für die Schule gemacht.»

Ich lege den Kopf schief und ziehe müde lächelnd ein Augenlid herunter. «Ganz im Ernst, Laurin, der Computer bleibt so spät abends wirklich aus. Sonst kommt er wieder raus aus deinem Zimmer.»

«Also doch wieder ein Anschiss», stöhnt Laurin, legt sich auf den Rücken und starrt an die Decke.

«Nein, nur ein kleiner Hinweis», beschwichtige ich mild. «Wie läuft's denn in der Schule?»

«Gut.»

«Gut?»

«Gut.»

Laurin hat noch nie viel geredet. Auch als kleines Kind war es selten, dass er uns überfallsmäßig mit Geschichten überhäuft hätte, die weder einen Anfang noch einen Schluss hatten. Ganz im Gegensatz zu Melina, die uns häufig ohne Punkt und Komma an ihrem Innenleben teilhaben ließ. Laurin ist keiner, der ohne Visier vorprescht und sich in Situationen wirft, bei denen er nicht weiß, wie sie ausgehen. Er ist ein Beobachter, der zunächst abwartet und eher zögerlich und ängstlich durchs Leben geht. Er brauchte schon immer viel länger als die meisten anderen Kinder, bis er sich in eine neue Situation hineingefunden hatte und sich wohlfühlte. Dann ist er allerdings zu ganz besonderen Dingen fähig.

«Schön, dass es gut läuft in der Schule», nehme ich den Faden wieder auf. «Aber du hast schon mitbekommen, dass Frau Sprötter bei uns angerufen hat, oder?»

Laurin verdreht die Augen.

«Sie meint, du störst oft den Unterricht und …»

«Stimmt nicht», unterbricht mich Laurin und verschränkt die Arme, noch immer auf dem Rücken liegend, vor seiner Brust.

«Was stimmt nicht?»

«Ich störe nicht den Unterricht. Ich sag nur, wenn was nicht stimmt.»

«Wie meinst du das?»

«Ach, ist doch auch egal.»

Ich schäle mich aus meiner Bodensitzposition hoch, setze mich auf seine Bettkante und greife nach seiner Hand.

«Ist es nicht, Laurin. Mir ist das nicht egal. Erzähl's mir.»

«Sie verzapft in Mathe halt manchmal Blödsinn. Und wenn ich dann sage, dass das nicht stimmt, kann sie ihren Fehler nicht zugeben. Und das nervt.»

Ich nicke. «Ist dir langweilig in der Schule?»

Laurin zuckt mit den Schultern. «Wenn ich ja sage, dann bin ich ja gleich arrogant.»

«Wer sagt das?»

«Die Sprötter.»

Blöde Kuh, denke ich.

«Das stimmt aber nicht, Laurin, wenn dir langweilig ist, dann ist dir langweilig. Du kannst nichts dafür, dass du den Stoff schneller verstehst als die anderen.»

Laurin kratzt sich nervös am Arm. «Ich bin dann aber immer gleich ein Streber.»

Klar, wenn er stattdessen den Molli macht und Frau Sprötter mit spitzfindigen Bemerkungen provoziert, sammelt er bei seinen Mitschülern Pluspunkte und kann in der Klassengemeinschaft besser überleben.

«Ein Streber bist du nur, wenn du arrogant zu deinen Mitschülern bist oder dich als was Besseres fühlst, nur weil dir Mathe eben leichter fällt.»

«Tu ich doch gar nicht», protestiert er.

«Weiß ich, Laurin, weiß ich. Und deswegen bist du auch kein Streber. Hast du denn ein paar Freunde in der Klasse?»

Wieder zuckt er mit den Schultern.

«Ich will jetzt schlafen, Papa.»

«Ja, klar, o. k., ist ja auch schon spät. Schlaf gut.»

Ich küsse ihn auf die Stirn und gehe Richtung Tür, da ruft er mir nach: «Wann kommt eigentlich Melina mal wieder?»

«Bald», antworte ich. «Ganz bald, gute Nacht.»

Franziska und ich hatten beschlossen, ihm nichts von der Verhaftung zu erzählen. Zu viel hat er schon durchmachen müssen, da wollten wir ihm das ersparen. Zumal wir fest daran glauben, dass sich dieses unsägliche Missverständnis sehr schnell aufklären wird.

Montag, 25. September

Im Volxbunker herrscht helle Aufregung. Josh Krüger wird jeden Moment zum Plenum im Café Aufstand erwartet. Josh, so habe ich eben von meinem neuen Freund Bumpi erfahren, sei stundenlang bei der Kriminalpolizei festgehalten worden, habe das Martyrium eines Verhörs unbeschadet überstanden, dann hätten sie ihn freilassen müssen.

Das Café Aufstand ist nicht wirklich eine *Café*. Eigentlich ist es nur ein geräumiger Raum, in dem ein paar Tische und Holztische stehen und in der Ecke eine Kaffeemaschine. Die Stühle wurde für das anstehende Plenum in Reihen gestellt.

Ich sitze in der dritten Reihe neben Bumpi, der mich weiterhin vorbehaltlos für einen großen kampferprobten linken Aktivisten hält und heute etwas nach Schweiß riecht.

«Ich find das echt klasse, dass du hier bist und bei uns mitmachen willst, ehrlich.»

Ich nicke gewichtig. «Na, der Kampf geht doch jetzt erst richtig los», töne ich. «Jetzt, wo entschieden wurde, dass die Bewerbung weitergeht.»

«So sieht's mal aus, Henner, so sieht's mal aus. Und wir brauchen Leute wie dich. Aktivisten, die auch mal da hingehen, wo es weh tut. Ich persönlich komme ja eher von der Theorie. Josh ist da auch ganz anders.»

Dieser Josh scheint hier tatsächlich eine große Nummer zu sein. Immer wenn Bumpi seinen Namen ausspricht, bekommt er so einen verklärten Blick.

Diesmal habe ich bei der Auswahl meines Outfits aus der Sammlung meines alten Schulfreundes Olaf Beitz auf Ansteckbuttons aus den Achtzigern verzichtet. Ich möchte unauffällig daherkommen, eher wie ein Elder Statesman der Szene. So trage ich heute schlicht schwarzen Kapuzenpullover und Jeans.

Was mir allerdings immer klarer wird: *Die* Szene gibt es natürlich gar nicht. Für mich ist es undurchschaubar, aus welchen Gruppierungen diese gut hundert Menschen hier zusammengekommen sind.

Der Raum ist überfüllt, die Stühle sind längst alle belegt, und die Luft ist dementsprechend schlecht. Die, die keine Plätze mehr bekamen, lehnen an den Fensterbänken oder sitzen auf dem Boden. Drei Tische wurden zu einer Art Podium aneinandergereiht, auf dem bereits vier Aktivisten Platz genommen haben.

«Josh hat es geschafft, uns hier alle solimäßig zu vernetzen», erklärt Bumpi. «Josh kann das, er hat überall einen super Stand, er kriegt alle an einen Tisch, wenn du weißt, was ich meine. Dass wir alle mit einer Stimme sprechen.»

Ich nicke.

«Sonst können wir den Kampf gegen Olympia nicht gewinnen. Wenn jeder sein eigenes Süppchen kocht. Verstehste, Henner? Da brauchste auch einen wie Josh, der das, äh, führen kann. Ich komme ja eher von der Theorie her.»

Hektisch fuchtelt er mit den Händen herum, als wolle er seinen vorletzten Halbsatz aus dem Protokoll streichen. «Also natürlich nicht führen im Sinne von führen ... du weißt schon, wie ich's meine ... zusammenführen. eher so ...»

«Klar, Bumpi.»

Dann endlich betritt Josh Krüger die Szene. Mit zügigen Schritten steuert er seinen Platz in der Mitte des Podiums an, und sofort verstummen die Gespräche. Josh wirkt jungenhaft mit seinem glatten Gesicht, den strähnigen blonden Haaren und den klaren blauen Augen. Er ist mittelgroß, muskulös und sportlich. Aus irgendeinem Grund ist er mir bereits komplett unsympathisch, bevor er auch nur einen Satz gesagt hat. Allerdings bin ich in der Beurteilung auch nicht ganz objektiv.

Josh Krüger lächelt kurz, tippt zweimal an ein Mikrophon, lächelt noch einmal und begrüßt dann das Plenum.

«Freue mich sehr, dass wieder so viele Aktivistinnen und Aktivisten gekommen sind. Genau das brauchen wir jetzt. Die polizeilichen Repressionen werden eher schärfer werden, das habe ich am eigenen Leib erfahren dürfen. Aber dazu später mehr. Wir sollten heute besprechen, wie wir zukünftige Aktionen noch besser koordinieren. Wie schaffen wir es, unsere grundsätzlichen Positionen klarer rüberzubringen? Uns geht es nicht nur gegen ein teures Olympia, das ein bisschen die Umwelt verschandelt und ein paar Schrebergärtenspießer aus ihrem Reich vertreibt. Uns geht es darum, was wir GRUNDSÄTZLICH von diesem unterdrückenden, turbokapitalistischen, repressiven Herrschaftssystem halten.»

Das Plenum stimmt klatschend zu. Ich natürlich auch.

«Doch diese Olympiascheiße ist für uns auch eine Chance. Uns noch mehr zu zeigen, uns noch weiter zu vernetzen, eine noch breitere Zustimmung zu finden. Einfach noch mehr, noch stärker zu werden.

Es werden immer mehr, die nicht wollen, dass durch Olympia die Mieten noch teurer werden, das Stadtbild noch weiter gesäubert wird, durch Vertreibung von Punkgruppen, Refugees, Drogenabhängigen oder Wohnsitzlosen. Es werden immer mehr, die dagegen kämpfen wollen, dass weitere alternative Wohnprojekte und Bauwagendörfer brutal geräumt werden. Von den unzähligen Zerstörungen von Naturschutzgebieten ganz zu schweigen. Und was wir hier ganz bestimmt nicht wollen: dass durch diese olympische Drecksideologie des völkischen Nationalismus noch mehr stumpfer Nationalstolz gefördert wird.»

Josh Krüger spricht frei, mit beeindruckender rhetorischer Fertigkeit, und hat in Windeseile das gesamte Plenum in Verzückung versetzt.

Auch Bumpi neben mir macht aus seiner Begeisterung für Krüger keinen Hehl, nickt fast pausenlos mit dem Kopf, stößt mich immer mal wieder an, stinkt und streckt mir einen erhobenen Daumen entgegen.

Ich spüre meine Entschlossenheit, ich werde heute hier etwas erreichen. Ich werde nicht ein zweites Mal ergebnislos aus

Frankfurt zurückkehren und mich von meiner Frau verspotten lassen. Ich muss wissen, in welchem Verhältnis dieser Krüger zu Melina steht. Je länger ich dem Anarcho-Schnösel in seiner Selfman-Show zuhöre, umso aggressiver werde ich. Jedenfalls innerlich. Wenn er auch nur ansatzweise dafür verantwortlich ist, dass meine Tochter derzeit in U-Haft sitzt, dann ... ja, was dann ... dann bekommt er es jedenfalls in irgendeiner für ihn unschönen Weise mit mir zu tun.

«Leute», brüllt er plötzlich und wuchtet etwas albern, als sei er ein kleiner Rudi Dutschke, seine Faust in die Höhe. «Die Staatsmacht macht nun richtig ernst. Sie wollen uns das Ding mit Lubricht in die Schuhe schieben. Das kommt ihnen gerade recht. Wir werden noch stärker überwacht werden. Für die Bullen werden wir Freiwild sein. Sie werden ihre Gangart verschärfen, unter dem Vorwand, dass wir mordende Terroristen seien. So wollen sie das Bürgertum gegen uns aufhetzen und uns mundtot machen. Doch das wird ihnen nicht gelingen, danke.»

Begeisterte Zustimmung. Es folgt eine ermüdende Diskussion, bei der sich der eine oder die andere mit Wortbeiträgen in Szene setzt, ohne dabei etwas wirklich Wichtiges oder Neues beitragen zu können.

Ich schalte gedanklich ab und wappne mich für das gleich anstehende Treffen im Inner Circle, wie meine Trumpfkarte Bumpi die kleine Gruppe nennt, die sich gleich nach Ende dieses großen Plenums irgendwo im Keller des Volxbunkers zusammensetzen möchte, um die wirklich wichtigen Dinge zu planen.

Grün: Hallo, Frau Bröhmann, wie geht es Ihnen?

Melina: Danke ... geht schon. Das ist wirklich nett, dass Sie gekommen sind.

Grün: Sehr gerne. Man hat uns eine halbe Stunde gegeben, in der wir ungestört miteinander sprechen können.

Melina: Ja, ich weiß. Hatte mich sehr gewundert, dass die das überhaupt zugelassen haben.

Grün: Sie wissen, Sie können mir alles erzählen, ich habe Schweigepflicht. Und dass ich die einhalte, darauf können Sie sich verlassen.

Melina: Ich weiß. Deswegen habe ich mir das auch gewünscht, dass Sie kommen. Die Psychos hier drin, die kenne ich nicht. Denen vertraue ich auch nicht.

Grün: Gut. Worüber möchten Sie mit mir sprechen?

Melina: Eigentlich weiß ich das auch nicht so genau. Es ist nur so, bei Ihnen habe ich das Gefühl, Sie verstehen mich auf eine Weise. Und Sie bleiben cool, egal was ich Ihnen erzähle. Und das brauche ich jetzt. Mein Vater dreht sofort am Rad, redet mit mir, als wäre ich fünfzehn, meine Mutter kämpft die ganze Zeit mit den Tränen, und die Anwältin ist halt die Anwältin.

Grün: Verstehe.

Melina: Allein, wie Sie das «Verstehe», sagen, allein das tut mir schon gut.

Grün: Verstehe.

(Beide lachen)

Melina: Das ist das erste Mal, dass ich seit vier Tagen mal wieder gelacht habe.

Grün: Wie fühlen Sie sich hier drinnen?

Melina: *(zuckt mit den Schultern)* Mich kotzt an, dass ich mich nicht wehren kann. Man hält mich für eine Linksradikale, die sich bei der Polizei eingeschleust hat, um Aktionen zu starten. Das muss man sich mal vorstellen. Das glauben die. Nur weil ich einen Freund habe, der sich in der Antifa engagiert.

Grün: Das ist dieser Josh, von dem Sie mir mal erzählt haben? Also, wie ich Sie verstanden habe, ist er ja nicht nur *ein* Freund, sondern *Ihr* Freund.

Melina: Ja, irgend so was in der Richtung jedenfalls. Ich weiß, dass ich da niemals was vermischt habe. Job und privat. Warum soll ich nicht bei der Polizei arbeiten und gleichzeitig mit Antifa-Leuten befreundet sein dürfen? Josh hat nie was Grenzwertiges gemacht. Obwohl ...

Grün: Ja?

Melina: Na ja, in letzter Zeit hat er sich ein bisschen von mir zurückgezogen. Da hatte ich schon manchmal das Gefühl, die planen irgendwas, von dem ich vielleicht besser nichts wissen sollte. Da hat er mich geschützt und wollte mich da nicht mitreinziehen. Aber Josh würde nie etwas Gewalttätiges tun, niemals.

Grün: Hatten Sie mit ihm Kontakt, seit Sie hier sind?

Melina: Natürlich nicht. Wie denn? Was ’ne blöde Frage.

Grün: Entschuldigung.

Melina: Schon vergeben. Wahrscheinlich haben sie ihn auch schon längst eingebuchtet.

Grün: Wie geht es Ihnen gesundheitlich? Wie geht es Ihren Ohren, Ihrem Kopf?

Melina: Die Ohren pfeifen ein fröhliches Lied. Besonders schön, wenn es so still ist wie hier. Aber es geht schon. Die Gehirnerschütterung ist weg, nur ... ich habe immer noch Probleme, mich richtig zu erinnern.

Grün: An das, was rund um Ihren Niederschlag passiert ist?

Melina: Genau. Und das ist ein richtig beschissenes Gefühl.

(kurze Stille)

Melina: *(leise)* Wissen Sie, wovor ich Angst habe? Ich habe Angst, dass ich ... wie soll ich sagen, dass ich mir selbst nicht mehr vertrauen kann. Ich weiß einfach nicht, was genau passiert ist. Ich erinnere mich ja an kaum was.

Grün: Hmm.

Melina: Was ist, wenn ich es war?

Grün: Wenn Sie was waren?

Melina: Wenn ich geschossen habe? Was weiß ich denn?

Grün: Frau Bröhmann ...

Melina: Ich habe diesen Penner gehasst. Diesen Lubricht, diesen Großkotz. Ich hasse diese ganze beschissene Bewerbung. Das großmannssüchtige Getue, für das ich die Birne hinhalten muss. Ich hatte richtig Panik, Herr Grün, als diese riesigen Steine flogen. Als der Anarcho-Block so massiv vorrückte. An das Gefühl kann ich mich noch erinnern. Dieses Gefühl, nicht wegzukönnen, hilflos zu sein. Und dann dieser Tritt. Vielleicht war ich gar nicht gleich k. o. Vielleicht habe ich im Schock meine Waffe gezogen und auf Lubricht geschossen? Wer sagt mir, dass es nicht so war? Wer?

(Stille)

Grün: Ich sage das, Frau Bröhmann.

Melina: Aha.

Grün: Glauben Sie mir, das ist aus psychologischer Sicht äußerst unwahrscheinlich.

Melina: Aber nicht ausgeschlossen ...

Grün: Sie drehen mir jetzt aber ein wenig die Worte ...

Melina: Ich sage doch nur, das Schlimme ist nicht, dass ich hier sitze, das Schlimme ist, dass ich mir selber nicht vertraue. Sie kennen die Geschichte meiner Mutter?

Grün: Ja.

Melina: Sehen Sie, und ich habe ihre Gene. Wer weiß also, wozu ich fähig bin, wenn ich neben der Spur bin? Meine Mutter hatte das damals auch nicht gewollt, sie stand neben sich, so wie ich. Ich weiß doch, wie ...

Grün: Frau Bröhmann, ich möchte Sie gerne unterbrechen. Sie tun sich gerade nicht gut. Lassen Sie diese Gedanken, diese Phantasien weg. Versuchen Sie, bei dem zu bleiben, was wirklich ist und war. Bleiben Sie bei sich. Ich nehme Sie als erwachsene Frau wahr, die weiß, was sie will und was sie nicht will. Das ist die Melina, der Sie auch noch immer vertrauen können. Dass Sie diese kleine Amnesie haben, ist weder Ihre Schuld noch ein psychischer Defekt, sondern eine normale körperliche Reaktion auf eine schlimme Kopfverletzung. Vertrauen Sie darauf, dass Sie nichts Schlimmes getan haben. Sie sind im Moment das Opfer. Und ich glaube daran, dass sich bald alles aufklären wird und Sie sehr schnell hier wieder herauskommen. Und dann freue ich mich auf unsere weiteren Gespräche.

Melina: *(putzt sich die Nase)* Und ich hatte mir so fest vorgenommen, nicht zu heulen.

Bumpi zieht mich am Ärmel hinter sich her, als sei ich ein frisch erlegtes Wild, das er nun stolz seinem Jagdverein präsentieren möchte. Er schleift mich in einen kleinen dunklen Raum im untersten Geschoss des Volxbunkers.

An der mit dunklen Stoffen abgehängten Fensterwand steht ein langer Tapeziertisch, auf dem vollgepackte Rucksäcke liegen. Davor diskutiert Josh Krüger lebhaft mit einer komplett in Schwarz gekleideten Frau. Bumpi, der noch immer seine Hand am Ärmel meines Kapuzenpullovers hat, führt mich zu den beiden hin und grätscht sofort in die nächste kurze Gesprächspause hinein.

«Hi, Josh, ich wollte dir einen neuen Aktivisten vorstellen.»

«Aha.»

Josh Krüger gönnt mir nicht den Anflug eines Lächelns, stumm mustert er mich von oben bis unten.

Obwohl er sicher zwanzig Jahre älter ist, tippelt Bumpi wie ein kleiner Schuljunge aufgeregt auf der Stelle.

«Das ist Henner. Ein absoluter Gewinn für unsere Sache. Er war schon bei der Startbahn West dabei ...»

«So?»

Josh lächelt schief und lässt den übereifrigen Bumpi einfach abblitzen. Ich muss selber aktiv werden, wird mir schnell klar.

«Lass mal gut sein, Bumpi», sage ich mit klarer, fester Stimme und reiche Josh meine Hand. «Mir gefällt deine Arbeit, so etwas spricht sich auch außerhalb Frankfurts herum.»

Joshs Gesichtsausdruck hellt sich ein wenig auf. «O. k., das höre ich jetzt nicht ungern. Wo kommst du her?»

Ich lache affig. «Im Moment mache ich Station rund um Gießen. Aber ich bleibe nie länger als ein Jahr an einem Ort. Ich muss in Bewegung bleiben, sonst schläft auch mein Geist ein.»

Bumpi nickt begeistert. Endlich wird Josh merken, was für einen tollen Hecht er da in die Gruppe einbringt!

Ich muss jetzt dranbleiben. «Der private Rückzug ist der Anfang vom Ende. Schau, Josh, ich bin Mitte vierzig, seit fünfundzwanzig Jahren dabei. Was glaubst du, wie viele meiner Weggefährten noch aktiv sind?»

«Keiner», schmettert Bumpi heraus.

«Richtig. Alle haben es sich hübsch bürgerlich eingerichtet und reden über die alten Zeiten, als wären das pubertäre Jugendsünden gewesen. Ich habe irgendwann aufgehört, vom selbstbestimmten Leben zu schwafeln. Ich hab es einfach getan. Und ich tu es bis heute.»

«O. k.», sagt Josh leise. Seinen misstrauischen Gesichtsausdruck hat er zwar nicht ganz abgelegt; er scheint mir mein Geschwafel aber doch abzunehmen.

«Hey, Henner», röhrt es in diesem Moment heiser von der anderen Raumseite. Ich sehe K, die mir freudig zuwinkt. Ein weiterer Pluspunkt für mich. Ein besseres Timing hätte es nicht geben können. Ich gehöre dazu. Man kann mir vertrauen.

«Josh, können wir mal kurz unter vier Augen sprechen?», frage ich mit bedeutsamer Miene. Er nickt, und Bumpi zieht enttäuscht ab.

Mein Herz pumpt etwas schneller. «Lass uns mal kurz Klartext labern», presse ich wieder mal etwas zu pseudocool hervor. «Was ist mit diesem Bullenmädchen?»

Josh zuckt kaum merklich zusammen.

«Häh?», macht er. «Was meinst du?»

Seine Selbstsicherheit scheint verflogen.

«Wenn ich hier bei euch mitmache, dann fände ich es gut, wenn wir ehrlich miteinander umgehen», lehne ich mich weiter fröhlich aus dem Fenster. «Ich hab so meine Quellen. Die Polizistin, die da gerade einsitzt, mit der hast du was am Laufen.

Die Bullen gehen davon aus, dass Lubricht mit ihrer Dienstwaffe erschossen wurde. Das ist 'ne krasse Nummer.»

Josh Krüger fixiert mich. Was soll er hiervon halten? Von der Verhaftung Melinas weiß noch immer kaum jemand. Sie ist bisher erfolgreich geheim gehalten worden. Die aufgeheizte Stimmung in der Stadt soll nicht unnötig durch eine tatverdächtige Polizistin angeheizt werden.

Ich setze wieder an: «Du musst verstehen, mich macht das etwas skeptisch. Kann man deiner ... Bekannten trauen? Weiß die vielleicht zu viel über dich? Ich bin zu lange im politischen Kampf, um da nicht besonders vorsichtig zu sein.»

Josh Krüger blickt sich um, kommt dann mit seinem Kopf nahe an mich heran und flüstert mir ins Ohr: «Pass auf, wenn dir das hier nicht passt, dann hau doch einfach ab. Ich habe dich nicht eingeladen. Und ich hab keinen Bock auf dein blödes Gelaber.»

Dann rückt er von mir ab. Ich belasse es wohl besser erst einmal dabei.

«Wir haben jetzt auch keine Zeit mehr. Wir müssen jetzt loslegen», murmelt er und blickt dabei auf seine Armbanduhr. «Also, bist du jetzt dabei oder nicht? Du musst dich jetzt entscheiden.»

Ich verstehe nicht, wovon er spricht, will mir aber keine Blöße geben und sage daher einfach: «Klar bin ich dabei.»

Und keine fünf Minuten später bin ich Teil einer kleinen exklusiven Gruppe, die sich um zwei Uhr nachts auf den Weg zur Otto-Fleck-Schneise machen wird, um das Büro des Deutschen Olympischen Sportbundes mit Farbbeuteln und Steinen zu traktieren.

Das habe ich nun davon.

K schlägt mir plötzlich auf den Rücken.

«Wow, welche Ehre, ich darf mit dem APO-Opa Henner auf die Piste.»

K grinst, wie man grinsiger nicht grinsen kann.

«Ach, quatsch, APO», stammele ich alles andere als souverän und mache mir gerade von Sekunde zu Sekunde mehr in die Hose.

Was passiert jetzt? Wo hast du dich jetzt reinmanövriert, Bröhmann? Es gibt kein Zurück. Jedenfalls keins, das mir einfällt.

«Genialer Plan von Josh», freut sich Bumpi und schnallt sich einen voll bepackten Rucksack auf den Rücken. «Jetzt, wo keiner mit Aktionen rechnet, so kurz nach der Lubricht-Scheiße ... genial.»

«Hmm», brumme ich und beginne, leicht zu schwitzen. Neben Josh, Bumpi, K und mir sind es noch zwei weitere Aktivisten, die sich für die anstehende Aktion vorbereiten.

«Stein oder Farbbeutel?»

«Wie bitte?»

Josh hält mir zwei Rucksäcke vor die Nase.

«Äh ... ja», antworte ich.

Josh drückt mir den erkennbar schwereren Rucksack in die Hand. Das sind wohl Steine, vermute ich messerscharf.

«Du kennst so was ja», sagt Josh, «wir ziehen das ganz traditionell durch. Keine Experimente.»

«Nee, klar, keine Experimente, ganz tradi... sag mal, habt ihr noch so 'ne Sonnenbrille? Ich habe meine, äh ... zu Hause.»

K giggelt in meinem Rücken. «Wie? Der Ober-Anarcho hat seine Brille vergessen?»

«Na ja, ich wusste doch gar nicht, dass heute was ...», stammele ich und bin kurz davor, die Sache hier abzubrechen. Ein wenig fühle ich mich wie Berger, die Hippie-Hauptfigur aus dem Film «Hair», der mit seinem einkasernierten Soldatenfreund kurz vor dessen Einberufung nach Vietnam die Rollen tauscht, damit der noch einmal seine Freundin sehen kann. Dann aber erfolgt völlig unerwartet der Einberufungsbefehl, und Berger steigt panisch und pathetisch singend in die Militärmaschine. «I believe in God, I believe in Goooood.»

Genauso komme ich mir vor. Na ja, sagen wir mal, fast. Ich singe jedenfalls nicht.

«Nimm das hier», kichert K, stößt mir in die Seite und zieht mir eine alberne Clownsmaske über den Kopf, die mein Gesicht komplett verbirgt. «Steht dir gut.»

«O. k., Leute», ruft Josh und klatscht in die Hände. «Denkt dran, es muss superschnell gehen. Raus aus dem Auto. Job erledigen und sofort wieder zurück. Alles so, wie wir's besprochen haben.»

Ich weiß zwar nichts, aber ich bin ja der kampferprobte Henner, der weiß, wie der Hase läuft.

Fieberhaft überlege ich, wie ich diese Aktion noch verhindern kann. Ich möchte jetzt wirklich nicht irgendwelche Steine auf ein armes Haus werfen. Ich möchte auch nicht, dass andere dies tun.

«Wartet noch mal kurz», rufe ich.

«Was denn?», zischt Josh ungeduldig.

«Ich konnte mich in all den Jahren immer auf meinen Instinkt verlassen. Ich rieche, wenn was nach hinten loszugehen droht. Da ist was im Busch. Lasst uns die Aktion besser abbrechen ...»

Mit meinen Augen nahezu bettelnd, suche ich den Blickkontakt, erst zu Bumpi, dann zu K und schließlich zu Josh, um diesen Blödsinn noch irgendwie zu unterbinden.

Vergeblich. Alle halten zwar einen kurzen Moment inne, dann aber ist klar, das Ding soll durchgezogen werden.

Will ich das Vertrauen von diesem Blödmann Josh gewinnen und will ich tatsächlich herausbekommen, was er mit dieser Sache zu tun hat, dann kann ich jetzt keinen Rückzieher machen.

«Komm, alter Mann, lass uns ein bisschen Spaß haben», röhrt die mir langsam etwas zu rotzfrech werdende K. «Vor allem, wo du doch meine wunderschöne Maske tragen darfst.»

So verlassen wir zügig den Volxbunker und besteigen einen weißen alten verrosteten VW-Bus, an dessen Steuer sich Bumpi setzt.

Ich hieve mich auf die Rückbank und nicke schief lächelnd der neben mir sitzenden, etwas modrig riechenden jungen Frau zu, der ich mich bisher noch nicht vorstellen konnte.

Ich bin der Henner, sie heißt Grit, viel mehr reden wir nicht.

Zwei Uhr. Ich muss an Franziska denken, die sich hoffentlich keine zu großen Sorgen macht. Ich habe mein Handy im Auto gelassen und auch sonst keine Gelegenheit gehabt, sie darüber zu informieren, dass es bei mir heute etwas sehr später werden würde. Was hätte ich auch sagen sollen? «Schatz, warte nicht auf mich. Fahre gerade mit meinen neuen vermummten Freunden zum Haus des Sports und schmeiße gleich ein paar Pflastersteine durch die Fenster. Bis dann, schlaf gut und gib den Kindern einen Kuss.»

Wir knattern durch die Frankfurter Nacht Richtung Süden. Auch diese Stadt schläft nie. Irgendjemand ist immer unterwegs. Das nervt mich so an Großstädten. Richtig Ruhe gibt's hier nicht.

Unser Anschlagziel, das Haus des Sports, das eben das Büro des DOSB beheimatet, liegt im Süden der Stadt, in unmittelbarer Nachbarschaft zur Commerzbank-Arena, die von allen eingefleischten Eintracht-Frankfurt-Fans allerdings noch immer ganz antikapitalistisch Waldstadion genannt wird. Auch von mir.

Bumpi kurvt den Bus über diverse stockdunkle Stadtwaldwege ortskundig Richtung Otto-Fleck-Schneise.

«Hier parken», befiehlt Josh.

Ein Leo springt vom Beifahrersitz, rennt zum Gebäude vor, blickt nach links, blickt nach rechts, dreht sich dann wieder zu uns und winkt uns herbei. Die Luft scheint also rein zu sein, wie es so schön heißt.

Alle ziehen sich die Kapuzen über ihre Köpfe, die Sonnenbrillen auf die Nasen und schultern die Rucksäcke. Also tue ich das auch und setze mir Ks alberne Clownsmaske auf.

Dann stapfen wir los, und mir wird immer schummriger zumute. Leo kommt uns entgegen, nickt allen noch einmal zur Bestätigung zu und setzt sich dann auf den Fahrersitz. Er ist also unser Fluchtfahrer und wartet im Wagen, bis wir unsere Aktion beendet haben.

Dann geht es los. Grit und K rennen zum Haupteingang des Hauses und beschmieren ihn mit den unmissverständlichen Worten «FUCK OLYMPIA». Bumpi zielt mit den ersten Steinen auf die Fensterscheiben, trifft allerdings nur die Hauswand.

«Auaaautsch, Scheiße», flucht er und hält sich schmerzverzerrt die rechte Schulter. «Ist so ’ne alte Schleimbeutelgeschichte», ruft er mir zu.

«Schneller, Leute, schneller», schreit Josh und bombardiert eine Seitenwand mit Farbbeuteln. Ich halte noch immer den ersten Stein in der Hand, der große Schwierigkeiten hat, meine Hand zu verlassen.

Ich fixiere das Fenster, das Bumpi gerade verfehlt hat, und hole aus, aber dann beginne ich zu schreien: «Scheiße, da ist jemand. Wachpersonal. Weg hier, schnell.»

Ich renne los, wieder zurück in den Wald, in Richtung Bus, rufe noch «Die sind bewaffnet» und hoffe, dass die anderen das glauben und mir folgen. Ob sie mir wirklich glauben, weiß ich nicht, jedenfalls folgen mir alle, und so sitzen wir wenig später wieder im VW-Bus und versuchen, möglichst viel Abstand zum Tatort zu bekommen.

«Scheiße», fluche ich theatralisch, um skeptischen Nachfragen zuvorzukommen. «Aber ich hab mir das schon gedacht. Die lassen das Ding bewachen. Und das waren keine Hausmeister, das war professionelles Wachpersonal.»

Ich weiß wirklich nicht, was ich da fasele, und vielleicht rede ich mich hier gerade um Kopf und Kragen, aber es ist mir egal.

«Das waren vier Mann im zweiten Stock. Die haben sich im Dunkeln Richtung Eingang angeschlichen. Die wollten uns überraschen. Das ist so ’ne Taktik. Fahr schneller, Theo, die haben die Bullen längst verständigt. Fuck, war das knapp.»

«Leo», korrigiert mich Leo und fährt schneller.

«Hätten wir nur eine Minute länger gewartet, hätten die Typen mit Waffen vor uns gestanden, und dann wäre Schluss mit lustig gewesen.»

Bumpi, der sich noch immer stöhnend die Schleimbeutel-Schulter hält, nickt mir zu: «Danke, Alter, echt.»

Josh schweigt. Er spürt, dass mir die anderen glauben. Und mir offenbar abnehmen, dass ich durch meine jahrelange Erfahrung Situationen dieser Art einschätzen kann.

«Ich fand’s trotzdem geil», rülpst K und nimmt einen Schluck aus ihrer Bierdose.

Es dauert fast zehn Minuten, bis Josh sich zum ersten Mal nach unserer Flucht äußert: «Wir sollten jetzt nicht zurück zum Volxbunker. Kann mir vorstellen, dass die Bullen da aufkreuzen.»

Alle nicken und sind sich einig, dass es das Beste sei, sich jetzt aufzulösen und nach Hause zu gehen.

«Autsch», macht Bumpi, immer noch mit der Hand an seiner Schulter, doch keiner beachtet ihn. «Aaah», schiebt er hinterher, und wieder beachtet ihn keiner

«Wo musst du hin?», fragt mich Leo. «Wo soll ich dich rauslassen?»

Mir wird klar, dass ich wieder nahezu ohne jedes Ergebnis nach Hause fahren werde. Wieder wird mich Franziska fragen, was das alles soll. Und zwar zu Recht.

Ich muss mir was einfallen lassen. Dranbleiben!

«Och, ich weiß nicht», gurke ich rum. «Keine Ahnung. Lass mich irgendwo raus, ich find schon irgendwas, wo ich mich kurz ablegen kann. Vielleicht setz ich mich auch nur in irgendeine Bahnhofsspelunke.»

«In eine Bahnhofs ... was?»

«Spelunke», stöhnt Bumpi. «So 'n Wort kennt ihr jungen Scheißer natürlich nicht mehr.»

«Ich werd die Nacht schon rumkriegen», murmle ich, «zur Not leg ich mich im Park auf 'ne Bank», und endlich kommt die erhoffte Reaktion.

«Quatsch. Du kannst doch bei uns pennen», sagt K und zerquetscht mühelos ihre Bierdose. «In unserer WG-Spelunke.»

Josh, dem das hier gerade alles so gar nicht gefällt, nickt kurz, vermeidet allerdings Blickkontakt mit mir.

Neben mir ächzt Bumpi: «Sorry, Henner, ich hätte dir auch angeboten, bei mir zu ratzen, aber bei der Schulter gerade, weißte, da ist es besser ...»

«Nee klar, Bumpi, ist schon klar, passt schon.»

Auch Bumpi verlässt wenig später an der Eschersheimer Landstraße unseren Bus, und wie ich ihm so nachblicke, frage ich mich schon, warum er humpelt, wenn doch seine Schulter weh tut.

«Der Bumpi ist echt ein Vollhonk», kommentiert K das Ganze.

Wie sieht jetzt eigentlich mein konkreter Plan aus? Wenn ich das wüsste. Es ist drei Uhr morgens, über den Punkt der Müdigkeit bin ich weit hinaus. Ich befinde mich eher im Stadium eines überdrehten Deliriums.

«Tschö», ruft Leo und reißt mich aus meinen Gedanken. Aussteigen.

Wir stehen an der gleichen Stelle, an der ich kürzlich K und ihre nervbackige Freundin rausgelassen habe. Josh bespricht mit Leo, wo der das Equipment verstauen soll, mit dem vorhin das Haus des Sports bearbeitet werden sollte.

«Tschö», sage dann auch ich, und nur drei Minuten später bietet mir K in der Wohngemeinschaftsküche ein Bier an.

«Gerne», sage ich und setze mich an einen mit Kerzenwachs verkrusteten Tisch

«Ist aber lauwarm.»

«Macht nichts.»

K legt ihre Füße auf den Tisch, kippelt auf ihrem Stuhl, rülpst und bestätigt in dieser Sekunde in puncto Manieren alle Vorurteile gegen diese «herumlungernden Nichtsnutze», wie mein Vater früher bierdösige Punkgruppen in den Fußgängerzonen bezeichnete.

Josh hat keine Anstalten gemacht, sich zu uns zu setzen, sondern sich gleich in sein Zimmer verzogen.

K redet leicht angetrunken auf mich ein, lästert erneut über mein Alter, ihre Clownsmaske, die ich tragen musste, und über das Wort Spelunke. Ich grinse müde, ehe ich zum Gegenschlag ansetze:

«Sag mal, kennst du diese Polizistin, mit der Josh was hat?»

Da reißt sie mit einem Mal die Augenbrauen hoch und verschluckt sich an ihrem Bier.

«Wieso? Was ist mit der?», fragt sie in patzigem Tonfall zurück.

«Die haben sie doch verhaftet, ne?», fahre ich fort. «Wie heißt die noch gleich? Melinda?»

«Melina», korrigiert mich K und fängt an, sich eine Zigarette zu drehen. «Was? Verhaftet? Davon weiß ich nix. Wieso das denn?»

Meine Güte, ich fürchte, ich gehe hier entschieden zu weit. Ein Spiel mit dem Feuer, wird mir gerade mehr als klar.

«Woher kennst du die denn?», will K wissen.

Ich winke ab. «Ach, ich kenne sie gar nicht. Ich habe aber seit Jahren gute Quellen bei der Polizei. Da bekomme ich so einiges mit. Und diese Melitta ...»

«Melina, Mann», nölt K genervt.

«Und diese Melina soll in U-Haft sitzen, da vermutlich mit einer Polizeiwaffe auf Lubricht geschossen wurde und ihre seit dem Anschlag verschwunden ist.»

«Verarsch mich nicht.»

Entweder ist K tatsächlich überrascht oder für die späte Uhrzeit noch zu einer bemerkenswerten schauspielerischen Leistung fähig.

«Hat dir Josh nichts davon erzählt? Er ist doch mit der zusammen.»

«War. War zusammen.»

K bietet mir heute zum ungefähr siebzehnten Mal eine Zigarette an, die ich schweren Herzen auch beim siebzehnten Mal ablehne.

«Ach, und deswegen haben die Josh so auf dem Kieker! Leck mich, was 'ne verquirlte Scheiße», flucht K und hustet sich dabei durch ihren Brutalotabak. «Und ich dachte, es wär nur Routine gewesen, dass die den Josh verhört haben.»

Ich schüttle besserwisserisch den Kopf.

«Man hat echt nur Stress mit der Alten. Aber dieses Bullenlandei hat doch nie im Leben was mit der Lubricht-Sache zu tun», sagt K. «Die hat doch immer nur rumgeheult, wenn Josh ein Ding durchziehen wollte.»

«Dieses was?» Ich hänge noch an Teil eins ihrer Bemerkung fest.

«Was dieses was?»

«Bullenlandei?»

Durchatmen, Bröhmann, schön durchatmen und in der Rolle bleiben.

«Na ja», räuspert sich K verächtlich, «die kommt irgendwie ausm Vogelsberg oder so ...»

Dann denkt sie kurz nach: «Oder noch schlimmer: Wetterau.»

«Aha», sage ich und stelle meinen Gesichtsausdruck auf neutral. «Ach, und die sind gar nicht mehr zusammen, der Josh und die Milena?»

«MELINA! Mann, so ein alter Sack bist du doch auch noch nicht, dass du dir keinen einzelnen Namen mehr merken kannst. Auch wenn's ein selten affiger Name ist, so kompliziert ist es doch nun auch nicht. Nein, die sind nicht mehr zusammen. Eigentlich waren sie's auch nie richtig. Sagt Josh, obwohl die Bullenbraut das bestimmt anders sieht.»

Ich kann jetzt nicht wirklich behaupten, dass ich es bedauern würde, wenn sie inzwischen von Josh getrennt sein sollte.

«Wieso willst'n das überhaupt alles so genau wissen, hä?», fragt K. «Was interessiert dich denn diese blöde Kuh? Ich konnte noch nie verstehen, was Josh von der wollte. Wahrscheinlich fand er es einfach geil, mal eine zu vögeln, die ihm am nächsten Tag bei 'ner Demo mit Helm und Knüppel gegenübersteht.»

Ich schaffe es tatsächlich, ihr keine zu scheuern.

Plötzlich steht Josh in Boxershorts und T-Shirt in der Küchentür.

«Ich geh pennen», ruft er uns oder vielmehr K zu. «Nacht!»

«O. k., ich komm auch gleich.»

Wohin kommt sie bitte auch gleich? Zu Josh? Das ist ja allerhand.

Also, auch wenn ich bisher nicht unbedingt in rauen Mengen Beweise für Melinas Unschuld ermitteln konnte, für ihre strafrechtliche wohlgemerkt, bei den diversen Beziehungsgeflechten habe ich schon so einiges an Informationen beisammen.

«Du kannst bei Maike pennen», sagt K und deutet auf die Tür gegenüber.

«Bei Maike? Ach, mir wäre ein Einzelzimmer doch lieber.»

K lacht, beginnt dabei zu husten und erklärt, diese Maike komme erst morgen Mittag zurück und sie habe ganz bestimmt nichts dagegen, wenn ich in ihrem Zimmer schliefe. Da ich nicht wie ein Spießer rüberkommen will, unterdrücke ich meine beträchtlichen Zweifel. «Nacht», nuschelt mir K noch kurz zu, ehe sie hinter der gleichen Tür wie Josh verschwindet.

Da stehe ich nun mitten im dunklen Flur dieser Wohngemeinschaft und bin so klug als wie zuvor.

Ich gehe zur Toilette, wasche mir das Gesicht, betrachte mitleidig im Spiegel das Antlitz dieses alten Mannes, verbiete mir weitere Fragen über die Sinnhaftigkeit dieser Aktion und steuere am Ende, wie mir geheißen, das Zimmer jener Maike an, ohne deren Zustimmung ich gleich in ihrem Bett liegen werde.

Ich beschließe, mich nach Sofakissen umzuschauen und nach irgendeiner alternativen Decke, um nicht die Bettwäsche meiner Gastgeberin benutzen zu müssen. Ich ziehe mich bis auf T-Shirt und Unterhose aus, tapse barfuß durch den Flur und suche so etwas wie ein Gemeinschaftswohnzimmer. Gibt es aber nicht. Neben meinem beziehungsweise Maikes Zimmer und jenem, in das K und Josh sich zurückgezogen haben, gibt es ein drittes Zimmer, das, so vermute ich jedenfalls, Joshs Reich sein müsste. Durch die angelehnte Tür linse ich hinein und finde ein ausgesprochenes Durcheinander vor. Klamotten, Bücher, Taschen, Kisten, Kartons, eine Gitarre und ein halbes Schlagzeug sehe ich, nur eben leider keine Kissen oder Decken.

Also kehre ich zurück in Maikes Zimmer, lege mich auf das Bett und glotze an die Decke.

Es ist wohl klüger, eine Weile zu warten, bis Josh und K eingeschlafen sind. Dann werde ich mich ein wenig in Joshs Zimmer umsehen. Warum sollte ich nicht irgendetwas finden, was ihn belasten und meine Tochter entlasten könnte?

Was *mich* nun allerdings zunächst einmal belastet, ist die Tatsache, dass Josh und K es trotz des doch sehr langen Tages nicht sein lassen können, sich noch den Freuden der körperlichen Liebe hinzugeben, und dieser Freude hörbar Ausdruck verleihen.

Dabei zähle ich wirklich nicht zu denen, die sich am Liebesgestöhne und Bettgequietsche anderer Menschen ergötzen.

Ich versuche, an etwas anderes zu denken, was schwierig ist; Ohren zuhalten wäre zu albern. Dann nimmt der Quietschrhythmus plötzlich deutlich Tempo auf, ich hoffe aufs Finale, und ja, ja, es kommt, das Finale. Danach kehrt Ruhe ein. Gute Nacht, da drüben, jetzt schlaft bitte aber auch ein. Die Gefahr, dass ich wegdöse, ist gering, dafür bin ich zu angespannt. Ich warte weitere zehn Minuten, von drüben ist nichts mehr zu hören, also mache ich mich auf leisen Fußsohlen wieder auf den Weg zu Joshs Zimmer. Kaum stehe ich im Hausflur, erwacht die Lust der jungen Menschen ein zweites Mal. Zwar nicht ganz ohne Respekt vor dieser doch sehr ambitionierten Wiederaufnahme, aber mit noch mehr Missmut tippele ich wieder zurück in mein Reich. Wieder lege ich mich ins fremde Bett, warte und horche, horche und warte.

Irgendwann spüre ich Franziskas Hand an meinem Rücken und höre die Worte: «Rück ma 'n Stück.»

«Ich bin doch auf meiner Seite», grummele ich und rutsche trotzdem ein kleines Stück weiter Richtung Wand.

«Häh?»

Dann reiße ich die Augen auf und stelle erschrocken fest, dass dieses «Häh» doch eher fremd klingt und diese Hand an meinem Rücken bestimmt nicht Franziskas Hand war. Eine weitere Sekunde später weiß ich endlich wieder, wo ich bin. Hektisch richte ich mich im Bett auf.

«O Gott», piepse ich.

«Alter, ich weiß zwar nicht, wer du bist», murmelt meine Bettkumpanin, «aber bleib mal locker, du kannst ruhig hier liegen bleiben, wenn du noch 'n Stück rückst. Nur die Finger lässte schön bei dir ...»

«Nein ... Quatsch, wie, was, oje, sorry, das ist mir wirklich pein... also die ... äh ... Dings ... die K sagte, du würdest ... ich bin schon weg.»

Ich hechte über Maike aus dem Bett heraus, bleibe dabei mit dem Knie an der Bettkante hängen, stolpere danach über irgendwelche Schuhe, greife fahrig nach meinen Klamotten, entschuldige mich ein siebtes Mal und humple aus dem Zimmer.

«Du bist ja echt 'n Freak», höre ich zum Abschied noch.

Und so stehe ich nun wieder im Flur, in Unterhosen, Socken und T-Shirt, mit Knieschmerzen, meine Klamotten und Schuhe in den Armen haltend, und gebe dieser Maike recht.

Ich schleiche in die Küche, lege dort mein Zeug ab, trinke ein Glas Leitungswasser und blicke auf die Uhr. 6.30 Uhr. Draußen zwitschern bereits ein paar Frankfurter Vögel fröhliche Lieder, und die Morgendämmerung tritt so langsam ihren Dienst an.

Nachdem ich mich von dem kleinen Schreck erholt habe, wage ich mich hinüber zu Joshs Zimmer. Ich versuche, durch eine gleichmäßige Atmung meinen Puls etwas zu beruhigen, und beginne herumzuschnüffeln, immer mit Blick zur Tür, durch deren Spalt ich den Flur im Sichtfeld habe. Auf dem Schreibtisch liegen wild durcheinander Broschüren, Faltblätter und Bücher herum. Ich ziehe die Schubladen auf, in denen noch mehr Papiere ohne erkennbares System verstaut sind. Dann geht irgendwo in der Wohnung eine Tür. Mist. Ich hopse so lautlos wie möglich vom Schreibtisch weg, schnappe mir meine Klamotten, lege mich hektisch hinters Schlagzeug, decke mich mit meiner Jeans zu und stelle mich schlafend.

Eine Toilettenspülung rauscht. Ein paar Momente später habe ich das Gefühl, dass irgendjemand hier in diesem Zimmer steht. Ganz vorsichtig öffne ich mein linkes Auge und blicke direkt in Ks verschlafenes Gesicht.

«Ach, du pennst jetzt *hier*? Sorry, wollte dich nicht wecken, aber Josh mag das eigentlich nicht so gerne.»

«Ja, aber, nur ist diese Maike gerade heimgekommen», rechtfertige ich mich.

«Ach so. O. k. Echt? Und die hat dich rausgeschmissen?»

«Nein, nicht direkt.»

«Hätte mich auch gewundert. Bei der haben schon ganz andere Kaliber im Bett gelegen.»

K grinst dann noch ein bisschen, sagt: «Ich geh dann mal wieder pennen», und geht dann mal wieder pennen.

Und ich schnüffle weiter. Krame herum, nicht wirklich mit System, aber beharrlich. Nachdem ich zwanzig Minuten den Schreibtisch und alle Schubladen durchsucht habe, nehme ich mir den Rucksack vor, den Josh vorhin bei sich hatte.

Und dort nun entdecke ich inmitten vieler wahllos verstauter Zettel plötzlich die Schrift meiner Tochter. Ich ziehe die betreffenden Blätter heraus. Es sind offenbar Briefe, die Melina ihm geschrieben hat. Ich wundere mich kurz, dass meine Tochter diese etwas antiquierte Kommunikationsform wählt, und überfliege den ersten Brief. Darin breitet sich meine Tochter über irgendwelche Beziehungsunzufriedenheiten aus. Das geht mich nichts an, und danach suche ich auch nicht.

Dann höre ich ein Geräusch in der Küche nebenan. Hektisch stecke ich den Brief in die Innentasche meiner auf dem Boden liegenden Jacke und stelle die Atmung ein. In der Küche ist es wieder still. Ich vermute, dass es doch nur der Kühlschrank war, dessen Kühlung gelegentlich Geräusche verursacht. Ich greife nach dem anderen Brief und lese ihn rasch und hektisch, immer mit halbem Blick auf die angelehnte Zimmertür.

Hallo, Josh,
ich schreib dir jetzt diesen Brief, weil ich nicht weiß, wann wir endlich mal wieder in Ruhe reden können.
Telefonieren willste nicht, mailen auch nicht, weil du da ja deiner

Abhörparanoia treu bleiben musst. Deswegen schreib ich jetzt meine Gedanken mal ganz oldschool auf einen Zettel.

Zuerst muss ich dir eine Frage stellen, die mir ein bisschen peinlich ist. Aber ich muss das machen, ich muss alle Möglichkeiten ausschließen:

Josh, habt ihr irgendwas mit dem Verschwinden meiner Dienstwaffe zu tun? Natürlich traue ich dir das nicht zu, und du bist jetzt bestimmt super beleidigt, aber ich muss das fragen.

Seit der Geschichte auf dem Römer ist die weg.

Ich muss die dringend finden. Sonst krieg ich verdammt Stress bei der Arbeit.

Doch wahrscheinlich ist dir das eh scheißegal. Du hasst es ja, was ich mache. Das ist der Unterschied zwischen uns beiden. Du hasst, was ich tue, und ich hab Respekt vor dem, was du machst und wofür du einstehst. Vor allem kann ich das trennen. Job und Privatleben. Auch wenn ich jobmäßig auf der anderen Seite stehe, bin ich privat nahe bei dir. Das weißt du genau.

Nichts dringt durch mich nach außen. Keiner erfährt irgendwas, auch wenn ich in letzter Zeit Angst habe, dass ihr zu weit geht. Ich kann nur hoffen und will den Gedanken eigentlich nicht zu Ende denken, dass ihr mit der Lubricht-Scheiße irgendwas zu tun habt.

Es wäre übrigens nicht unhübsch gewesen, wenn du dich mal ein bisschen nach meinem Wohlbefinden erkundigt hättest. Es ist nicht so schön, das Gefühl zu haben, dir ist egal, dass irgendein Arsch mir gegen den Kopf getreten hat. Oder bin ich inzwischen für dich auch nur noch ein dahergelaufener Scheißbulle?

Ich weiß nicht, was du über mich oder uns noch denkst und fühlst. Mir jedenfalls bedeutet es was. Immer noch, und ich will, dass es weitergeht. Nur damit du's weißt.

Mel

Hat sich diese ins Groteske abgleitende Aktion nun also doch gelohnt? Dieses Schriftstück wird Melina eindeutig entlasten, so viel ist klar.

Alles wird gut. Beflügelt von meinem Fund, krame ich weiter in Joshs Rucksack herum, finde aber nichts weiter Erwähnenswertes.

Was jetzt? Gleich abhauen und mit dem Brief direkt zur Polizei? Oder erst mit Renate Valentin, der Anwältin, sprechen? Ich bin unsicher. Jedenfalls packt mich der Ehrgeiz, noch mehr herauszufinden. Warum soll es nicht noch andere Briefe geben? Also schnüffle ich ungebremst weiter. Fünf Minuten später öffne ich den Kleiderschrank. Rechts liegen Pullover, Hosen und T-Shirts. Links stehen aufgestapelt Plastikkörbe, in denen Josh seine Socken und Unterhosen verstaut hat. Auch hier wühle ich herum, bis ich etwas zu fassen bekomme und mir fast das Herz stehen bleibt. In meiner linken Hand halte ich eine Polizeiwaffe.

Das überfordert mich nun. Damit hatte ich nun weiß Gott nicht gerechnet. Eine Waffe. *Die* Waffe? Was mache ich denn jetzt damit? Die Pistole auch an mich nehmen und sie gemeinsam mit dem Brief bei der Polizei auf den Tisch legen? Würden die mir denn glauben, dass ich die hier gerade gefunden habe? Mir, dem Vater der Tatverdächtigen? Nervös atmend wische ich den Griff mit einer Unterhose ab und lege die Knarre, ohne sie direkt zu berühren, erst einmal wieder zurück unter die Socken. Ich kann die nicht mitnehmen. Ich muss die Polizei vielmehr dazu bringen, sie hier zu finden. So muss es laufen.

Ich beschließe, mich vom Acker zu machen, und beginne, nach meinen Klamotten zu suchen.

Ich werde mit Frau Valentin sprechen und alles Weitere in die Wege leiten lassen.

Da klingelt es an der Haustür. Ich blicke auf die Uhr, 6.20 Uhr. Wer ist das denn jetzt?

Es klingelt ein zweites Mal.

«Was soll'n die Scheiße», höre ich Maike fluchen und aus ihrem Zimmer watscheln. Sie schnauzt noch einmal «Ey, was soll'n die Scheiße?» in die Haussprechanlage und stammelt dann: «Wie ... was? ... Moment.» Dann drückt sie den Türöffner.

«FUHUCK!»

Durch den Türspalt aus Joshs Zimmer beobachte ich, wie sie an Ks Zimmertür hämmert. «Hey, aufwachen», schreit sie. «Die Bullen sind da.»

Und dann geht alles sehr schnell. Drei Beamte stürmen durch die Wohnungstür.

«Kommen Sie bitte alle in den Flur», ruft einer. Wir tun das, auch ich. Sie fragen nach Josh Krüger, der sich zu erkennen gibt. Was bleibt ihm auch anderes übrig?

«Wo ist Ihr Zimmer?», fragt ein Polizist. Josh zeigt auf seine Tür, und die beiden anderen Beamten gehen hinein.

Wir alle werden aufgefordert, uns etwas überzuziehen. Gute Idee, auch ich steh ungern in Unterwäsche vor Polizisten. Überhaupt stehe ich ungern in Unterhose vor Fremden. Ich husche wieder zurück in Joshs Zimmer und schlüpfe in meine Klamotten.

Kurze Zeit später stehen wir alle angezogen wieder im Flur.

Nun werden die Personalien aufgenommen.

Die drei WG-Bewohner weisen sich aus, und auch ich krame nach meinem Personalausweis.

«Was wolltest du in meinem Zimmer?», zischt mir Josh in einem unbeobachteten Augenblick zu.

Ich ignoriere ihn und wende mich stattdessen an den Polizisten. «Ich müsste mal mit Ihnen reden. Ich ... äh ... bin nämlich sozusagen ein Kollege, also fast, also Ex, und ich habe gerade in Herrn Krügers Zimmer ...»

Während ich weiter nach Worten suche, ruft einer der Beamten aus Joshs Zimmer: «Was haben wir denn da?»

Er kommt zu uns in den Flur und hält die Waffe in die Luft.

In Joshs Gesicht steht blankes Entsetzen. Er gibt tatsächlich alles, so zu tun, als habe er das Ding noch nie gesehen.

«Was soll das? Die ist nicht von mir. Das kann doch nicht ... das darf doch ... ich habe keine Ahnung, wie die da ...»

«*Bröhmann?* Sie heißen Bröhmann?»

Der Polizist, der die Personalien aufnimmt, blickt mich staunend an.

Und eine Sekunde später blicken mich alle staunend an.

«Ja, ich sagte doch, ich muss mit Ihnen sprechen. Mein Name ist Henning Bröhmann, ich bin Kriminalhauptkommissar ... gewesen, und ja, ich bin der Vater von ...»

Da schreit Josh: «Er war das. Er hat die Waffe bei mir versteckt. Er kam ja eben auch aus meinem Zimmer. Der will mir das Ding in die Schuhe schieben, damit seine Tochter freikommt.»

Noch immer werde ich etwas irritiert von den Polizisten angeschaut. Ich versuche, in ruhigem Ton zu erklären, was hier vorgefallen ist, und dass ich unter einer falschen Identität sozusagen dieses Milieu hier infiltriert hatte. Dann fuchtele ich noch mit Melinas Brief in der Luft herum und weiß dabei nicht, ob das die Sache nun besser macht.

«Das ist ja *krank*», röhrt K, und Maike weiß anscheinend überhaupt nicht, worum es hier geht.

«Herr Krüger, Herr Bröhmann, ich muss Sie bitten, uns zum Präsidium zu begleiten.»

Während wir wenig später mit den Kriminalbeamten die Wohnung verlassen, höre ich zum Abschied Ks Stimme:

«Der Alte von der Bröhmann. Ich fass es net.»

Dienstag, 26. September

Im riesigen schmucklosen Bau des Frankfurter Polizeipräsidiums erzähle ich dem zuständigen Hauptkommissar Carl-Michael Naumann völlig übermüdet alles genauso, wie es passiert ist. Was bleibt mir auch anderes übrig?

Renate Valentin, die jetzt nicht mehr nur Melina vertritt, sondern auch mich, hat mir genau das geraten und unterstützt mich an diesem frühen Morgen bei der Beantwortung der an mich gestellten Fragen.

Natürlich ist es etwas unglücklich, dass trotz meiner Bemühungen doch meine Fingerabdrücke auf der Waffe waren. Natürlich klingt meine Geschichte auch etwas merkwürdig. Und so ist es nun meine größte Angst, Melina mit meiner Aktion einen Bärendienst erwiesen und sie noch tiefer in die Sache verstrickt zu haben.

«Was mich so ganz nebenbei interessiert, Herr Bröhmann», fragt mich am Ende meiner Ausführungen Hauptkommissar Naumann, «warum haben Sie damals Ihren Job aufgegeben? Hatte das gesundheitliche Gründe?»

«Sie müssen darauf nicht antworten», wirft Renate Valentin ein.

«Nein, hatte es nicht», antworte ich patzig. «Und auch keine psychischen, wenn es das ist, worauf Sie hinauswollen. Ich wollte einfach beruflich mal etwas ganz anderes machen.»

Der groß gewachsene, bärige Naumann nimmt einen Schluck aus seiner Kaffeetasse und fragt: «Und was machen Sie nun?»

Ich verschränke die Arme vor meiner Brust: «Ich bin, mh, eine Mischung aus Hausmann, Vater und Musiker.»

«Musiker?» Naumann atmet verächtlich durch die Nase aus.

«Ja, Musiker.»

Ich kann mir nicht helfen, aber irgendwie drängt mich dieser Naumann in eine Ecke, in der ich mich reichlich dämlich fühle. Und das stört mich gewaltig. Ich war viel zu lange Sohn eines Polizeipräsidenten und selber Hauptkommissar, als dass ich mich hier unterwürfig verhalten müsste.

«Lieber Herr Kollege, Ex-Kollege, Sie können mich hier gerne lächerlich machen und mich auch von oben herab behandeln. Das ist mir wurscht. Was ich viel wichtiger finde, ist, dass endlich die Unschuld meiner Tochter bewiesen wird. Und wenn Sie diesen Job nicht hinbekommen, dann muss ich eben selbst was unternehmen. Oder glauben Sie, ich schaue tatenlos zu, wie meine Tochter Tag um Tag unschuldig in U-Haft sitzt?»

Meine Stimme wird etwas schrill; ich muss aufpassen, dass meine Nerven mit mir jetzt nicht durchgehen.

Renate Valentin legt mir die Hand auf den Arm und weist noch einmal darauf hin, dass dieser Brief von Melina an Josh, so er sich beim Handschriftenabgleich als echt erweisen sollte, tatsächlich ein starkes Indiz für ihre Unschuld sei.

Dann folgen die üblichen Floskeln seitens Naumanns, dass er dies nicht zu entscheiden habe, sondern der Untersuchungsrichter.

«Lassen wir diesen Brief einmal außen vor, von dem wir im Übrigen auch nicht wissen, woher der wirklich plötzlich kommt», brummt Naumann.

«Das habe ich Ihnen doch gesagt, verdammte Scheiße», keife ich. «Ich habe ihn in Josh Krügers Rucksack gefunden.»

Naumann grinst. «Richtig, das haben *Sie* gesagt. Sie, dessen Fingerabdrücke auf der mutmaßlichen Tatwaffe gefunden wurden. Wer sagt mir denn, dass Sie diesen Brief nicht selber mitgebracht haben?»

Erschöpft sacke ich auf meinem Stuhl zusammen und suche hilflos den Blickkontakt zu meiner Anwältin.

«Herr Hauptkommissar», sagt sie, «mein Mandant räumt ja ein, dass er sich höchst unglücklich verhalten und sich widerrechtlich Zugang zum Privateigentum von Josh Krüger verschafft hat. Allerdings müssen Sie doch erkennen, dass seine Aussagen allesamt glaubhaft und schlüssig sind.»

Naumann räuspert sich und brummt, es sei völlig unerheblich, wie er selbst dies einschätze. Hier gehe es primär um die Fakten.

«Und daher meine Frage: Wo waren Sie gestern Vormittag um zwölf Uhr?»

«Was soll das denn jetzt?», frage ich zurück. Was führt der im Schilde?

«Eine einfache Frage mit der Bitte um eine einfache Antwort.»

Renate Valentin nickt mir zu.

«Ich war im ‹Schlumpfloch›», antworte ich so wahrheitsgemäß wie völlig übermüdet.

Beide blicken mich fragend an.

«Kenn ich nicht», sagt Naumann. «Ist das auch ’ne Antifa-Kneipe hier in Frankfurt?»

«Was? Nein ...» Und dann kann ich nicht mehr an mich halten und beginne, wie von Sinnen zu lachen.

«Nein, das ist ...» Ich ringe nach Luft, und die Tränen laufen mir über die Wangen. «Nein, das ist der Kindergarten meiner Zwillinge in Nidda. Wir sind zwar ein Elternverein, wir haben das Häuschen aber nicht besetzt», quietsche ich und kriege mich kaum mehr ein.

«Wissen Sie», fahre ich fort, «wir befinden uns gerade in der mittleren Phase des knallharten Münchner Modells.»

Spätestens in diesem Moment dürfte der Frankfurter Hauptkommissar nun doch wieder an meiner psychischen Verfassung zweifeln.

Renate Valentin beugt sich zu mir und bittet mich höflich, aber bestimmt, mit dem Blödsinn aufzuhören. So kläre ich also auf, dass ich gestern um zwölf bei der Eingewöhnung meiner jüngsten beiden im Kindergarten war.

«Wir werden das überprüfen», sagt Naumann und klärt uns auf, dass um diese Uhrzeit aus einer Telefonzelle am Frankfurter Hauptbahnhof der Anruf eines Mannes mit einem anonymen Hinweis bei der Polizei eingegangen sei, dass sich die mutmaßliche Tatwaffe im Zimmer von Josh Krüger befinde.

Mit offenem Mund schaue ich erst zu Naumann, dann zu Renate Valentin.

«Und da wäre es nicht ganz an den Haaren herbeigezogen», fährt er fort, «in Betracht zu ziehen, dass Sie diesen Anruf getätigt haben, Herr Bröhmann.»

«Wie bitte? Ich?»

«Nun ja, man könnte durchaus davon ausgehen, dass Sie die Waffe Herrn Krüger unterschieben wollten, um Ihre Tochter zu entlasten.»

Ich schweige. Seine Gedankengänge sind leider nicht ganz unlogisch, und das macht die Sache nicht unbedingt leichter.

«Und nebenbei bemerkt: Sollte Josh Krüger der Täter gewesen sein, dann wäre er doch vermutlich nicht so blöd und würde die Tatwaffe in seinem Kleiderschrank verstecken. Aber das ist ein anderes Thema.»

Mein Hirn schaltet sich aus. Das alles ist mir zu viel. Ich lasse meine Anwältin die formellen Dinge erledigen, höre noch etwas wie, dass man mein Schlumpfloch-Alibi überprüfen werde und ebenso die Echtheit des Briefes und dass man dann weitersehe. Ich solle bitte im Präsidium bleiben, bis sie mein Alibi überprüft hätten.

Nachdem sich meine Anwältin verabschiedet hat, setzt man mich in ein kleines Zimmer mit einer Glaswand neben einen großen Kopierer und bietet mir einen Kaffee an, den ich gerne annehme. Durch die Glasscheibe beobachte ich das rege Treiben der Frankfurter Kriminalpolizei. Ich bin mir ob meiner Aktion in den letzten Stunden selbst ein bisschen peinlich. Noch immer habe ich nicht mir Franziska gesprochen. Durch Renate Valentin ist sie aber darüber informiert, dass ich hier bin und dass es mir gut geht.

Nach einer guten Viertelstunde betritt Hauptkommissar Naumann mein Zimmer, greift nach einem Stuhl und setzt sich mir direkt gegenüber. Er lächelt, fast schon mitleidig, ich frage mich, ob er mir gleich die Hand tätschelt. Das ist eigentlich das Schlimmste: Mein Versuch, auf eigene Faust Entlastendes für meine Tochter und Belastendes gegen Josh Krüger zu finden, wird hier nicht im Entferntesten ernst genommen. Ich möchte mir nicht ausmalen, wie man sich noch in Jahren in der Kollegenschaft die lustige Anekdote von dem gescheiterten Ex-Provinzkommissar erzählt, der in die große Stadt Frankfurt auszog, um sein Töchterchen zu retten. All dies sehe ich in den Augen von Carl-Michael Naumann.

«Hören Sie zu, Herr Bröhmann», sagt er leise. «Wir haben das überprüft. Sie können nicht der Anrufer gewesen sein, der uns den Tipp mit der Waffe gab. Ihr Alibi ist belastbar. Aber selbstverständlich könnten Sie jemanden dazu beauftragt haben.»

«Aber das ist doch ...», falle ich ihm empört ins Wort.

«Ich weiß», besänftigt mich Naumann, diesmal mit einem Blick, als hätte ich nicht mehr alle Latten im Zaun.

«Ich glaube Ihnen Ihre Geschichte. Ich habe selber zwei Kinder. Ich weiß, zu welch irrationalem Blödsinn man fähig sein kann, um sie zu beschützen. Und ich habe eben auch kurz mit Ludwig Körber, Ihrem ehemaligen Vorgesetzten, gesprochen. Der bestätigt das Bild, das ich von Ihnen habe.»

Kurz überlege ich, ob ich ihn nach diesem Bild fragen möchte, ich lasse es aber besser.

«Zudem haben die Kollegen kleine Spuren am Schloss der

Wohnungstür gefunden. Es sieht so aus, als habe jemand sehr fachmännisch die Tür aufgebrochen. Was ein Indiz dafür sein kann, dass ein Fremder die Waffe im Schrank versteckt hat. Und Sie können das nicht gewesen sein.»

Ich nicke und empfinde einen Anflug von Erleichterung.

«Vertrauen Sie uns, Herr Bröhmann. Lassen Sie uns unsere Arbeit machen. Wenn Ihr Tochter mit der ganzen Sache nichts zu tun hat, dann wird sie auch bald wieder frei sein. Gehen Sie wieder mit Ihren Kindern in dieses Schlumpfkindergartendings und lassen Sie diesen Job hier uns machen. Sonst bekommen Sie nämlich richtig Ärger.»

Sein hämisches Grinsen bei der Erwähnung des Schlumpflochs ignoriere ich. Dafür bin ich zu erschöpft.

«Sind Sie noch fahrtüchtig?», fragt mich Naumann. Ich nicke apathisch und verlasse kurz darauf das Präsidium.

Im Auto krame ich als Erstes mein Handy aus dem Handschuhfach. Auf dem Display erscheinen einige Telefonnummern von Leuten, die mich vergeblich zu erreichen versucht haben. Franziska allein siebenmal. Es war ein Fehler, das Handy nicht mitgenommen zu haben, aber ich wollte ja so inkognito wie möglich sein.

Franziska wird stinkewütend sein, das muss ich aber mit Fassung tragen. Sie hätte heute in der Musikschule arbeiten sollen, nun sitzt sie statt meiner im Schlumpfloch und wohnt dem Münchner Modell bei. Ich versuche sie am besten gleich jetzt schon mal zu erreichen, da kann ich ihren Ärger ein bisschen aufteilen und bekomme heute Nachmittag nicht alles auf einmal ab. Ich will gerade ihre Nummer wählen, da klingelt mich eine andere, mir unbekannte Mobilfunknummer an.

«Hallo, hier ist Rüdiger Buttig. Ich hatte es schon mal bei Franzi versucht, doch da meldet sich nur die Mailbox. Ich wollte euch bloß sagen, dass das Treffen heute um sechs von Gisas und von meiner Seite aus klargeht. Bringt ein bisschen Hunger mit, haha.»

Ratlos murmle ich irgendetwas Zustimmendes. Was habe ich denn nun wieder für einen Termin vergessen?

«Ach ja, und Gisa lässt fragen, ob ihr irgendwelche Unverträglichkeiten habt?»

Auch mit dieser Frage komme ich nicht so richtig zurecht, und dieser Rüdiger Buttig erklärt: «In Bezug aufs Essen. Irgendwelche Allergien? Laktoseintoleranz?»

Ich verneine, und er verabschiedet sich freundlich mit dem Zusatz, dass er sich auf später freue.

Im dichten Verkehr auf der A5 grüble ich über den Anruf. Buttig, Buttig, irgendwo habe ich das schon mal gehört. Dann fällt es mir ein: Gisa Buttig ist eine ehemalige Kollegin von Franziska. Sie unterrichtet im Gymnasium in Nidda. Und nun fällt mir auch wieder ein, wie Franziska kürzlich davon erzählte, dass diese Gisa vor knapp zwei Jahren mit 38 auch noch einmal «späte» Mutter wurde. Sie hatten sich zufällig auf einem Spielplatz getroffen. Warum es nun deswegen gleich eine Verabredung mit den Partnern geben muss, ist mir schleierhaft. Nun denn, erst mal gut nach Hause kommen und nicht am Steuer einschlafen. Das ist jetzt gefragt.

Eine freundliche Begrüßung sieht anders aus. Ein feierlicher Empfang ebenso. Meine Rückkehr wird von Franziska so beiläufig registriert, als wäre ich bloß von der Toilette zurückgekehrt.

«Ach, stimmt, dich gibt es ja auch noch», sagt sie zwar nicht direkt, sie drückt es aber mit ihren Augen aus. Noch bevor ich meine Entschuldigung dafür, dass ich sie über mein Wegbleiben im Unklaren ließ, zu Ende vortragen kann, schmeißt sie sich eine Jacke über die Schulter und sagt im Rausgehen: «Ist schon o.k.

Ich weiß ja alles von Frau Valentin. Ich fahr jetzt Kaffee trinken. Die Kinder sind oben, und die Hunde müssen raus. Tschüs.»

«Tschüs. Viel Sp…»

Dann fällt die Tür schon ins Schloss.

«Mama», höre ich von oben aus dem Kinderzimmer. Auch ich bin übrigens Mama. Natürlich habe ich intensiv daran gearbeitet, dass das erste Wort, das Frida und Nick beherrschen sollten, «Papa» sein muss. Doch ich bin gescheitert. Es heißen nun alle Bezugspersonen «Mama». Franziska, die Babysitterin, Carla Kippich im Schlumpfloch und ich heißen Mama. Na ja, warum auch nicht.

«Hallo, Nick», rufe ich nach oben, werfe meine Tasche in den Flur, lasse mich von Berlusconi und Charlie anspringen und schleppe mich anschließend, vom Schlafmangel gezeichnet, die Treppe hinauf. Ich mache Späße mit den Zwillingen mit der albernsten Stimme, die ich aus mir herausbekomme. Darauf stehen sie nämlich. Auf affige, piepsige und völlig überdrehte Laute. Ich gebe alles und bekomme es mit dem herzerwärmenden Lachen meiner Kinder honoriert.

Versöhnlich ist dann die Nachricht, die eine Stunde später mein Handy erreicht: «Sorry für eben … Schön, dass du wieder da bist. Musste einfach schnell raus. Lass uns nachher reden. Kuss, Franziska.»

So begrüßen wir uns eine Stunde später noch einmal richtig, und ich entschuldige mich ein weiteres Mal für meine Non-Kommunikation. Dann gelingt es uns, die Zwillinge zu einem Nachmittagsschläfchen zu bewegen, sodass wir ein bisschen Ruhe haben, um ungestört miteinander zu reden. Wir legen uns beide aufs Wohnzimmersofa, jeder mit dem Kopf an einem der beiden Enden, und ich berichte ausführlich von meiner Frankfurt-Aktion.

Mehrmals lacht Franziska laut auf, zum Beispiel an der Stelle, als ich mit Clownsmaske und Pflasterstein kurz davor stand, eine Sportbehörde zu bewerfen, oder als ich in einem fremden Wohngemeinschaftsbett von dessen Besitzerin überrascht wurde. Sichtlich beeindruckt zeigt sie sich anschließend von meinen Funden, Melinas Brief und der Dienstwaffe. Nicht so beeindruckt ist sie allerdings davon, dass ich diese naiv mit meinen Fingern angetatscht und mich dadurch in den Verdacht gebracht habe, alles fingiert zu haben, um Melina zu entlasten und Josh Krüger die Tat unterzuschieben.

Ich betone mehrmals meine Einschätzung, die Frankfurter Polizei habe mir meine Darstellung der Ereignisse geglaubt. Doch wenn ich ganz ehrlich bin, so richtig sicher bin ich mir nicht. Das versuche ich mir vor Franziska natürlich nicht anmerken zu lassen.

«Wenn du diesen einen Brief bei diesem Josh gefunden hast, dann hat er doch bestimmt noch mehr Briefe von Melina», vermutet Franziska und streichelt Berlusconi den Kopf, der ihr dabei auf die Hand sabbert. «Vielleicht findet die Polizei jetzt ja noch mehr, was Melina entlasten könnte.»

Ich stimme ihr zu und möchte mich gerade vom Sofa hieven, da fällt mir wieder ein, dass es da ja noch einen zweiten Brief in Josh Krügers Tasche gab. Ich hatte ihn in aller Eile überflogen, festgestellt, dass er nur privates Geplänkel beinhaltete, und ihn weggesteckt. Nur wohin?

«Warte mal kurz», sage ich und eile zum Schlafzimmer. Dort habe ich die Klamotten abgelegt, die ich letzte Nacht trug. In der Innentasche der Jacke steckt der Brief. Ich kehre damit zum Wohnzimmersofa zurück und drücke ihn Franziska in die Hand.

«Was ist das denn?», fragt sie.

«Ich hatte ihn einfach weggesteckt, weil ich beim Überfliegen das Gefühl hatte, dass er nichts zur Sache beiträgt und mich vor allem nichts angeht.»

Eine Weile blicken wir uns darauf fragend an, dann beschließen wir, ihn zu lesen.

Hi, Josh,
ich konnte heute wieder kaum pennen. Ich kapier einfach nicht, warum sich das so hochgeschaukelt hat vorgestern. Ich kann doch auch nicht mehr machen, als dir immer und immer wieder zu sagen, dass du mir hundertprozentig vertrauen kannst. In allem. Wieso heulst du immer und ewig wegen Ron rum? Das nervt! Ich versteh das nicht. Was soll ich denn noch mehr machen? Da ist nichts, da war nichts, und da wird nie was sein. Wenn einer so gar nicht mein Typ ist, also so als Mann, dann ist das Ron. Er ist ein netter Kerl, und du weißt, Nett ist der Kumpel von Scheiße. Und es macht mich wahnsinnig, wie er manchmal um mich rumdackelt und wie er mir immer alles recht machen will. Und da kann ich doch nix für. Das kannst du mir doch nicht vorwerfen. Ich kann nicht mehr machen, als ihm auch ein drittes und viertes Mal zu sagen, dass ich kein Interesse habe.
Also tu du mir bitte den Gefallen und fang nicht ständig wieder damit an. Es ist lächerlich.
Und vor allem, was soll ich denn da sagen? Es ist ja schließlich mehr als eindeutig, dass K so dermaßen auf dich steht. Da braucht man wirklich nicht viel Phantasie. Und trotzdem vertraue ich dir. Obwohl ihr zusammenwohnt. Mich kotzt Misstrauen an. Lass uns doch damit aufhören. Ich habe damit aufgehört, jetzt fang du auch mal damit an.

Mel!

PS: Find das übrigens gerade geil ... so Old-school-mäßig Briefe zu schreiben. Mach ich jetzt nur noch ;-) Als Nächstes kauf ich mir einen Füllfederhalter mit Tintenfass :-)

Als Franziska fertig ist, bemerke ich lapidar:

«Leider wäre Misstrauen mehr als angebracht gewesen. Du glaubst nicht, wie gut sich diese K und Josh Krüger auch nachts verstehen.»

«Oje», macht Franziska.

«Genau, oje», stimme ich zu.

Wir schweigen eine Weile, ich schließe die Augen und nicke fast ein dabei. Dann aber fällt mir der Anruf im Auto wieder ein. Ich bringe mich also ächzend in einer aufrechtere Sofalage.

«Was ist das eigentlich für ein Rüdiger Buttig? Und was ist das für eine Verabredung, von der ich nichts weiß?»

«Wie sollst du davon auch erfahren können, wenn du zwei Tage nicht zu erreichen bist?»

Wo sie recht hat, hat sie recht.

«Du kennst doch noch Gisa, oder?»

«Ja, eine Ex-Kollegin von dir, oder?»

«Genau, und nun pass auf: Gisa und Rüdi haben in Grebenhain einen alten Bauernhof umgebaut und suchen jetzt für das 140 Quadratmeter große Nebenhaus Mieter. Am liebsten hätten sie dafür eine Familie mit kleinen Kindern. Und da habe ich ihr von unserem Dilemma erzählt. Dass wir auf der Suche sind, unser Haus verkaufen wollen und auch total offen sind für alternative Wohnformen.»

Sind wir das? Franziska jedenfalls schon.

Sie war in Entscheidungsdingen schon immer entschlossener und vor allem schneller als ich. Ich brauche immer viel länger, um mich mit neuen Vorhaben anzufreunden. Ich durchdenke alles tausendfach, bis ich irgendwann alles abgewogen habe und am Ende zu keiner Lösung komme. Meistens jedenfalls. Franziska findet Lösungen und trifft auch Entscheidungen.

«Gisa will unbedingt, dass wir bei ihnen auf den Hof ziehen. Sie war Feuer und Flamme von dieser Idee.»

«Hmm», mache ich, wie fast immer in solchen Situationen.

«Kindermäßig würde es super passen», bemerkt Franziska. «Nadeshdine ist zwei und ...»

«Wer?»

«Nadeshdine.»

«Ach so.»

«Und Rupert ist zwölf», redet Franziska schnell weiter, da sie ahnt, dass ich mich gerne noch länger mit dem Namen dieses Kindes befasst hätte. «Das könnte für Laurin doch auch nett sein.»

Ich nicke, frage mich allerdings, ob sich das alles auch nett für mich anfühlt.

Franziska bemerkt mein Grübeln, pikst mir mit dem großen Zeh in die Hüfte und sagt: «Lass uns doch heute da erst mal in Ruhe hingehen und mit den beiden ein bisschen essen und plaudern. Da merken wir doch schnell, ob das was für uns sein kann. Henning, wir müssen die nicht lieben. Wir hätten da einen eigenen Wohnbereich für uns.»

Wieder nicke ich.

«Ich möchte hier wirklich schnell raus. Diese Feuchtigkeit oben am Dach, ich habe das Gefühl, von Tag zu Tag breitet sich das mehr aus, im ganzen Haus.»

Franziska hat mit allem recht. Je schneller wir eine Lösung finden, umso besser, zumal es inzwischen zwei Kaufinteressenten gibt, die sich unser Haus in den nächsten Tagen anschauen möchten.

Um dieses Essen später durchzustehen, brauche ich aber unbedingt noch ein Stündchen Schlaf. Ich stehe auf, gebe Franziska ein Küsschen auf den Mund, stoße mich dann mit dem Knie an der Ecke des Couchtischs, ungefähr das viertausendzweihundertdritte Mal, seit wir hier wohnen, und schleppe mich, den Schmerz routiniert wegatmend, nach oben.

Am selben Tag

«Wir fänden's echt supersuperschön, wenn ihr hier mit uns wohnen würdet, oder, Rüdi?»

Rüdiger Buttig lächelt, nickt und schlürft an seinem grünen Smoothie, den wir zur Begrüßung von Gisa und Rüdi Buttig gereicht bekamen.

«Das würde doch so supersupergut passen. Allein schon wegen der Kids. Oder, Franzi?»

Auch Franziska lächelt, nickt und schlürft.

«Wie viel Herzblut und Arbeitsschweiß hier drinstecken, was, Rüdi?»

Wieder nickt Rüdi. Er lächelt ein klein wenig stolz und greift nach der Hand seiner Frau.

«Aber es hat sich gelohnt», sagt er und blickt dann zu uns.

«O ja», stimme ich zu. «Wirklich toll.»

«Danke», sagt Gisa. «Das ist supersuperlieb.»

Tatsächlich ist es mehr als beeindruckend, was wir hier sehen. Idyllisch in der Nähe des Obermooser Teichs bei Grebenhain liegt der alte Fachwerkbauernhof, den die beiden weitestgehend in Eigenarbeit saniert und zu zwei sehr schmucken Wohneinheiten umgebaut haben. Gisa und Rüdi bewohnen das Haupthaus, und wir würden das sogenannte Nebenhaus beziehen. Das Haus hat es uns schon auf den ersten Blick mehr als angetan. Mit fünf Zimmern und 140 Quadratmetern hätten wir auch genügend Platz.

«Wir wollen euch da jetzt nicht unter Druck setzen, gell?», sagt Gisa mit ganz liebem Lächeln und bittet uns in ihr Haupthaus. «Aber es wäre schon supersupertoll, wenn ihr euch schnell entscheiden würdet.»

«Klar, logisch», sagt Franziska.

Gisa, eine sportliche Enddreißigerin mit glattem Gesicht und halblangen, braunen, gewellten Haaren, klatscht in die Hände: «Oh, ich freu mich so, das wär so schön.»

«Jetzt schalt mal einen Gang runter», brummt Rüdiger jovial und fegt mit dem Handbesen noch schnell ein wenig Dreck von der Eingangstreppe, ehe wir mit Kind und Kegel ihr Reich betreten. Der drahtige Rüdiger dürfte knapp zehn Jahre älter als Gisa sein und fröhlich auf die fünfzig zugehen. Er trägt eine beige Wanderfreizeitallzweckhose und ein weißes langärmliges Shirt. Er hat volles, etwas längeres graues Haar, seine Augen sind freundlich, sein Blick ruht aufmerksam auf uns.

Auch im Innenbereich ihres Hauses ist alles nahezu beängstigend stimmig, geschmackvoll und gekonnt eingerichtet. Es wirkt modern, hat aber trotzdem den Charme eines alten Bauernhauses beibehalten. Franziska sagt das bewundernd, doch Gisa winkt kokett ab.

«Ach, Quatsch, hör doch auf, wir sind doch noch lange nicht fertig.»

Nick und Frida, die noch immer, mit großen Augen die Gesamtsituation beobachtend, an meinen Händen kleben, werden nun mit der kleinen Tochter unserer Gastgeber bekannt gemacht, der zweijährigen Nadeshdine. Zunächst fremdeln alle drei noch ein wenig, dann findet man sich aber schnell gegenseitig interessant.

Direkt neben dem für den Anlass vielleicht ein klein wenig zu festlich eingedeckten Esstisch ist ein abgesperrter Kinderbereich aufgebaut. Rüdi hebt Nadeshdine hinein, und ich tue darauf dasselbe mit meinen beiden Kindern.

«Oh, oh, entschuldigt bitte», ruft Rüdi und deutet auf meine Füße, «wäre toll, wenn ihr die Schuhe ausziehen könntet.»

Natürlich folgen wir der Bitte, während Gisa hinzufügt: «O ja, das wäre supersuperlieb, danke!»

«Keine Ursache, ist ja auch verständlich», singsange ich, von Gisas Tonfall angesteckt, zurück, «bei so 'nem tollen ... Boden.»

«Ach so, nee nee», erwidert Rüdi. «Der Boden kann das ab, wir mögen nur keinen Dreck, gell, Schatz?»

Gisa blinzelt Rüdi lächelnd zu und wendet sich dann wieder uns zu: «Seid ihr auch so große Basen-Fans?»

Ich weiß auf diese Frage keine Antwort und blicke hilfesuchend zu Franziska.

«Keine Ahnung», antwortet sie ehrlich. «Meint ihr das jetzt ernährungstechnisch? Säure-Basen-Dings? Wir kommen im Moment nicht so dazu, uns mit so 'nem Kram auseinanderzusetzen.»

Dabei lächelt sie, damit die Bemerkung nicht so scharf rüberkommt, wie sie zunächst klang.

«Haha», lacht Gisa. «Das Problem kennen wir, was, Rüdi? So haben wir früher auch gedacht. Bis wir dann festgestellt haben, wie supersuperschwer uns ein übersäuerter Körper das Leben macht.»

Danach folgt die erste etwas längere Gesprächspause seit Beginn unseres Besuchs.

«Aber das muss ja jeder für sich selbst wissen, gell, Rüdi? Nur könnten wir anders nicht mehr leben. Was man ja inzwischen weiß: Übersäuerung ist Todesursache Nummer eins.»

Ich muss an meine Schwester Ulrike denken, die sich mal eine Weile mit ayurvedischer Ernährung auseinandersetzte und alle Welt daran teilhaben ließ, bis ihr selbst ayurvedische Ernährung auch wieder egal war.

«Wie dem auch sei, ihr Lieben», ruft nun Rüdi, «schön, dass ihr da seid.»

«Und das ganz lebhaft, trotz Übersäuerung», werfe ich ein, in der festen Meinung, einen gelungenen Scherz gemacht zu haben. Rüdi und Gisa lächeln schmal.

«Nun denn», setzt Rüdi wieder an und hebt sein Glas. «In der

Hoffnung, dass wir bald noch sehr viel häufiger zusammensitzen werden ... auf euch.»

So prosten wir uns alle zu.

Natürlich habe ich Franziska vorhin auf der Fahrt hierher nach Gisa ausgefragt. Zehn Jahre lang waren sie ja gemeinsam im Kollegium des Gymnasiums Nidda. Sie habe sie all die Jahre gern gemocht und auch als Kollegin geschätzt und um ihre schier unendliche Energie beneidet. Bei den Schülern sei Gisa sehr beliebt, sie habe so eine Art, mit der sie alle mitreißen könne. Rüdiger kenne sie ebenso wenig wie ich.

Kennenlernen tun wir uns dafür jetzt, indem uns feierlich das vermutlich basischste Essen aller Zeiten aufgetischt wird. Auf dass wir ewig leben mögen.

Wir essen Wirsing mit grüner Kokossoße und dazu einen Kichererbsensalat.

«Ach, was ich ganz vergessen hatte», wirft Gisa ein. «Wollt ihr ein paar Schläppchen?»

«O nee, danke», stöhne ich und halte mir den Bauch. «Ich bin wirklich satt.»

Gisa lacht spitz auf. «Ich meinte Schläppchen ... für die Füüüße. Nichts zum Essen. Nicht, dass ihr kalte Füße bekommt. Das ist ja supersuperlustig.»

Auch ich finde das lustig, wenn vielleicht auch nicht supersuper, aber ein bisschen schon. Schläppchen nennt man also kein basisches Dessert.

Irgendwie fühle ich mich wider Erwarten wohl hier. Auch Franziska tut es sichtlich gut, so gastfreundlich umgarnt und bewirtet zu werden. Gisa hat trotz ihres Ernährungsfimmels tatsächlich etwas Grundsympathisches an sich, und auch bei Rüdi habe ich das Gefühl, irgendwann mit ihm warm werden zu können.

«Echt schade, dass euer Laurin nicht mitkommen konnte»,

meint Rüdi. «Das wäre nett gewesen. Schade, aber manchmal sind halt andere Sachen wichtiger. So isses, nicht wahr?»

«Er wäre ja wirklich gerne mitgekommen», lüge ich. «Aber er musste halt ...» Nun fällt mir leider nichts ein. Fakt ist, dass Laurin sich einfach händeringend gewehrt hatte. Er würde sich diese Wohnung angucken, wenn wir sie ernsthaft in Betracht zögen, vorher nicht.

«Er muss mit einem Mitschüler ein Referat fertig machen», kommt mir Franziska zu Hilfe.

«Is kein Ding, is kein Ding», wirft Gisa ein. «Unser Rupert fand das halt nur supersuperschade. Er war ein bisschen traurig, deswegen wollte er auch nicht mitessen.»

«Jaja», macht Rüdi. «Ich glaube, die Pubertät wirft ihre ersten Schatten.»

Dann weint im Nachbarställchen ein Kind. Es ist keins von uns. Nick möchte im Playmobil-Ökobauernhof ein Pferd in den Kuhstall stellen, und Nadeshdine möchte dies verhindern.

«Och, komm her, mein Schätzchen», säuselt Gisa und hebt ihre Tochter aus dem Kinderbereich. «Das haben die nicht extra gemacht, Süße. Die wissen halt noch nicht, dass ein Pferd nicht in den Kuhstall gehört.»

Rüdi eilt zu Hilfe, steigt über das Abtrennungszäunchen und bringt die Sache wieder in Ordnung.

«Schau», sagt er und nimmt das Pferdchen aus dem Kuhställchen. Nick und Frida ist das wurscht, die sind schon längst mit etwas ganz anderem beschäftigt. Zu interessant sind all diese neuen Spielsachen.

Franziska und ich grinsen uns ein wenig verstohlen an.

Dann sagt Gisa, die noch immer Nadeshdine auf ihrem Schoß tröstet: «Meint ihr, es wäre möglich, wenn sich eure Süßen bei meiner Süßen entschuldigen könnten? Das wäre supersuperschön.»

Nun verschlucke ich mich fast an meiner allerletzten Kichererbse und hoffe erneut, dass Franziska auf diesen Wunsch reagiert. Tut sie aber nicht. So frage ich: «Meinst du, dass das wirklich nötig ist? War das jetzt so schlimm?»

«Ist schon o. k.», mischt sich Rüdi ins Geschehen ein. «Ist nicht nötig, Nadeshdine hat sich doch schon fast beruhigt, oder, Schatz?»

Gisa lächelt etwas gequält und meint: «Na ja, eine Entschuldigung ist ja auch nur sinnvoll, wenn sie aus freien Stücken kommt. Alles gut.»

Für einen Moment liegt ein Hauch von Anspannung in der Luft. Ich wechsle daher schnell das Thema und frage Rüdi, was er denn eigentlich so beruflich treibe.

Und so erzählt Rüdi, er arbeite als Redakteur für die Frankfurter Allgemeine und sei dort für den Bereich Wetterau zuständig.

Auch ich komme nicht drum herum, von meinem freiwilligen Ausscheiden bei der Polizei zu berichten und welchen Jobs ich derzeit neben meinem Vatersein nachgehe.

«Und eure große Tochter?», fragt Gisa ganz am Ende unserer Unterhaltung. Eigentlich wollten wir gerade gehen, die Kinder quengeln schon eine Weile, da folgt nun also noch diese Frage. «Ist die nicht auch bei der Polizei?»

«Ja, ist sie», antworte ich kurz. «In Frankfurt.»

«In Frankfurt?», ruft Rüdi. «Na, da steppt ja ganz schön der Bär. Da hat sie bestimmt einiges um die Ohren.»

Franziska und ich nicken und wissen beide nicht, wie wir dieses Themengebiet schnell und unauffällig wieder verlassen können.

«Ganz furchtbar, diese Geschichte mit Lubricht», setzt dann Rüdiger wieder an. «Ich kannte ihn ein wenig. Er lebte ja in der Wetterau. Ganz furchtbar.»

Nun hat er natürlich mein Interesse geweckt. Und das spürt Rüdi.

«Ich mochte ihn», fährt er fort. «Natürlich konnte man sich an ihm reiben, aber er war, wie sagt man so schön, authentisch. Es war wirklich nur eine Frage der Zeit, bis irgendwann etwas passieren würde. Die Stimmung gegen ihn war unfassbar aufgeladen und aggressiv. Ich kann ein Lied davon singen. Ich hab ihn mal für die Zeitung porträtiert und auch seine Verdienste für die Region gewürdigt. Ganz gegen den sonstigen Mainstream. Ihr glaubt nicht, was das für Wellen schlug.»

«Rüdi hat zig Drohmails erhalten», wirft Gisa ein. «Das war supersuperschlimm.»

Nun weint Nadeshdine erneut. Nein, bitte nicht schon wieder.

Ich ignoriere es. Als alteingesessener Vater weiß ich, dass die Dinge sich meist schnell von alleine lösen und man als Elternteil nicht ständig und sofort eingreifen muss. Gisa allerdings sieht das anders und eilt zur Kinderecke, woraufhin Nadeshdine noch lauter schreit und Frida eine Ohrfeige verpasst. Frida kippt auf den Hintern und schreit nun auch. Völlig zu Recht. Und da Nick nicht weiß, wie er als stiller Beobachter damit nun umgehen soll, heult er eine Runde mit.

Gisa entschuldigt sich tausendfach für das Verhalten ihrer Tochter und versichert, Nadi habe so etwas noch nie gemacht, und sie könne das überhaupt nicht verstehen. Franziska sagt, das sei doch alles halb so schlimm.

«Und wir Erwachsenen bringen uns um», kommentiert Rüdi das Ganze.

Erst verstehe ich seinen Einwurf nicht, dann wird mir aber rasch klar, dass er damit wohl auf den Lubricht-Mord anspielt.

«Wenn Gisa davon redet, dass ich Hassmails auf meinen Artikel bekommen hätte, dann steht das in keinem Verhältnis zu dem Ausmaß der Bedrohungen, denen sich Bernd Lubricht tagtäglich ausgesetzt sah. Ich habe mal in die Drohbriefe reinlesen dürfen. Alter Schwede, sage ich euch, alter Schwede.»

Rüdiger ist sichtlich aufgewühlt.

«Und das waren ja nicht nur versprengte Linksextreme! Er hat mir mal erzählt, wie wüst er beschimpft wurde, als er bei einem Kleingärtnerverein im Rebstockviertel war. Er hat Angst gehabt, da unversehrt je wieder rauszukommen.»

Franziska wirft vorsichtig ein, wenn die durch Olympia ihre Gärten verlören, könne sie diese Wut ein wenig verstehen.

«Aber es nimmt doch alles überhand», ruft Rüdi. «Es kippt immer gleich alles in Aggression um. Man muss sich doch nur die Foren im Internet durchlesen. Erschreckend! Man hört sich nicht zu, sondern sucht sich einen Buhmann, an dem man die ganze aufgestaute Wut ablassen kann. Und nun ist der Mann tot. Entschuldigt bitte, aber das fasst mich noch immer an. Nie im Leben kommt der Täter aus der Antifa-Szene. So was machen die nicht. Das war irgend so ein Kleinbürger, der es den Großkopferten mal zeigen wollte.»

Noch nie habe ich jemanden in der Art für Bernd Lubricht Partei ergreifen hören.

Gisa tätschelt ihrem Mann besänftigend den Unterarm. Schnell fängt er sich und lächelt wieder. «Wechseln wir besser das Thema», sagt er.

Franziska und ich ergreifen die Gelegenheit, um uns so langsam, aber sicher zu verabschieden und uns für die Gastfreundschaft zu bedanken.

«Das war supersupernett, dass ihr da wart», findet Gisa und umarmt mich, als sei ich ein langjähriger enger Freund.

«Wir geben euch so schnell wie möglich Bescheid», ruft Franziska den beiden zum Schluss zu, und so werden wir uns ab nun ernsthafte Gedanken darüber machen müssen, ob wir hier demnächst einziehen werden.

Wir verstauen die Zwillinge in ihren Autokindersitzen, die so riesig sind, dass man selbst kaum noch Platz im Auto findet. Die neuesten Forschungen haben ergeben, es sei für die Kinder am sichersten, mit dem Rücken zur Windschutzscheibe zu sitzen. So muss ich mit dem Fahrersitz so weit nach vorne rutschen, dass meine Beine vorne gegen das Lenkrad drücken. Lenken ist da kaum möglich, aber was tut man nicht alles für die Sicherheit der Kinder. Von Jahr zu Jahr werden diese Sitze größer und klobiger. Irgendwann sind sie größer als die Autos selbst.

Da ich vor Müdigkeit kaum noch die Augen offen halten kann, bitte ich Franziska zu fahren und zwänge mich auf den Beifahrersitz. Mein Handy meldet sich und kündigt eine neue Nachricht auf meiner Mailbox an. Es ist Renate Valentin. Sie bittet um Rückruf. Ich hoffe auf gute Nachrichten. Wie wäre es zum Beispiel damit, dass Melina endlich aus der Untersuchungshaft entlassen wird?

Ich rufe gleich zurück.

«Hallo, Frau Valentin, Henning Bröhmann hier, Sie haben um einen Rückruf gebeten. Was gibt's?»

Ich höre ihr zu und sinke dabei immer tiefer in den Beifahrersitz.

«Was ist los?», fragt Franziska, nachdem ich das Gespräch beendet habe.

«Nichts», antworte ich.

«Wie nichts?»

«Nichts Besonderes, meine ich. Also nichts ... äh ... Neues.»

«Henning, hör auf mit dem Mist. Sag mir die Wahrheit.»

«Ich erzähl's dir zu Hause», sage ich.

Ich möchte ja jetzt nicht gleich im Straßengraben landen.

Am selben Abend

In langwährenden Partnerschaften kommt es immer mal wieder zu Unstimmigkeiten. Da wirft beispielsweise die eine dem anderen vor, er bringe sich zu wenig für Ordnung und Sauberkeit im Haus ein. Er wiederum entgegnet, er sehe nicht ein, etwas zu säubern, das er als sauber empfinde. Worauf sie dann einwirft, *das* sei genau das Problem, dass er all die zu bereinigenden Dinge nicht sehe. Worauf er sagt, dass sie viel zu viel herummeckere und dass er dann erst recht keine Lust habe, diese Dinge zu tun. Dann fängt er an aufzuzählen, was er im Gegensatz zum Wohle der Familie beitrage. Zum Beispiel fällt ihm nach längerem Nachdenken ein, dass er die Steuererklärung vom Steuerberater erledigen lasse und den Wein im Internet bestelle. Dann lacht sie höhnisch auf, er ist beleidigt, stellt seine Ohren auf stumm, was sie nicht davon abhält, ihm weitere Versäumnisse aufzuzeigen.

So mag es in vielen Partnerschaften vor sich gehen.

Bei relativ wenigen Paaren dagegen wirft sie ihm vor, er sei dafür verantwortlich, dass die Tochter nicht wie erhofft aus der Untersuchungshaft entlassen werde, sondern durch sein dämliches Verhalten noch länger dort bleiben müsse.

Und das Schlimme ist, er muss ihr recht geben.

Durch meine vielleicht etwas übereifrige Aktion hat sich die Frankfurter Kriminalpolizei genötigt gesehen, alle Handys und Computer des nun Verdächtigen Josh Krüger zu durchforsten. So weit, so gut, so hatte ich mir das auch gewünscht. Was allerdings nicht vorgesehen war, ist die Tatsache, dass bei der Durchsuchung seiner Sachen Mails und Kurznachrichten meiner Tochter zum Vorschein kamen, in denen sie ihre Abneigung gegen Bernd Lubricht und die Olympiabewerbung teilweise in solch drastischen Worten zum Ausdruck brachte, dass man bei der

Staatsanwaltschaft zu dem Entschluss kam, Melina doch besser noch in Obhut zu lassen.

Und Franziska ist nun der Meinung, ich hätte dies alles erst durch mein Rumgehampel in Frankfurt ermöglicht. Und so ist im Hause Bröhmann in dieser milden Herbstnacht schlechte Stimmung.

Vorsichtig ausgedrückt.

Ich entscheide mich daher für die Ausziehcouch in meinem Arbeitszimmer. Das ist das Beste für alle. Das Babyphon nehme ich zu mir, um damit ein bisschen meine Schuld abzuarbeiten.

Was mich quält, ist, dass ich Melina frühestens Ende der nächsten Woche wieder besuchen darf. Ich möchte so gerne mit ihr reden, ihr Mut machen, sie trösten oder was auch immer. Diese Machtlosigkeit ist das Schlimmste. Genau die hat mich ja zu meiner Altlinken-Performance getrieben. Doch was nun? Einfach warten? Der Frankfurter Polizei vertrauen? Es wird nicht mehr lange dauern, bis durch irgendeine undichte Stelle in die Öffentlichkeit sickert, dass eine junge Polizistin verdächtigt wird, in das Attentat verwickelt zu sein.

Ich liege schon eine Stunde auf meiner blöden Couch wach. Trotz meines Schlafdefizits will sich mein Geist nicht beruhigen. So stehe ich noch mal auf, um mir in der Küche ein Glas Wasser zu holen. Als ich das Arbeitszimmer verlasse, sehe ich durch den Türspalt, dass in Laurins Zimmer wieder einmal viel zu spät noch ein Licht flackert. Es ist halb eins. Zunächst möchte ich es ignorieren, dann gehe ich aber doch hinein.

Wieder findet das gleiche Spiel wie beim letzten Mal statt. In dem Moment, in dem ich seine Tür öffne, erlischt das Licht, und der Sohn stellt sich tot, zumindest schlafend. Ich knipse seine Nachttischlampe an und wundere mich, warum es dunkel bleibt. Ich suche nach einem anderen Schalter, da murmelt Laurin ins Kissen: «Die ist schon an. Dauert halt immer ein bisschen.»

Nun merke auch ich, dass so ganz langsam ein trübes Licht zu funzeln beginnt. «Ist wohl ’ne Energiesparbirne», mutmaße ich.

Laurin öffnet ein Auge, mit dem er mich skeptisch betrachtet.

«Weißt du, was lustig ist, Papa?»

«Nein.»

«Eine Nacht-Tisch-Lampe ist kein Nachtisch-Lampe. Und eine Nachtisch-Lampe ist auch keine Nachtisch-Schlampe. Und alles klingt ein bisschen wie ‹Nacht, du Schlampe›.»

Eine kurze Weile warte ich, ob noch etwas kommt, dann fügt er trocken hinzu: «Hab ich mir grad so gedacht. Ich finde das lustig.»

Das kam so unvermittelt, dass ich laut lachen muss. In manchen Situationen habe ich noch immer den Humor eines Elfjährigen.

Dann nehme ich aber wieder die Rolle des Erziehungsberechtigten ein und erinnere Laurin daran, dass ich ihm den Computer aus dem Zimmer nehmen muss, wenn er weiterhin so spät abends die Kiste laufen lässt. Er versucht erst gar nicht, sich aus der Nummer rauszureden. Er nickt und schweigt.

«Was machst du denn da immer?», frage ich. «Zockst du?»

Bei der Art und Weise, wie er die Frage verneint, ist mir gleich klar, dass er genau das tut.

Nachdem die Energiespar-Nachttisch-Schlampe inzwischen so etwas wie Licht in den Raum wirft, erspähe ich hinter dem Computer etwas halbherzig versteckt die Hülle eines Computerspiels. Ich greife sie, und als Erstes fallen mir in einem leuchtenden Rot die Worte «FSK 18» ins Auge. Dann lese ich: GTA 5, Grand Theft Auto.

Hmm.

Ich spüre, dass das Gesicht meines Söhnchens gerade die gleiche Farbe annimmt wie der FSK-18-Aufdruck.

«Ich hab mir das nur mal ausgeliehen und wollte ganz kurz gucken, ehrlich.»

«Klar.»

Laurin schämt sich so sehr, und die Peinlichkeit ist so groß, erwischt worden zu sein, dass dieses Gefühl eigentlich schon Strafe genug ist. Ich bin nun zum ersten Mal mit diesem Mist konfrontiert. Melina hatte sich seinerzeit für so Zeug nicht interessiert.

«Laurin, du weißt, was ich von diesem Mist halte, oder?»

«Ja», haspelt er unterwürfig, noch bevor ich die Frage zu Ende gestellt habe.

Dann denke ich eine Weile nach und sage: «Nee, kannst du eigentlich gar nicht.»

Er sieht mich verwundert an.

«Ich weiß es ja selbst nicht. Ich kenne das Spiel gar nicht. Wie soll ich dann wissen, was ich davon halte?»

Ich setze mich auf sein Bett, lehne mich mit dem Rücken an die Wand, verschränke die Arme und sage: «Komm, zeig's mir.»

«Wie? Was? Jetzt?»

«Ja, jetzt. Ich will jetzt sehen, was das ist. Und dann sage ich, was ich davon halte.»

Für einen kurzen Moment ist dieser noch lange nicht 18-jährige Knabe im Baumwollschlafanzug nicht sicher, ob er gerade veralbert wird. Doch schnell merkt er, mir ist es ernst. So zieht er sich die Tastatur ins Bett, fährt den PC wieder hoch und startet das Spiel. Er erklärt mir, dass wir zu Demozwecken nur «Freie Welt» spielen, was auch immer das bedeutet. Erschreckend gekonnt fährt er mit den Fingern über die Tastatur und steuert souverän irgendwelche hässlichen Männer in aufgepimpten Autos durch Kalifornien. So viel zum Thema: «Ich wollte nur mal kurz gucken.»

Alles wirkt recht harmlos, aber da ich nicht vollends naiv bin, fordere ich ihn auf, mir mal zu zeigen, was es mit diesen Waffen auf sich hat, die immer mal wieder seitlich auf dem Screen eingeblendet werden. Mit etwas gebremstem Eifer wählt er eine alberne Wumme aus und ballert nun sinnlos in der Gegend rum. Ich frage ihn, ob er diese Cops da am Straßenrand auch abknallen könne.

«Klar», antwortet er. «Dann kriege ich aber Ärger.»

Na wenigstens etwas, denke ich.

Eine halbe Stunde lasse ich mir das Spiel zeigen, und wir brauchen nicht drum herumzureden. Ich habe bestimmt nicht alle Blödsinnigkeiten gesehen, die mit diesem Spiel möglich sind, und selbstredend hat sich ein Elfjähriger hiermit weiß Gott nicht zu beschäftigen. Das sage ich ihm auch, und da er ein helles Bürschchen ist, ist er auch nicht wirklich überrascht. Ich nehme Spiel und Netzkabel an mich, gebe Laurin einen Gutenachtkuss und gehe.

Mittwoch, 27. September

Am folgenden Nachmittag versuche ich verzweifelt, Renate Valentin zu erreichen. Ich möchte so schnell wie möglich auf den neuesten Stand gebracht werden. Sie hatte heute Vormittag einen Termin bei Melina, und ich will alles wissen. Alles.

Doch ich erreiche sie nicht. Auf dem Handy meldet sich nur die Mailbox und im Büro ihre Sekretärin. Beiden hinterlasse ich die Nachricht, dass ich dringend um Rückruf bitte.

Franziska war am Morgen noch immer kurz angebunden. Na ja, eigentlich hat sie gar nicht mit mir geredet. Das muss ich nun wohl aushalten.

Draußen stürmt der Herbst so stark, dass die Altpapiertonne nach einer Böe der Nachbarin Frau Hubschmitt in den Vorgarten wehte. Gerade als ich darüber zu sinnieren beginne, was für ein seltsames Wort doch «Böe» ist, woher es wohl kommt und warum es so norwegisch klingt, läutet endlich mein Handy.

Doch es ist nicht Renate Valentin, es ist Rüdi.

«Grüß dich, Henning, Mensch, du, war echt nett mit euch gestern Abend.»

«Ja, das war es», antworte ich und beobachte durch das Fenster, wie Frau Hubschmitt Vorkehrungen gegen das schon wütende Unwetter trifft. Sie verriegelt ihr Küchenfenster so, als lebten wir in New Orleans und warteten auf Katrina.

«Und?», fragt Rüdi dann.

Ich warte noch eine kleine Weile, ob noch was kommt. Es kommt nicht.

«Was ... und?», frage ich.

«Na, weißt du, Henning, wir wollen euch echt nicht unter Druck setzen mit der Entscheidung, aber Gisa und ich, na ja, wir brauchen halt schon auch ein bisschen Planungssicherheit ... wenn du weißt, was ich meine? Da wäre es schon gut, wenn ihr da nicht allzu lange ...»

«Ja, klar, verstehe ich», falle ich ihm ins Wort. «Aber wir waren doch erst gestern Abend bei euch. Also sooo viel Zeit ist da ja nun auch nicht vergangen. Franziska und ich, wir hatten noch gar nicht die Gelegenheit ...»

«Nee, nee, versteh mich nicht falsch. Nehmt euch die Zeit, die ihr braucht. Ist ja auch ’ne Entscheidung, die man gut überlegen muss. Logisch. Aber wir können natürlich nicht ewig andere begeisterte Interessenten zurückhalten und ganz offen gesagt auch nicht unbegrenzt auf die Mieteinnahmen verzichten.»

Dann lacht Rüdi etwas gekünstelt, und ich verspreche ihm, dass wir uns so schnell wie möglich besprechen und uns dann melden.

«Super, Henning, super, danke. Dass Gisa und ich euch gerne bei uns hätten, das wisst ihr, ne? Aber klar, macht euch in Ruhe

Gedanken. Kannst du ungefähr sagen, wann ihr euch entschieden habt?»

Das kann ich eigentlich nicht, doch ich antworte hastig, auch um das Gespräch zu beenden: «Ich denke, dass wir das heute Abend durchsprechen und morgen früh mehr wissen.»

«Suuuper», freut sich Rüdi. «Aber ich will euch da jetzt nicht unter Druck setzen, gell?»

«Nein, klar, Rüdi, wir wollen ja selber schnell eine Lösung.»

Nun ruft er Gisa und teilt ihr mit, dass er gerade mit mir telefoniere und wir uns heute Abend entscheiden würden.

Gisa freut sich hörbar und lässt mir «supersuperliebe Grüße» ausrichten.

Ich bedanke mich, und von Frau Hubschmitts Balkon stürzt, vom Winde verweht, ein Geranienkübel zu Boden.

«Ach, eins noch», rufe ich Rüdi ins Telefon. «Weißt du, woher das Wort Böe kommt?»

«Nein, wieso?»

«Nur so.»

Eine halbe Stunde später meldet sich endlich Renate Valentin aus ihrem Auto. Was es denn gebe. Ich teile ihr meinen Wunsch nach einem persönlichen Treffen mit, worauf sie mir antwortet, dass sie leider überhaupt keine Zeit habe, sie vor lauter Terminen nicht wisse, wo ihr der Kopf stehe, und dass sie jetzt auch gleich einen Termin im Gericht habe. Ich dränge aber weiter und biete ihr an, dass ich überall hinkäme, um mit ihr zu sprechen. Egal, wann.

«O. k., passen Sie auf, Herr Bröhmann, laufen Sie?»

«Wohin?»

«Nein, nicht wohin, sondern ob Sie laufen gehen?»

Ja, was denn nun? Laufen oder gehen?, schießt es mir durch den Kopf, aber ich weiß natürlich inzwischen, was sie meint. Ob ich jogge, will sie wissen. Aber das sagt man ja nicht mehr, man geht eben laufen, so wie man auch nicht mehr in ein Flugzeug steigt, sondern in einen Flieger.

«Nein», antworte ich wahrheitsgemäß, schiebe dann aber schnell, da ich einen Verdacht bekomme, welchen Hintergrund diese Frage haben könnte, hinterher: «Das heißt ... doch. Warum?»

«Dann seien Sie doch morgen früh um sieben am Sportplatz in Linden-Leihgestern-Mühlberg.»

«Wo?»

«Ich lasse Ihnen die Adresse schicken. Ich wohne dort in der Nähe. Da können Sie mich, bevor ich ins Büro muss, beim Laufen begleiten. Und wir können reden.»

«O. k.» Ich versuche, die Themengebiete Joggen und Reden in Einklang zu bringen, bei mir geht eigentlich immer nur eines von beiden, da schiebt sie noch die Frage hinterher:

«Sind Sie fit?»

«Fit? Ich? Ja, nein, also, na ja, was heißt schon fit ... Fit ist ja auch ein irre weiter Begriff, kommt ja immer ganz auf die Betrachtungsweise ...»

Renate Valentin lacht kurz auf, ehe sie mit den Worten «Alles klar, bis dann um 7 Uhr» unser Gespräch beendet.

Donnerstag, 28. September

Auf dem Parkplatz des Sportplatzes in Linden-Leihgestern-Mühlberg bei Gießen dehnt sich im herbstlich feuchten Morgentau eine durch und durch trainierte Frau im hautengen Sportdress. Es ist Renate Valentin, die mir lächelnd zuwinkt, als ich mit grauer Baumwollschlabberhose, Tennishallenschuhen und Wintermütze aus dem Auto steige.

Frau Valentin biegt ihren Kopf auf die Knie und streckt und reckt ihre Extremitäten gekonnt und routiniert überall mal hin. Ich tipple einfach ein bisschen auf der Stelle herum und rede mir ein, dass sich jeder in seinem eigenen Rhythmus warm machen sollte.

«Es geht doch nichts über Frühsport», stößt Renate Valentin aus, während ihr Kopf sich wieder irgendwohin dehnt, wo ich meinen noch nie annähernd hatte. Mir tut der Rücken schon beim Zuschauen weh.

Frau Valentin öffnet noch einmal den Kofferraum ihres BMW und greift sich zwei Hanteln.

«Was ist das denn?», frage ich.

«Wollen Sie auch eine? Ich laufe immer mit Gewichten.»

«Aha, nein danke. Heute mal nicht ...»

Dann laufen wir los, hinein in den Wald, in den Lindener Forst, wie mir Frau Valentin erklärt, und schon zieht es mir in der Wade.

«Sie wollen vermutlich etwas über meinen gestrigen Besuch bei Ihrer Tochter wissen?»

«Ja», antworte ich und kreise dabei albern mit den Armen in der Luft herum, wie wir es vor dreißig Jahren beim Aufwärmen im Handballverein gemacht haben.

Mir wäre es schon lieber gewesen, ich säße ihr in ihrem Büro gegenüber, doch ich hatte ja keine andere Wahl. Ich muss ja nehmen, was ich kriegen kann. Dass Renate Valentin *so* fit ist, war ja nicht zu ahnen.

«Ist das Tempo so gut für Sie?»

«Ja, klar», lüge ich und unterdrücke dabei meine immer lauter werdende Atmung.

«Man soll ja immer nur so schnell laufen, dass man sich noch gut unterhalten kann», sagt sie und schwingt dabei fröhlich ihre Gewichte.

Solange es noch irgendwie mit meiner Atmung funktioniert, versuche ich, mich zunächst ein weiteres Mal für meine Frankfurt-Aktionen zu rechtfertigen.

«Ich musste einfach was tun. Dass es jetzt so gelaufen ist, ist natürlich blöd.»

«Ja, das ist es.» Sie schont mich nicht. «Man schließt leider immer noch nicht aus, dass Ihre Tochter Teil der militanten Gruppe ist. Die Polizei hat Nachrichten und Mails bei Josh Krüger gefunden, in denen Melina Bernd Lubricht als Arschloch bezeichnet und dass es sie ankotze, auf welcher Seite sie stehen müsse. Es gab einige recht drastische Bemerkungen. Das ist natürlich nicht so schön.»

Nein, das ist es nicht.

«Sie brauchen Geduld, Herr Bröhmann. Das habe ich Ihrer Tochter gestern auch gesagt. Es ist nun so, wie es ist. Es braucht seine Zeit. Mit hektischem Aktionismus kommen wir nicht weiter. Und was die Polizei überhaupt nicht leiden kann, ist, wenn man ihnen in ihre Arbeit funkt. Aber das müssten Sie ja von früher selbst noch wissen.»

Ich stimme ihr, immer lauter keuchend, kleinmütig zu und frage, ob Melina wisse, dass ich in Frankfurt eigenmächtig geschnüffelt habe.

Ja, das wisse sie, antwortet die Anwältin und deutet an, dass sie darüber wohl auch alles andere als begeistert gewesen sei.

Plötzlich verlässt Renate Valentin den Waldweg, hängt sich an zwei an einem Holzlattengerüst befestigte Turnringe und baumelt in der Luft herum. Erst jetzt stelle ich fest, dass es entlang dieses Weges noch einen fast schon rührend anachronistischen Trimm-dich-Pfad gibt.

Ich verzichte auf die Ringe, denn da kommen traumatische Erinnerungen an den Geräteturnunterricht in der Schule hoch. Ich wollte noch nie freiwillig an Ringen hängen, an Seilen hochklettern, am Reck felgaufschwingen, auf Böcke hopsen oder mich in Barren klemmen.

Renate Valentin bringt es sogar fertig weiterzureden, während sie an diesem Ungetüm hängt. Ich laufe wieder auf der Stelle herum, froh, dass mir diese kleine Pause es ermöglicht, wieder zu Luft zu kommen.

«Was aber erfreulich ist: Ihre Tochter hat sich gesundheitlich gut erholt. Die Kopfschmerzen sind weg, auch der Schwindel. Und es kommen wohl auch ein paar Erinnerungen wieder.»

Geschmeidig landet sie wieder auf dem Laubboden.

Wenn ich doch nur selbst Melina endlich wiedersehen dürfte. Doch die Besuchsregelungen sind so hart, dass es eben nicht möglich ist. Nicht einmal telefonieren ist erlaubt.

«Woran erinnert sie sich denn wieder?», frage ich, während wir uns weiter auf den Weg machen.

«Sie erzählt von schemenhaften Bildern, die wiederkommen. Wohl etwas zusammenhanglos, aber immerhin. Zum Beispiel erzählte sie, dass sie, kurz bevor sie ohnmächtig wurde, in eine Clownsmaske geblickt habe. Eine Frau habe die getragen.»

«Eine Clownsmaske?»

«Ja, einige Aktivisten benutzen so etwas als Vermummung.»

Weiß ich doch selber nur zu genau. Doch diesen Teil der Geschichte habe ich weder der Polizei noch Renate Valentin erzählt.

«Alles in Ordnung bei Ihnen?»

Ohne dass ich es bemerkt habe, ist mein Lauftempo so langsam geworden, dass ein junger Mann mit einem Hund an der Leine im Begriff ist, uns im Gehschritt zu überholen.

«Ja, schon», keuche ich, «also von der Pumpe her schon. Da bin ich völlig aufm Damm. Aber die Gelenke. Das Knie und so. Das will halt nicht mehr so. Ich hab's früher zu arg getrieben mit dem Sport. Das kennt man ja auch von Leistungssportlern, die aufgehört haben. Dass die kaum mehr Fahrrad fahren können.»

Renate Valentin lächelt, als wüsste sie, was Sache ist.

«Warten Sie doch hier bei der Bank. Ich drehe noch eine kleine Runde und hole Sie dann ab.»

«Gute Idee», japse ich. Dann rast diese mindestens zehn Jahre ältere Frau von dannen und demütigt mich damit noch einmal richtig.

Ich lasse mich auf die Bank fallen, bekomme einen nassen Popo, aber wenigstens keinen Herzinfarkt.

Eine Clownsmaske also. Für mich ist klar: Ich werde mich wieder auf den Weg nach Frankfurt machen. Und zwar noch heute Morgen.

Ich klingle entschlossen. Wenn es das überhaupt gibt. Eigentlich drückt man ja nur auf einen Knopf. Doch ich klingele so entschlossen, wie es nur geht. Nach dem dritten Mal meldet sich durch die Sprechanlage eine weibliche Stimme, deren Besitzerin ich anscheinend aus dem Schlaf gerissen habe:

«Ja?»

«Kriminalpolizei», schmettere ich.

«Was?»

Ich wiederhole das Wort. Eigentlich auch mal wieder schön, mich so zu melden, denke ich voller Nostalgie.

Weniger später öffnet sich die Haustür.

«Häh, was geht'n jetzt ab? Was soll denn die Scheiße?»

Die dicke böse Lu steht in T-Shirt und Jogginghose in der Wohnungstür. Ich hatte mit ihr ja schon damals in der Henner-Rolle so meine Probleme. Das wird sich jetzt wohl nicht stark ändern, fürchte ich.

Ich schiebe mich an ihr vorbei in den Wohnungsflur.

«Geht's noch?», keift Lu und schaut wie ein Serienmörder.

«Ist K zu Hause?», frage ich schneidig und deute auf die Zimmertür, in der K neulich mit Josh Krüger verschwunden ist.

«Alter, du machst jetzt mal ’ne Fliege», fordert Lu. «Sonst vergess ich mich.»

Ungerührt gehe ich auf die Zimmertür zu und klopfe.

In dem Moment landet ein brutaler Tritt in meiner Magengrube. Ich falle auf die Knie und werde von Lu auf den Boden gedrückt. Das Ergebnis nicht nur eines einzigen Selbstverteidigungskurses, denke ich, halte mir den Bauch und ringe nach Luft.

«Aua aua», jammere ich.

«Ich mach dich kalt, du Wichser», haucht mir Lu ins Ohr und drückt ihr Knie auf meinen Oberarm. Diese Form von Schmerz lässt mich an meine Kindheit denken, als ich es als Fünftklässler wagte, unserem Klassenschläger Oliver Berg den Spitznamen Hügel zu verpassen. Ich rief ihm das mehrmals lautstark über den Schulhof zu. Anschließend war ich nicht schnell genug.

Die hochaggressive weibliche Punktonne, die nun auf mir hockt, wäre eine prima Figur für eins von Laurins Gewalt-Computerspielen.

Dann öffnet sich Ks Zimmertür.

«Was’n hier los?»

Geblendet vom frühen Tageslicht, versucht K, den am Boden liegenden Mann zu identifizieren. Es gelingt ihr recht schnell.

«Was willst du denn hier, Bröhmann?», röhrt sie wütend.

«Könntest du bitte deine wüste Freundin mal bitten, sich von meinen Oberarmen zu entfernen?», flehe ich. «Ich muss dringend mit dir reden.»

Auf einen Wink von K lässt Lu von mir ab, und ich kann ein wenig durchatmen. Beruhigt nehme ich zur Kenntnis, dass Josh Krüger wohl nicht da ist. Den kann ich jetzt nämlich so gar nicht gebrauchen.

«Und zwar unter vier Augen.»

Ich blicke dabei zu der menschlichen Kampfhündin, die noch immer bereit scheint, mir den finalen Exitus zuzufügen.

«Ich wüsste nicht, was ich mit dir ... oder Ihnen zu bereden hätte», blafft K.

«*Ich* habe aber dir, oder von mir aus auch Ihnen, etwas zu sagen. Ich würde dir dringend empfehlen, mir zuzuhören.»

Etwas eigenartig ist es schon, nun als Henning Bröhmann mit K in Kontakt zu treten. Als der Vater von Melina und nicht als dieser Henner, der mit ihr eigentlich einen ganz netten Draht hatte.

Wortlos geht K in die Küche, und Lu trollt sich glücklicherweise von selbst.

So sitzen wir wieder genauso da wie vor ein paar Tagen.

«Es geht um Folgendes», beginne ich. «Ich bin inoffiziell hier und möchte dir einen gut gemeinten Tipp geben. Ich arbeite nämlich eng mit der Frankfurter Polizei zusammen. In deren Auftrag war ich auch undercover hier bei euch unterwegs. Ich habe nur so überrascht gespielt, als die Kollegen hier in der Nacht aufkreuzten, verstehst du?»

K zeigt keine Regung, und ich fahre fort: «Aber die Polizei weiß nichts von meinem Besuch hier gerade. Ich bin hier, um dir zu helfen. Auch wenn das Kind schon in den Brunnen gefallen ist. Wenn du dich jetzt stellst, wird dir das beim Strafmaß deutliche Pluspunkte einbringen.»

Jetzt ist es raus. Ich weiß, ich pokere sehr hoch. Vielleicht viel zu hoch.

K starrt mich mit aufgerissenen Augen an.

«Du bist echt so ein Psycho. Was ziehst du denn jetzt wieder ab?», donnert sie mir entgegen.

«K, wir wissen, was passiert ist.»

Ich tue weiter so, als sei ich tatsächlich ein Teil der ermittelnden Polizei. «Es gibt Beweise dafür, dass du Melina Bröhmann niedergetreten, ihr die Waffe entwendet und auf Bernd Lubricht geschossen hast.»

Ich linse in meine linke Jackentasche und überprüfe, ob die Aufnahmefunktion meines Smartphones weiter aktiv ist. Ist sie.

K sagt aber nichts. Sie starrt weiter, scheinbar nun völlig überfordert von der Situation, auf einen Punkt an der Wand.

«Wie gesagt, wenn du auspackst, wird dir das helfen. Und es kann gerne so aussehen, als wärst du allein auf die Idee gekommen. Ich sage nichts von diesem Gespräch hier.»

«Was sollen das denn für Beweise sein?», bricht sie dann doch ihr Schweigen.

«Na ja, wir wissen, dass du die Clownsmaske getragen hast. Vermutlich dieselbe, die ich auch schon tragen durfte. Und dann bist du schlicht und ergreifend gesehen worden.»

«Das kann nicht sein», brüllt sie dann. «Wer behauptet diese Scheiße? Ich hab nicht geschossen. Das kann niemand gesehen haben. Ja, fuck, ich habe die Bröhmann getreten. Aber ich wollte doch nicht, dass sie gleich k. o. geht. Und ich hab nicht auf den Lubricht geschossen. Ich doch nicht.»

K kämpft mit den Tränen. Mein Mitgefühl hält sich in Grenzen.

«Ach, und du hast auch nicht ihre Waffe an dich genommen, nachdem du sie umgetreten hast?», frage ich.

«Nein, nein, nein, verfickte Scheiße», schreit sie, worauf die dämliche Lu in die Küche stürmt. «Brauchst du Hilfe?»

«Nein, ist schon o. k., hau ab», wird sie von K angefahren. Beleidigt zieht Lu wieder ab.

K ist nun völlig aufgelöst. Hätte die blöde Kuh das alles gleich bei der Polizei erzählt, dann hätte sie sich das hier ersparen können.

«Willst du behaupten, meine Tochter hätte geschossen?», fahre ich sie an. «Nachdem du sie umgetreten hast?»

K schüttelt den Kopf. «Nein, nein, natürlich nicht.»

«Wer denn dann?»

«Ich weiß es doch nicht. Es war doch alles voller Rauch. Und ich bin gleich abgehauen, nachdem ich die Bröhmann ...»

«Melina, sie heißt Melina, verdammt noch mal.»

«Ja, sorry, Melina. Ich hab noch gesehen, dass ein Bulle sich um sie kümmert, dann bin ich so schnell wie möglich weg.»

Ich lehne mich zurück und schaue sie lange und ernst an.

«Warum hast du das denn gemacht?»

«Ach, fuck, ich weiß auch nicht. Ist halt so passiert, im Eifer des Gefechts. Und, na ja ...»

Nun druckst sie etwas herum.

«Ich kann die Bröhmann halt net ab ...»

Wieder gucke ich streng.

«Mann, ich nenn die Bröhmann, nenn du sie doch, wie du willst. Ich konnte jedenfalls noch nie verstehen, was der Josh an der fand.»

In aller gebotener Ernsthaftigkeit sage ich ihr nun Folgendes:

«Du wirst jetzt gleich zum Präsidium gehen und das alles dort genau so erzählen. Wie gesagt, tu so, als wärst du alleine draufgekommen. Du brauchst mich gar nicht erwähnen. Ich fahr dich hin und will sehen, wie du da reingehst. Zur Sicherheit habe ich eh alles aufgenommen.»

Ich halte ihr mein Smartphone vor die Nase. Zum Glück sieht sie nicht, dass die Aufnahmefunktion auf Pause stand. Kurz bin ich geschockt, doch sie wird die Aussage machen, da bin ich sicher.

So, Bröhmann, jetzt hast du's aber mal so richtig gebracht!

Und mit diesem Gefühl bin ich auch gewappnet für das Event, das für den morgigen Abend auf dem Programm steht.

Freitag, 29. September

Ich erkenne meine eigene Mutter nicht mehr. Jedenfalls habe ich sie so noch nie gesehen. Sie trägt ein leuchtend hellblaues eng geschnittenes Abendkleid mit einem sehr exzentrischen gelb-roten, Boa-constrictor-artigen Schal, dazu hochhackige blaue Schuhe und einen blumigen bunten Hut.

Über ihrem Mutterbusen prangt ein Schildchen: «Erika Bröhmann, Kartoffeltheater-Intendanz».

«Hallo, Mutti.»

«Mein Sohn», ruft sie theatralisch durch den feuchtkalten Kartoffelkeller ganz tief unten im Einfamilienhaus ihrer Freundin Doris.

Sie fällt mir um den Hals. «Herzlich willkommen im Kartoffeltheater!»

Ich blicke mich um. Hier ist noch deutlich mehr Kartoffel als Theater. Vor der Wand hat meine Mutter mit ihren Geschäftspartnerinnen Doris und Tante Gunhild vier Holzpaletten abgestellt. Das ist die Bühne. Davor stehen zwei Baustrahler und fünfzig wild zusammengesuchte Klappstühle.

«Es hat hier alles noch den Charme des Unfertigen», sagt meine Mutter, als könne sie meine Gedanken lesen. «Die Eröffnung wird nächstes Jahr im Frühling sein.»

«Und was ist das dann heute hier?»

«Das ist unser Kick-off-Kartoffeltheater-Event.»

«Euer was?»

«Sei doch nicht so missmutig, Junge. Und so skeptisch, negativ. Du wirst immer mehr wie dein Vater.»

Dieser Satz! Jetzt erkenne ich meine Mutter endlich wieder. Dann erklärt sie, der Abend sei für potenzielle Partner und Sponsoren sowie für die Presse. Man könne nicht früh genug damit anfangen, das Theater und sein Konzept «in die Öffentlichkeit zu tragen».

«Und echt, toll, Junge, dass du mit dem Manni hier mitmachst. Der war ja sofort Feuer und Flamme. *Der* findet die Idee mit dem Theater gut.»

Danach begrüße ich die nicht minder bombastisch bekleideten Kompagnon-Damen Doris und Gunhild, frage sie, ob es schon so etwas wie eine Garderobe gäbe, und beantworte mir anhand ihrer stummen Blicke die Frage selbst. Es gibt keine.

Eine Viertelstunde später trudeln Manni und Hessi ein, gefolgt von Gitarrist Mick und Pedal-Steel-Guitar-Spieler Tom.

Manni gibt sich entzückt vom besonderen Kartoffelcharme des Theaters, und meine Mutter liegt ihm noch mehr zu Füßen.

Hessi trägt das gleiche optimistisch um die Hüfte gespannte Abendkleid, mit dem sie bei der Ü50-Misswahl so grandios scheiterte. Sie hat sich, so deute ich jedenfalls ihren Gesichtsausdruck, für ihr Gesangs-Debüt einen anderen Rahmen vorgestellt.

«Der ist so verrückt, der Manni», gackert sie aufgeregt, «will der doch unbedingt, dass ich heute singe.»

Wir richten uns auf der kleinen Bühne ein, so gut es geht, da tut es plötzlich einen Schlag. Tom ist mit seiner Pedal-Steel-Gitarre zwischen zwei Holzpaletten eingekracht.

«Oh, oh», ruft meine Mutter und eilt herbei. «Vielleicht hätte man die Dinger doch zusammenschrauben sollen. Ich sach noch der Gunhild, Gunhild, sach ich, nicht, dass einer der Musikanten zwischen die Paletten fällt. Gut, dass es jetzt passiert ist und nicht nachher, was?»

«Na ja», murmelt Tom und zieht mit schmerzverzerrter Miene sein linkes Bein samt Instrument aus der Bühnenlücke.

Eine gute Stunde später betritt das Triumvirat, die Troika der ab heute neu zu schreibenden Theatergeschichte, die wackelige

Holzpalettenbühne. Ein eilig herbeigerufener Nachbar namens Jupp hat in aller Schnelle vor dem Publikumseinlass die Bühnenteile mit Schraubzwingen aneinander schraubgezwungen, doch so richtig stabil sieht das noch immer nicht aus.

Tante Gunhild nickt mehrmals überdeutlich zu einem dicken Vogelsberger Kind, das hinter dem Mischpult abgesetzt wurde und wohl die Aufgabe zugeteilt bekam, eine CD zu starten.

Es ertönt der Evergreen «There's no Business like Show Business». Ängstlich harre ich der Dinge, die da kommen sollen, und dann starten die rüstigen Damen in Abendkleidern auf der Bühne einen furchtlosen Tanz mit gewagter Choreographie.

Warum auch nicht?

Als Sohn fällt es mir indessen schwer, mit anzusehen, wie meine Mutter wild ihr Bein durch den Kartoffelkeller schwingt.

Nach vier Minuten ist die Ouvertüre zur Kick-off-Dings-Veranstaltung beendet und wird mit freundlichem Applaus quittiert.

«Gugg dir dei Muddi an», ruft mir Manni zu. «Wie die ihre Hüfte noch schwinge kann ... Schappöche Popöche ...»

Noch völlig außer Atem, beginnt Mutter dann mit der Begrüßung:

«Hoooochverehrtes Publikum», tönt sie wie eine Zirkusdirektorin, «ich heiße Sie und euch alle herzlich willkommen in unserem kleinen, aber feinen Kartoffeltheater. Natürlich ist noch alles etwas provisorisch, wie ihr bestimmt bemerkt habt, aber das wird sich noch ändern. Das versprechen wir. Tja, schön, dass ihr alle da seid, nur schade, dass einige der eingeladenen Gäste es nicht für nötig erachtet haben, heute hier zu erscheinen oder wenigstens, wie es sich für höfliche Menschen gehört, im Vorfeld abzusagen. Dazu zähle ich die Vorstandsvorsitzenden der beiden großen Hausbanken Volksbank und Sparkasse, dazu zähle ich des Weiteren den Hessischen Rundfunk, die Frankfurter Rundschau, die FAZ, um nur einige zu nennen. Die fehlenden Damen und Herren aus der Politik muss ich gar nicht erst erwähnen. Diese Herrschaften brauchen nicht erwarten, dass wir sie jemals wieder in dieses Theater einladen. Das haben wir *nicht* nötig.»

Tante Gunhild und Doris nicken heftig und klatschen in die Hände, worauf das Publikum etwas zögerlich einstimmt.

«Da stellt man mal was in der Region auf die Beine, und dann wird man so missachtet. Auch hätten wir uns von der heimischen Wirtschaft in Sachen Sponsoring etwas mehr erhofft. Aber was nicht ist, kann ja noch werden. Leider glänzen auch die Geschäftsführer der größeren mittelständischen Firmen mit Abwesenheit. Doch wir von der Intendanz des Kartoffeltheaters lassen uns nicht entmutigen. Wir haben hier in den letzten Wochen viel Arbeit, Schweiß und Geld hineingesteckt. Persönliches Geld. So viel Geld, dass zum Beispiel ich meinem Sohn in einer finanziellen Notlage nicht unter die Arme greifen konnte.»

Ich versinke im feuchten Kellerboden. Mutter, was tust du da?

«Aber das ist jetzt vielleicht ein bisschen zu privat. Gunhild, Doris und ich freuen uns jedenfalls über viele, viele Spenden. Also, auch wenn so einige mit Abwesenheit glänzen, so freuen wir uns umso mehr, dass unsere lieben Freundinnen aus der Seniorenspinning-Gruppe heute da sind. Und auch auf die Full-House-Grannies, meine Pokerrunde, ist Verlass. Seid willkommen. Und als ganz besonderes Bonbon begrüße ich nun unseren Gaststar Manni Kreutzer mit seiner Band und meinen Sohn. Bühne frei!»

Wir betreten vorsichtig die Holzpaletten, da flüstert Manni meiner Mutter noch etwas zu.

«Ach ja, Entschuldigung», ergreift sie wieder das Wort. «Habe noch was vergessen, das ist die Aufregung: Verstärkt wird die tolle Manni-Band durch einen neuen Gesangs-Shootingstar, die … äh …»

Dann flüstert ihr Manni wieder was ins Ohr.

«JAZZY-HESSI!»

Nun erhebt sich auch Hessi von ihrem Sitz, dreht sich zum Publikum, verbeugt sich tief und zeigt dem Seniorenspinning- und Pokergrannies-Publikum ihr voluminöses Dekolleté.

Dann geht's los. Zunächst spielen wir ohne Hessi routiniert drei Songs aus dem üblichen Manni-Repertoire: «Ich ras durch Gras», «Der Schnäppchejägersmann» und die Ballade vom «Kosmoproleten», bei der ich mich stets mit einer schmierigen Geige in den Vordergrund drängen kann.

Dann betritt Hessi die Bühne, und ihr Auftritt wird leider das zu erwartende Fiasko.

«Saahhhhmmaaataaaiiiim», haucht sie affektiert ins Mikrophon und ignoriert dabei so konsequent jede Form von Rhythmus, dass wir das Lied mittendrin abbrechen müssen. Während Manni mit ein paar Sprüchen die Situation rettet, flüstert Mick ihr eindringlich zu: «Hessi, du musst das Tempo halten. Sonst geht das nicht.»

«Ich muss frei sein beim Singen», erwidert Hessi patzig. «Sonst kann ich mich nicht entfalten und die Weipräischn nicht rüberbringen. Und Weipräischn ist nun mal meine Stärke.»

Wir versuchen es ein zweites Mal und kommen auch irgendwie durch. Manni streicht dann aber kurzerhand «Over the Rainbow» und lässt Hessi lediglich die Britney Spears geben.

«Hit Me Baby One More Time», schmettert sie, und hier hat das Publikum Spaß, und ich hab zum Glück Pause. Danach rauscht sie von der Bühne und wirft ihrem Manni einen «wenn Blicke töten könnten»-Blick zu. Einer Jazzy-Hessi kürzt man keinen Song weg. Das wird ein Nachspiel haben.

Zum krönenden Abschluss berichtet Manni von seiner gerade überstandenen nahezu lebensgefährlichen Grippe und stimmt schmachtend den Song «Ein Cowboy kennt kein Schmerz» ein:

*Ei Kerle, hey, was ist dann los?
Ei Kerle, hey hey hey, was fehlt mir bloß?
Das hat so alles keinen Sinn mehr,
Ei Kerle, was hab ich's nur so schwer.*

*Ei Kerle, hey, noch ma aber aaach,
Mein Lebe liegt jetzt vor mir brach.
Doch ich heul net rum bei de kleinste Ferz,
Denn ein Cowboy kennt kein Schmerz.*

*Doch viel zu grausam läuft die Nas.
Ja, ich glaub, mein Freund, das war's.
Ich rauch jetzt meine letzte Kippe
Und sterb dann an 'ner Männergrippe.*

*Doch dafür kratzt zu stark der Hals,
Und ich muss huste als und als,
Und krieg so Bläs'che uff der Lippe
und sterb nun an 'ner Männergrippe.*

*Doch ich jammer jetzt net rum,
Ertrag das Leid und bleibe stumm,
Weil ich net raus aus meiner Haut kann,
trag ich's wie ein harte Mann.*

*Die Müllers-Uschi schaut vorbei,
kocht mir Tee un Haferbrei.
Trotz all der Pein mach ich ein Witz, ein Scherz,
Denn ein Cowboy kennt kein Schmerz.*

*Doch viel zu heiß brennt meine Stirn,
Das Fieber fräst sich mir ins Hirn.*

Die Nas ist zu, hab raue Lippe,
Verende an der Männergrippe.

Lutsch nun als die Hustbonbonsche,
denn mir rasselt's in de Bronsche.
Un trotzdem rauch ich meine Kippe
Un sterbe stolz an Männergrippe.

Samstag, 30. September

Ein glücklicher Tag. Melina kommt frei. Endlich.

Und reden wir nicht drum herum, es war mein Verdienst, dass es nun doch so schnell ging. K hat alles genau so gestanden, wie ich es von ihr verlangte. Und da die Wahrscheinlichkeit auch für den größten Skeptiker unter der Sonne recht gering ist, dass ein Mensch, während er gerade zu Boden getreten wurde und das Bewusstsein verlor, im gleichen Zeitraum einen anderen Menschen erschießt, hat nun auch die Frankfurter Staatsanwaltschaft verstanden, dass es Zeit ist, Melina aus der Untersuchungshaft zu entlassen.

Wir alle, die gesamte Familie Bröhmann, bilden nun das Empfangskomitee. Wir sitzen in einem tristen Raum der JVA und warten feierlich darauf, dass gleich eine dicke graue Tür geöffnet wird und wir sie in die Arme nehmen können.

«Lass uns nicht so ein riesiges Gedöns machen», warnt Franziska, «du kennst doch unsere Tochter. Die mag so was nicht.»

«Ja, klar, aber sie soll schon sehen, wie sehr wir uns freuen», antworte ich und wickle den riesigen Blumenstrauß aus, den ich an einer Tankstelle besorgt habe.

«Du weißt aber schon, dass sie so Blumensträuße nicht mag, oder?», sagt Franziska.

«Echt?»

«Ja.»

Laurin weiß seit gestern Abend, was mit Melina in den letzten Tagen tatsächlich los war. Wir hatten es ihm ja bis dato verschwiegen, um ihn nicht unnötig zu belasten. Jetzt haben wir ihm nur gesagt, ihr Gefängnisaufenthalt habe mit ihrer Arbeit zu tun und sei natürlich ein riesiges Missverständnis. Er nahm dies alles recht gelassen zur Kenntnis und stellte auch keine Nachfragen. Vermutlich hat er auch die Nase voll von Familienmitgliedern, die mal für eine Weile im Gefängnis sitzen.

Auf der Sitzbank quer gegenüber rutscht ein junger schlanker Mann mit sehr kurzem schwarzen Haar in Bereitschaftspolizeiuniform unruhig herum. Auch er hat einen Strauß Blumen auf dem Schoß. Vermutlich ein Kollege von Melina, der für ihre Freilassung abgestellt wurde. Ich nicke ihm freundlich zu, er nickt ebenso freundlich und ein bisschen unsicher zurück.

«Warten Sie auch auf Melina Bröhmann?», frage ich, immer mit einem Auge auf Frida, die neben mir waghalsige Turnübungen auf der Bank ausführt.

«Ja», antwortet der Polizist. «Ich bin ein guter Freund.»

«Wir sind die Eltern», schaltet sich Franziska ein, «und das alles sind ihre Geschwister.»

«Habe ich mir schon gedacht.»

Der junge Mann steht auf und schüttelt Franziska höflich und etwas ungelenk die Hand.

«Ronald Lutz ist mein Name. Melina und ich stehen uns recht nahe, deswegen dachte ich, sie würde sich vielleicht freuen, wenn ich auch hier ...»

«Bäääääh», macht da Frida, deren Turnübungen leider nicht mit sicher gestandenem Abgang endeten.

Gemeinsam warten wir eine weitere Viertelstunde, bis sich endlich die Tür öffnet und Melina müde und blass vor uns steht.

«Ach du Scheiße, was macht ihr denn alle hier?», sagt sie, ringt sich aber beim Blick auf ihre beiden Minigeschwister ein Lächeln ab.

Ein klein wenig fühlt sich das hier so an, als hole man sein Töchterchen nach einer langen Überseereise am Flughafen ab. Nur sieht die Tochter nicht ganz so erholt aus.

Ronald Lutz ist dann der Erste, der auf sie zugeht und sie umarmt. Oder es vielmehr versucht. Melina erwidert sein Vorpreschen erkennbar distanziert. Die ganz große Liebe kann das nicht sein. Jedenfalls von Melinas Seite. Man braucht nicht allzu viel Phantasie, um schnell festzustellen, dass das hier Melina tatsächlich zu viel ist. Trotzdem macht sie gute Miene zum bösen Spiel.

Nachdem sie sich sehr lange und innig mit ihrer Mutter in den Armen lag und auch das eine oder andere Tränchen floss, hätte ich mir die Umarmung mit meiner Tochter inniger gewünscht. Denn in dem Moment, in dem ich sie fest an mich drücken möchte, schiebt sie mich schon wieder von sich weg.

«Schön, dass du wieder da bist», sage ich ihr, da drückt sie schon ihren Bruder Laurin, und ich weiß nicht, wohin mit den Scheißblumen.

«Ich würde jetzt gerne hier weg», sagt sie.

Ronald Lutz scheitert mit dem Versuch, ihr seinen Blumenstrauß in die Hand zu drücken und ihre Tasche zu tragen zu dürfen.

«Ron, das ist wirklich lieb von dir, dass du gekommen bist. Aber jetzt lass mal gut sein. Ich bin doch nicht von den Toten auferstanden.»

Ron lacht etwas verlegen. «Ich rufe dich die Tage mal an, o. k.?»

Melina nickt dazu nur schwach und lächelt erschöpft.

Ronald Lutz verabschiedet sich darauf per Handschlag von

Franziska und mir und verschwindet. Wir packen Kinder, Kegel, einen Blumenstrauß und auch endlich wieder Melina ein und machen uns auf den Weg nach Bad Salzhausen.

In unserem Opel-Familien-Van ist es seltsam still. Selbst die Zwillinge beobachten schweigend den dichten Verkehr auf der Autobahn.

Jeder hängt seinen Gedanken nach, keiner möchte irgendetwas Belangloses vor sich hin quasseln. Außer mir. Ich halte nämlich die Stille nicht mehr aus und sage: «Ganz schön heftiger Wetterumschwung, was? Die letzten Tage so und heute fast zehn Grad kühler. Kein Wunder, dass ich so müde bin.»

Keiner reagiert auf meine Bemerkung. Warum auch?

Melina meidet jeglichen Blickkontakt mit mir. Jedenfalls bilde ich mir das ein. Das schmerzt natürlich und ist schwer auszuhalten.

Sobald wir zu Hause sind, werde ich sie mir schnappen und um ein Gespräch bitten.

«Ich gehe mit den Hunden mal 'ne Runde», kündigt Melina an, gleich nachdem wir zu Hause sind.

«Oh, da komme ich gerne mit», rufe ich.

«Ich würde eigentlich lieber alleine», erwidert sie.

«Ach komm, du warst doch jetzt lang genug alleine.»

Nach dieser Bemerkung gibt es nun zwei Möglichkeiten: Entweder redet meine sensible, empfindsame Tochter bis an das Ende meiner Tage kein einziges Wort mehr mit mir, oder sie schenkt mir ein mildes Lächeln.

Ich habe Glück, Option zwei.

«Ich muss auch unbedingt mit dir reden», schieße ich nach. «Komm, lass uns doch zusammen gehen.»

Melina nickt, auch wenn sie nicht sehr begeistert wirkt. So

legen wir die Hunde ans Geschirr und machen uns auf den Weg in Richtung Bad Salzhausener Park.

«Mann, hat mir das gefehlt.» Sie bleibt einen Moment stehen, hält inne, guckt zum Himmel und atmet tief durch.

An solchen Sätzen erkennt man, dass meine Tochter tatsächlich erwachsen geworden ist. Früher waren Parkspaziergänge mit Berlusconi die größte Zumutung. Wenn man sie einmal darum bat, und das war wahrlich selten, blickte sie einen an, als schicke man sie in eine Fabrik nach Südostasien, zur Kinderarbeit.

Ich frage, wie es ihr gesundheitlich gehe.

«Gut», antwortet sie kurz angebunden.

«Wirklich?»

«Ja.»

Ich ziehe ihr aus der Nase, dass der Gefängnisarzt sie noch bis Ende der Woche krankgeschrieben habe.

«Dann kann ich endlich wieder arbeiten gehen.»

«Mach langsam, Melina, gell?»

«Jetzt lass doch mal dieses sorgenvolle Papa-Getue weg. Das nervt», fährt sie mich an.

«Schwierig für mich, denn ich bin ja nun mal dein Vater.»

«Ja, aber ich bin nicht aus Zucker. Ich halt schon ein bisschen was aus.»

«O. k.»

Ich frage also nicht weiter nach ihrem gesundheitlichen Empfinden, auch nicht nach ihren Problemen mit den Ohren, die sie uns verschwiegen hat, und beginne stattdessen von meinen privaten Ermittlungen in der Frankfurter Antifa-Szene zu berichten.

«O mein Gott», ruft Melina und hält ihre Arme wie zum Schutz hoch, «ich weiß nicht, ob ich das wirklich hören will. Es reicht schon, was ich von der Valentin und der Polizei weiß.»

«Was weißt du denn?»

«Na, dass du versucht hast, meinem Freund die Sache unterzuschieben. Was der größte Schwachsinn ist!», bricht es aus ihr heraus. «Und dass wegen dir sein ganzes Zeug durchsucht wurde und ich durch meine Mails an ihn noch verdächtiger wurde. Das hast du wirklich super hingekriegt, Papa. Danach durfte ich noch ein paar Tage länger in U-Haft bleiben. Was für eine beschissene, oberpeinliche Aktion!»

Es wird wohl Zeit, dass ich ihr alles erzähle. «Das ist nur ein Teil der ganzen Geschichte», sage ich.

«Und ich glaube sehr, dass mir der Teil bereits mehr als reicht», fällt sie mir gleich wieder ins Wort.

«Jetzt lass mich verdammt noch mal ausreden», fahre ich sie an.

«O. k.»

Dann erzähle ich ihr alles. Ich erzähle davon, wie ich Bumpis Vertrauen gewann, K kennenlernte und, um an Josh näher ranzukommen, an einer militanten Aktion teilnahm. Ich erzähle, wie ich diese sabotierte, anschließend in der WG übernachtete, die Waffe fand und wie anschließend die Polizei nach einem anonymen Hinweis hineinstürmte.

«Und dieser Anruf war nicht von dir?», fragt Melina

«Nein, natürlich nicht. Es war Zufall, dass ich gerade in dieser Nacht in der Wohnung war. Die Polizei hat einen anonymen Tipp bekommen, dass bei Josh Krüger die Waffe versteckt wurde. Dummerweise dachten die zunächst, ich hätte das alles eingefädelt und auch die Waffe versteckt, um dich zu entlasten. Aber ich hatte eben auch den Brief ins Joshs Tasche gefunden, in dem du geschrieben hast, wie sehr diese militanten Aktionen ...»

«Ich kenne den Brief.»

«Logisch, ja.»

Ich nehme den Faden wieder auf und setze meine heldenhafte Schlusspointe. Etwas angeberisch erzähle ich, wie ich K hoch pokernd dazu gebracht hatte zu gestehen, dass sie Melina niedergetreten, allerdings nicht die Waffe an sich genommen hatte.

«Wie bitte?»

«Ja, so war das.»

«*Die* Fotze hat mich getreten?», kreischt sie und klingt ein bisschen so wie die fünfzehnjährige Melina. «Die war das mit dieser Kack-Maske?»

Ich nicke.

«Die Schlampe mach ich fertig.»

Ich gebe zu bedenken, dass dies keine gute Idee sei, und nicke uns entgegenkommenden älteren Mitbürgern zu, die die Ausdrücke *Fotze* und *Schlampe* bei ihrem weiteren Spaziergang erst einmal verdauen müssen.

«Die macht immer so auf punkmäßig obercool und ist eifersüchtig wie ein kleines Spießermäuschen. Schon seit Wochen dackelt sie sabbernd hinter Josh her. Und sie wird nie kapieren, dass sie so was von null Komma null interessant für ihn ist.»

Nun, hier schweige ich besser.

Melina greift sich plötzlich mit den Händen an die Schläfen, bleibt kurz stehen und schließt die Augen.

«Alles klar?», frage ich besorgt, auch wenn angemahnt wurde, dass ich nicht permanent so papamäßig besorgt sein soll.

«Ja, alles klar. Nur der Kreislauf. So viel frische Luft muss ich erst mal verkraften. Aber krass, was du da abgezogen hast.»

«Nun ja», hüstele ich etwas verlegen.

«Da wäre ich gerne Mäuschen gewesen.»

Wie verlängern unseren Spaziergang, überqueren die Hauptstraße und schlendern nun durch den oberen Teil des Parks. Wir laufen am Kurhaus vorbei und betrachten an den Wegen die Produkte des letzten Bildhauersymposiums, das alljährlich in Bad Salzhausen stattfindet.

«Und wenn K doch geschossen hat?» Melina sieht mich an.

«Erst hat sie mir eine mitgegeben, dann dem Lubricht mit meiner Waffe und am Ende sich an Josh gerächt, weil der nichts von ihr wissen will.»

Ich kratze mich am Kopf, beobachte, wie Berlusconi neben ein Kunstwerk kackt, und nehme sein Geschäft dann vorbildlich mit einer kleinen Tüte auf.

«Traust du das der K wirklich zu?», frage ich und suche einen Mülleimer. «Und wer hat dann diesen Anruf bei der Polizei gemacht? Sie müsste dann ja noch einen Komplizen haben.»

«Na ja, so richtig vorstellen kann ich mir das auch nicht.»

Ich erzähle ihr, dass die Polizei Einbruchsspuren am Türschloss der Wohnung entdeckt hat. Das spräche auch dafür, dass jemand Fremdes die Waffe in Joshs Zimmer gebracht hat, und nicht K.

Es ist alles sehr, sehr merkwürdig. Die Tat kann eigentlich gar nicht geplant gewesen sein. Die Möglichkeit zu schießen hat sich doch erst durch die Verkettung von mehreren Zufällen ergeben. Erst die Rauchentwicklung, dann die bewusstlose Melina und die Möglichkeit, nach ihrer Waffe zu greifen. Und besonders merkwürdig ist, warum der Täter die Waffe dann mitgenommen hat, in Josh Krügers WG eingebrochen ist und ihm die Knarre in den Schrank gesteckt hat.

Ich würde nun gerne langsam das Thema wechseln, doch Melina grübelt weiter.

«Einen Menschen einfach so eiskalt abknallen. Nee, das macht die K nicht, auch wenn sie 'ne blöde Sau ist. Das machen andere Leute. Brutale Arschlöcher machen so was. Ich denke da eher an so Faschotypen. Die sind zu so was fähig.»

Ich gebe zu bedenken, dass die doch bei diesen Demos gar nicht dabei sind.

Melina lacht auf. «Das glaubst auch nur du. Die mischen sich drunter heutzutage. Und nicht zu knapp. Auch wenn es nur darum geht, Linke zu verkloppen. Und manche sind ja auch gegen Olympia, aus was für Gründen auch immer. An dem Tag habe ich jedenfalls viele Glatzen gesehen. Ich hoffe, dass die Kripo bei denen inzwischen auch mal ermittelt. Josh ist bei einigen von denen gut bekannt. Die hätten ganz bestimmt ein Interesse, ihm das in die Schuhe zu schieben.»

«Komm, Melina, lass uns mal einen Punkt machen. Lass uns nach Hause gehen und Kaffee trinken. Ist doch wurscht, wer das jetzt war oder nicht. Hauptsache, du bist wieder frei.»

Ich blicke in verständnislose Augen. «*Dir* mag das wurscht sein, Papa. *Du* hast ja auch nicht in U-Haft gesessen, und es wurde auch nicht *deinem* Freund ein Mord in die Schuhe geschoben. Mach, was du willst. Ich will wissen, wer das war. Und zwar so schnell wie möglich.»

Ich denke kurz nach, dann sage ich: «Wenn ich der zuständige Kommissar wäre, dann würde ich jetzt tatsächlich mal in dem Bereich recherchieren, in dem man bisher kaum ermittelt hat. Im rechten und bürgerlichen Lager. Ich würde mal nachforschen, wer sich aus dieser Ecke besonders als Lubricht-Hasser hervorgetan hat und wo es vor allem Querverbindungen zu Josh gibt.»

Melina kratzt sich eine Weile am Kopf.

«Der Josh legt sich eigentlich ständig mit allen an. Mit der Polizei, mit den Faschos, aber auch mit den ganz normalen Parteien. Ich hab dem oft gesagt, er soll es nicht übertreiben, aber es geht bei ihm manchmal so weit, dass er in irgendwelchen Schrebergärten Deutschland-Fähnchen abreißt. Mit denen legt er sich oft an, weil sein rechter Opa auch so einen Garten hat.»

Da kommt mir eine Idee.

Am selben Tag

Häääänning, mein Lieber», begrüßt mich der gute Rüdi überschwänglich und mit offenen Armen, nachdem ich mein Auto im Innenhof ihres Bauernhofes abgestellt habe.

«Ich wusste gar nicht, dass ihr schon so dicke seid», flüstert mir Melina vom Beifahrersitz zu. Auf der Fahrt hierher nach Grebenhain habe ich sie auf den neuesten Stand zu Rüdi, Gisa und dem Bauernhof gebracht.

«Und wer ist denn diese schöne Frau?», fragt Rüdi und öffnet Melina die Beifahrertür.

«Bröhmann», sagt sie trocken und reicht ihm die Hand.

«Das ist unsere große Tochter», füge ich hinzu. «Sie ist gerade ... zu Besuch.»

«Toll», sagt er und betrachtet sie sehr lange, so als sie ein Kunstwerk.

Rüdi führt uns im Haupthaus wieder dorthin, wo wir kürzlich zum Abendessen saßen. Er entschuldigt sich für das Chaos in der Wohnung, Gisa sei mit den Kindern unterwegs. Ich suche lange nach einem Chaos und finde keins.

«Prima, dass du dir so kurzfristig die Zeit nimmst, Rüdi», sage ich und nehme mit Melina am Tisch Platz.

Rüdi räumt eine halbleere Weinflasche vom Tisch und stellt Wassergläser vor uns.

«Für Wein ist es noch ein bisschen früh, oder?», sagt er. Stimmt, es ist kurz nach fünf.

«Und du bist sicher, dass die junge Dame deine Tochter ist?», fragt er dann und lächelt schief.

Ich blicke ihn fragend an.

«So hübsch, wie sie ist.»

Eine kurze peinliche Stille macht sich breit. Was ist denn nur mit Rüdi los? Irgendwie benimmt er sich ganz anders als neulich beim Essen.

«'tschuldigung», sagt er dann schnell. «Ich komme hier ja rüber wie der schlimmste Chauvi, was?»

«Stimmt», sagt Melina.

«Also, was gibt's, Henning? Ich vermute mal fast, du willst mir endlich eure Entscheidung persönlich mitteilen, wie? Oder nee, warte, du willst nachverhandeln. Und zur Verstärkung hast du eine Polizistin aus Frankfurt mitgebracht. Stimmt's, oder hab ich recht?»

«Nein, Rüdi, nachverhandeln will ich ganz bestimmt nicht. Ich bin jetzt wegen ...»

«Vadder!»

Ein dicklicher Junge in Laurins Alter steht plötzlich im Wohnzimmer.

«Wir können jetzt.»

Rüdi springt vom Tisch auf, schiebt den Jungen am Oberarm ein kleines Stück vor und sagt: «Das ist unser Rupert.»

«Hallo.»

«Hallo.»

«Vielleicht nicht ganz so hübsch wie dein Töchterlein hier, aber im Großen und Ganzen ein guter Kerl.»

Rupert verzieht keine Miene und sagt noch mal: «Wir müssen jetzt los.»

«Wie? Los, wohin?»

«Du wolltest mich doch zum Karate fahren.»

«Aaaach, herrje», ruft Rüdi theatralisch, «das hab ich ganz vergessen. Du, entschuldige, nimm doch besser das Fahrrad.»

«Aber dann komm ich zu spät», protestiert Rupert leise.

«Mag sein, mag sein, sag, es war meine Schuld. Jetzt geht's leider nicht, du siehst ja, ich habe Besuch.»

Ich wende ein, dass wir durchaus eine Weile warten könnten.

«Nein, nix da», erwidert Rüdi fast schon ein wenig barsch. «Du fährst jetzt mit dem Fahrrad. Punkt.»

Ohne ein Wort zu sagen, zieht Rupert ab und verlässt mit knallender Türe das Haus.

Rüdi zuckt verlegen grinsend die Schultern.

«Also, zur Sache, wann wollt ihr einziehen?»

«Rüdi, deswegen bin ich jetzt gar nicht ...»

«Aber ihr habt euch grundsätzlich schon entschieden, oder?»

«Ja, schon, aber ...»

«Na, das ist doch mal ein Wort. Da freu ich mich aber. Und Gisa erst. Ich schreibe ihr gleich.» Er greift nach seinem Handy, nuschelt irgendwas vor sich hin und tippt eine Kurznachricht.

«Rüdi, ich wollte dich um etwas anderes bitten. Melina arbeitet ja, wie du weißt, bei der Frankfurter Polizei. Und die sind fieberhaft dabei, endlich den Mord an Lubricht aufzuklären. Beim Abendessen neulich, da hast du mir doch von den vielen Drohungen gegen Lubricht erzählt, und auch gegen dich, als du diesen positiven Artikel über ihn geschrieben hast. Kannst du uns ein bisschen mehr darüber erzählen?»

Ohne ein Wort zu sagen, steht Rüdi auf und verschwindet. Nach einer Weile kehrt er mit einem Aktenordner in der Hand zurück.

«Ich habe alles ausgedruckt und abgeheftet. Jede einzelne Hassmail, jede Beleidigung, jeden Facebookpost an die Redaktion bis zum heutigen Tag. Bitte, macht euch selbst ein Bild.»

Flüchtig schaue ich in den Ordner hinein. Es sind bestimmt an die hundert Seiten, alle säuberlich gelocht und abgeheftet.

«Sind die Mails und Briefe von den Frankfurter Kleingartenvereinen auch dabei?», frage ich.

«O ja, die sind zahlreich vertreten. Da könnt ihr so einige Nettigkeiten finden. Nehmt das Ding ruhig mit, wenn es den Ermittlungen nützt.»

«Ehrlich?», frage ich.

«Ja, klar. Wenn ich helfen kann, dann helfe ich doch immer gerne.»

Rüdi rückt für meinen Geschmack gerade etwas zu sehr mit seinem Gesicht an meins heran. «Das Vertrauen, dass ich das Ding zurückbekomme, habe ich ja. Wir sehen uns ja bald häufiger», gluckst er und schlägt mir auf die Schulter.

«Ihr habt euch wirklich entschieden, bei denen einzuziehen? Auf der Fahrt hierher klang das aber noch nicht so definitiv.»

Ich bitte Melina, sich erst einmal anzuschnallen, da mich dieser Piepwarnton wahnsinnig macht. Das hat sie scheinbar von ihrer Mutter. Franziska schnallt sich auch nie direkt an, nachdem sie sich gesetzt hat, sondern wartet immer so lange, bis einen das Piepen schon um den Verstand gebracht hat.

«Ja, nein, so richtig entschieden haben wir uns auch noch nicht. Aber die Tendenz ging schon dahin, ja zu sagen.»

«Aber eben hast du ihm zugesagt.»

«Ja, ein bisschen, ich weiß. Aber hauptsächlich, damit wir das Thema wechseln können und an unsere Infos kommen. Ist ja auch aufgegangen.»

Melina schweigt.

«Oder meinst du, wir hätten diesen Ordner bekommen, wenn ich nicht zugesagt hätte? Die beiden drängeln schon seit Tagen.»

Melina schweigt noch immer. Ist sie eingeschlafen? Nein.

«Ihr wollt da nicht wirklich einziehen.»

«Wieso? Das ist doch traumhaft schön dort. Du hast das Nebenhaus ja nicht gesehen, in das wir einziehen würden. Mist, das wollte ich dir ja eigentlich zeigen. Wunderschön, ehrlich, und vor allem groß genug. Und günstig ist es auch.»

Doch während ich so überzeugt tue, merke auch ich eine leise

Unsicherheit, ob meine Quasi-Zusage eben nicht doch ein Fehler war. Eigentlich wollten Franziska und ich das noch abschließend beratschlagen, und auch Laurin sollte sich das Haus vorher einmal anschauen.

Melina schüttelt den Kopf und sieht zu mir herüber.

«Mit diesem Typen kann man doch nicht zusammenwohnen.»

«Mit Rüdi? Ich weiß auch nicht, was mit dem eben los war. Sonst ist der nicht so, sonst ist er viel, äh, netter. Wir haben ja auch einen komplett eigenen Wohnbereich. Das ist keine WG oder so. Außerdem muss man ja mit seinen Nachbarn oder Vermietern nicht zwangsläufig befreundet sein.»

«Ich kann dir sagen, was mit dem los war», sagt Melina. «Der war am helllichten Tag hackedicht. Der hat getrunken.»

Da werde ich nun doch etwas nachdenklich. Hackedicht ist vielleicht etwas übertrieben, aber dieses veränderte, distanzlose, wabbelige Verhalten würde das schon erklären. Doch Rüdi macht alles in allem für mich nicht den Eindruck, als sei er ein schwerer Alkoholiker.

«Was meinst du, warum der seinen Sohn nicht fahren wollte?», legt Melina nach. «Der war nicht mehr fahrtüchtig. Egal, macht, was ihr wollt. Ich weiß nur nicht, ob ich euch da besuchen komme.»

«Das tust du doch eh kaum», erwidere ich.

«Hurra», jubelt meine erwachsene Tochter. «Ich bin wieder frei. Alles ist wie immer.»

Eine Weile düsen wir schweigend durch den Vogelsberg, bis Melina ihr Handy aus der Tasche zieht und irgendetwas eintippt.

Hey Josh, weiß nicht,
ob du mitbekommen hast,
dass ich wieder frei bin.
Will dich unbedingt sehen. Ich

glaube, es gibt einiges
zu besprechen. Miss you.
Meld dich. Mel

«Was schreibst'n da?», frage ich.

Am Blick meiner Tochter wird mir wieder einmal klar, wie überflüssig diese Art Fragen ist. Und das schon seit Jahren.

Zu Hause angekommen, winkt mich Franziska in die Küche. In der Pfanne köchelt eine bestechend gut riechende Bolognesesoße, Melinas Lieblingsessen.

«Du, Henning», beginnt Franziska und schüttet die Spaghetti ins kochende Wasser, «ich hatte eben einen merkwürdigen Anruf von Gisa. Sie freue sich so wahnsinnig, dass wir zugesagt haben. Haben wir doch noch gar nicht. Oder?»

Meine Ohren werden etwas rot, denn so sollte das jetzt gar nicht laufen.

«Nein», sage ich schnell, «haben wir nicht. Aber du weißt ja, wie die sind, die sind manchmal eben etwas vorschnell, die beiden. Und wünschen es sich halt sehr.»

«Ja, aber Gisa behauptete steif und fest, du hättest Rüdi eben zugesagt.»

«Ha, der Rüdi», rufe ich aus. «Ich habe natürlich *nicht* zugesagt. Wir wollten ja schließlich noch mal darüber gründlich beratschlagen.»

«Genau», sagt Franziska.

Melina betritt die Küche. «Geil, Bolognese. Danke, Mama, das kann ich jetzt gebrauchen.» Die beiden umarmen sich. Endlich mal wieder ein kleiner Moment Familienidylle.

«Wie fandest du es denn bei Gisa und Rüdi?», fragt Franziska Melina. «Hast du dir auch mal das Nebenhaus angeguckt. Das ist doch ein Traum, oder?»

Melina schüttelt den Kopf. «Nein. Aber dieser Rüdi ist grausam. Habe Papa schon gesagt, dass ihr da nicht hinziehen solltet. Aber er hat ja schon zugesagt.»

Wenn Blicke töten könnten.

«Ich geh dann mal besser», sagt Melina, verlässt die Küche und zückt ihr Handy.

> Hi Josh, kannst du bitte mal
> auf meine sms antworten???
> Was soll denn die Scheiße? M.

Den mehrmaligen Hinweis seitens ihrer besorgten Mutter, sich doch mal auszuruhen, ignoriert Melina. Sie ackert stattdessen noch am gleichen Abend im Wohnzimmer wie besessen den Aktenordner mit den Drohbriefen durch.

«Krass», murmelt sie dabei immer wieder. Manchmal schüttelt sie auch nur den Kopf oder lacht laut auf. Einige Zettel heftet sie aus und legt sie auf verschiedene Haufen auf den Teppichboden.

Ich liege auf dem Sofa, müde, erschöpft, erleichtert, dass Melina sitzt, wo sie gerade sitzt, und warte, dass ich zum Gutenacht-Singen hinzugerufen werde.

«Krass», sagt Melina dann noch einmal und liest mir vor:

An Bernd Lubricht!
Sie haben einen unserer langjährigen Obmänner in den Tod getrieben. Weil Sie ihm das genommen haben, was sein Ein und Alles war. Er hat dafür gelebt. Aber das zählt für Leute wie Sie ja nicht. Doch glauben Sie nicht, dass Sie sich alles erlauben können. Wir werden weiterkämpfen, und Sie werden dafür bezahlen.
Mit nicht freundlichen Grüßen,
Kleingartenverein Harmonie e. V., Frankfurt

An dem Brief hängt mit Büroklammer ein Foto, das vermutlich diesen ehemaligen Vorsitzenden abbildet.

«Lass uns da morgen mal hinfahren», sagt Melina.

«O.k.», antworte ich. «Allerdings nur, wenn ich den heutigen Abend überlebe.»

«Wieso? Was soll das heißen?»

«Das willst du nicht wissen.»

Am selben Abend

Eigentlich war völlig klar, dass ich mir das nicht antue, den Junggesellenabend meines ehemaligen Polizeikollegen Teichner. Sauffreudiger Männergeselligkeit stehe ich nun einmal grundsätzlich kritisch gegenüber. Und dann ist Teichner auch nicht wirklich ein Freund. Er war es nie und wird es auch niemals werden, dafür hat er mich mit seinen sagenhaft schlechten Witzen und Sprüchen und Doofheiten in den unzähligen Stunden, die ich dienstbedingt in seiner Nähe verbringen musste, viel zu sehr gequält.

Keine Frage, dass ich absagen würde. Und reiner Zufall, dass ich es doch nicht tat, ich hatte es einfach vergessen. Nur klingelte dann gestern das Telefon, und Markus Meirich meldete sich.

«Du kommst doch auch?», fragte er mit Panik in der Stimme.

Ich begann zu begründen, warum ich eigentlich vorhatte abzusagen.

«Das kannst du mir nicht antun», unterbrach er mich. «Ohne deine Unterstützung überlebe ich das nicht.»

«Dann geh doch auch nicht hin», erwiderte ich.

«Das kann ich Teichner nicht antun. Der Abend bedeutet ihm so viel. Seit Wochen redet er von nichts anderem. Und von den vierzig Kerlen, die er eingeladen hat, haben bisher nur sieben zugesagt.»

«Oje.»

«Genau, oje. Er tut mir einfach leid, der Teichner. Du weißt doch, wie ihn das immer mitnimmt, wenn er mal mitkriegt, wie beliebt er ist. Komm, Henning, lass uns da hingehen. Zusammen werden wir da bestimmt Spaß haben.»

«Meinst du?»

«Ja, auf eine sehr abgründige Weise.»

Und so sitze ich also an diesem feuchtkühlen Herbstabend mit Teichner und nur vier anderen Gästen an der Kegelbahn des Landgasthaues «Zur Birke» in Schotten-Burkhards. Nur Markus ist nicht da. Fünf Minuten nachdem ich hier angekommen bin, erreichte mich seine SMS, dass er Bereitschaft habe und leider zu einem Einsatz müsse.

Tolle Wurst.

Viel wird in dieser Männerrunde nicht geredet. Man sitzt eher so da rum und wartet, bis man wieder mit dem Kegeln dran ist. Wenn mal einer erfolgreich ist und viele Kegel umgekegelt hat, erwacht die Runde aus ihrem lethargischen Schweigen und macht: Ööööhhhh. Wenn einer einen Fehlwurf macht, also einen «Pudel» wirft und die Bahn verfehlt, macht die Runde auch Ööööőhhh. Und wenn neues Bier gebracht wird, heißt es erst recht: Ööööőhhh.

Ich selber habe auch schon zweimal «Öööőhhhh» mitgemacht. Was bleibt mir auch anderes übrig? Überleben durch Anpassung ist an diesem Abend angesagt.

Es dauert eine Weile, bis ich verstanden habe, dass Teichner seinen «letzten Abend in Freiheit», wie er das nennt, komplett alleine vorbereitet hat. Ich kenne mich mit dieser Art Veranstaltung nicht so aus, doch meine ich mich zu erinnern, dass in der

Regel die Freunde des zu verabschiedenden Junggesellen diesen Abend planen und mit launigen Überraschungen und Spielchen aufwarten. Blöd eben nur, wenn es diese Freunde nicht gibt.

Teichner trägt eine Kappe mit der Aufschrift «Ehesklave» und ein dazu passendes T-Shirt mit den Worten: «Ich bekomme lebenslänglich».

«Hier, Leute», ruft er, «noch ein Durchgang, dann lege mer mal los mit dene *Spiele*, oder?»

«Öööööhhh.»

Teichner kramt aus seiner Tasche eine Handschelle und hält sie uns vor die Nase.

«Passt uff, ihr müsst mich jetzt zum Fraueklo schleppe und da festschließe. Und ich muss dann die Fraue, die wo mich dann da sehe, überzeuge, dass sie den Schlüssel hier bei euch zurückkaufe.»

Dann lacht Teichner recht lange. Ein rotgesichtiger untersetzter Kumpel stimmt ein. Sonst bleibt es recht still. Alle anderen nippen an ihrem Bier.

«Klasse, oder?»

Teichner guckt erwartungsfroh zu mir, und ich tue ihm den Gefallen und stimme zu, mache allerdings nicht «Ööööhhh».

Er stellt sich breitbeinig vor die Kegelbahn, streckt uns seinen Bauch entgegen und ruft: «Auf, Leute, nehmt mich gefange.»

«Ööőhhhh.»

So führen wir den «Ehesklaven» von der Kegelbahn weg und hin zu den öffentlichen Toiletten des Gasthauses. Wir schauen, ob die Damentoilette frei ist, schieben ihn dann hinein und schließen ihn neben einem der Waschbecken fest. Hoffentlich sieht uns keiner.

Danach traben wir wieder alle zu unseren Plätzen zurück, haben uns nichts zu sagen, trinken wieder Bier und warten, dass was passiert.

Aber es passiert nichts. Es gibt noch nicht mal einen Grund, «Öööhhh» zu machen. Irgendwann halte ich diese bedrückende Grundstimmung nicht mehr aus und frage in die Runde: «Und? Woher kennt ihr den Teichner so?»

«Burschenschaft», sagt der eine.

«Voegida», sagt ein anderer.

«Was ist denn Voegida?», frage ich. «Eine Vogelschutzgruppe?»

«Nee, wir sind die Vogelsberger Europäer gegen die Islamisierung des Abendlandes.»

Ich lache, guter Scherz.

Wenig später steht fest, es war gar kein Scherz.

Der Voegida-Mann mit dem dicken Hals scheint mein Lachen als Zustimmung zu deuten oder als Freude darüber, dass es so was endlich auch bei uns gibt. So reicht er mir freudig seine schwitzige Hand: «Ich bin Andy, der Vorsitzende.»

Er sagt das, als sei «der Vorsitzende» sein Nachname.

«Wir formieren uns gerade ganz neu. Wir planen gewaltfreie Spaziermärsche durch Schotten.»

Er schiebt mir einen Flyer zu: «Komm doch vorbei, Montag geht's los. Der Teichi will auch kommen.»

Ich halte den Zettel in der Hand und lese:

Wir brauchen nicht mehr Zuwanderung sondern weniger Schlechte Politiker.
Sagt nein gegen Lügenpresse, Islamisierung, Gutmenschen, und stopt die Würtschaftsflüchtlinge mit Handys und kommt vorbei.
Treffpunkt zum Abendmarsch: Neundzehn Uhr, Markplatz Schotten

Ich hole erst mal meinen Kugelschreiber aus der Jackentasche und streiche alle Rechtschreib- und Kommafehler an.

Dann sage ich: «Wenn ihr euch für den Erhalt der korrekten

deutschen Rechtschreibung und Zeichensetzung einsetzen würdet, würde ich es mir vielleicht überlegen.»

Andy, der Vorsitzende, schaut mich mit aufgerissenen Augen an und reißt mir den Zettel wieder aus der Hand.

Er ist sauer. Eindeutig.

«Du fühlst dich wohl als was Besseres? Bist auch so 'ne linke Zecke, häh? Nur weil man mal für unsere Heimat eintritt und stolz ist, wird man immer gleich als Nazi deformiert.»

«Habe ich nicht gemacht», entgegne ich. «Aber jetzt wo du's sagst. Arbeitet doch einfach mal daran, dass ihr auf irgendwas stolz sein könnt, was ihr selbst geleistet habt. Und nicht auf etwas, wofür ihr gar nichts könnt.»

«Du wirst auch noch merken», wird Andy nun etwas lauter, «dass hier aber mal so richtig was schiefläuft. Die meisten wissen gar net, wie sie von dem Ferkel und den annern da obe verarscht werden. Erst wenn eure Enkeltöchter mit Burka rumlaufe, wacht ihr auf.»

Nun lachen die anderen drei Männer. Ferkel statt Merkel, das finden sie lustig, auch wenn sie nicht zum harten Kern der Voegida-Aktivisten zu zählen scheinen. Denn sie halten sich deutlich zurück und beschäftigen sich lieber mit ihrem Bier.

Ich will hier nur noch weg. Wie hirnrissig, mich von Markus Meirich überreden zu lassen, hier aufzuschlagen. Und jetzt ist er noch nicht mal da.

«Was ist eigentlich mit Teichner?», fragt einer der Männer auf einmal.

Oh, den haben wir alle vergessen. Seit über einer halben Stunden sitzt er auf der Damentoilette fest. Bisher ist noch keine Frau gekommen, um ihn «freizukaufen».

«Ich hol erst noch mal Bier», sagt der Rotgesichtige. Alle nicken. Als er wenig später wiederkommt, machen alle wieder «Öhhhhh». Allerdings deutlich gedämpfter.

Nach einer weiteren Viertelstunde sagt Andy, der Vorsitzende: «Ich glaube, wir sollten jetzt doch mal nach Teichi gucken.»

Also gehen wir wieder zu den Toiletten.

Teichners Laune ist nicht gut. «Mann», motzt er. «Wo bleibt ihr denn?»

«Es ist halt keine gekommen», sagt der Rotgesichtige und schließt ihn frei.

«Es war ja auch keine hier», jammert Teichner.

«Na denn», tröste ich Teichner, der mir schon wieder leidtut, verdammt. «Komm, oben gibt's Bier und ... äh ... Kegeln.»

Doch Teichner lässt sich nicht trösten und lamentiert weiter: «Mist, hätt ich doch besser das Spiel gemacht, wo ich auf der Straße BHs von Fraue einsammeln muss.»

Er blickt auf seine Armbanduhr. «Obwohl, das könnten wir ja jetzt noch machen.»

Ich lege meine Hand auf seinen Unterarm: «Ach, ich weiß nicht, ob das so gut wäre. Es soll ja auch gleich regnen.»

Teichner guckt noch immer auf seine Uhr.

«Nee, hast recht. Wär auch zu knapp. Gleich kommt nämlich noch der absolute Oberhammer.»

Das Herz sinkt mir in die Hose. Wir gehen wieder alle zurück zur Kegelbahn, trinken Bier, kegeln und machen Ööööhh.

Noch mal zwanzig Minuten später tritt ein junger Mann mit luftiger Lederjacke und enger Jeans in den Saal.

«Ahh, servus, hallo», begrüßt Teichner ihn etwas nervös. «Sie komme wahrscheinlich von dieser Agentur.»

Der Mann nickt und guckt sich etwas verunsichert im Raum um.

«O.k.», flüstert Teichner dem Mann zu. Wir sollen das wohl nicht hören, aber ich stehe ja neben ihm.

«Also, wenn sie sich noch fertig mache will, die Dametoilett is ein Stockwerk tiefer. Das muss dann gleich wie ’ne Überraschung daherkomme, gelle?»

Der junge Mann guckt etwas irritiert, steckt den Briefumschlag ein, den ihm Teichner in die Hand gedrückt hat, nickt kurz und verschwindet.

Teichners Ohren glühen, und auch seine Bäckchen sind erhitzt.

«Wer war dann das?», fragt der Voegida-Mann, und Teichner antwortet schlagfertig: «Niemand.» Alle ahnen, dass uns jetzt irgendwas bevorsteht.

Es dauert fünf Minuten, bis der junge Mann von eben die Tür aufreißt, in einem Polizeifaschingskostüm hineingesprungen kommt, einen Ghettoblaster auf den Tisch stellt, die Starttaste drückt und «It’s Raining Men» von den Weather Girls startet.

Der Mann schnappt sich Teichner, packt ihn an seinem T-Shirt, zieht einen Stuhl herbei und setzt ihn vor sich ab.

«Was geht’n jetzt ab?», nuschelt Teichner. «Krass, ich fass es net, ich glaub, das gibt sogar ’ne Paarnummer. Alter.»

Der Mann im Kostüm lässt vor Teichner seine Hüften kreisen, stellt dann seinen Fuß auf Teichners Oberschenkel, schält sich blitzschnell aus seiner Polizeijacke, schwingt sie dreimal in der Luft und wirft sie dann dem Voegida-Mann ins Bier.

«Ööööhhh», macht der.

Teichner blickt mit Panik und Verwirrung in den Augen zur Tür. Wir anderen stehen um ihn herum und wundern uns.

Als sich der Stripper seiner Hose entledigt hat und sich rittlings auf Teichners Schoß setzen will, stößt ihn Teichner weg und ruft: «Was soll denn diese Scheiße? Wo bleibt denn das Mädel?»

Der Tänzer geht zu seinem Ghettoblaster und stoppt die Musik. «Was für ein Mädel?», fragt er.

«Ich habe ein Mädel bestellt und keine Tunte wie dich. Was soll das denn?»

Der Stripper zieht sich die Hose wieder an und greift in seinem Rucksack nach einem Formular. «Hier, du Trottel», sagt er und hält es Teichner unter die Nase. «Hier steht's: Männerstrip 30 Minuten. Das hast du auf unserer Homepage angeklickt.»

Teichner starrt auf den Zettel, Schweißperlen bilden sich auf seiner Stirn.

«Ja, sag ich doch», ruft er. «Männerstrip: Strip für Männer, heißt das doch, oder net?»

«Nein, das heißt, dass ein Mann strippt. Du hättest hier bei ‹Stripperin› klicken müssen.»

Teichner ist fassungslos. «Aber was du hier machst, ist doch Strip für Fraue und net für Männer.»

«Och, nicht nur», sagt der junge Mann, wirft einen Blick zu uns anderen rüber und fragt sich wohl, wie er das hier auch nur eine Sekunde lang für eine heiße Schwulenparty halten konnte.

«Ich schätz mal, ich soll jetzt eher nicht weiterstrippen, oder?», fragt er.

Da schweigen alle. Es macht noch nicht mal einer «Öööööhhhh».

Sonntag, 1. Oktober

Wie ich es Melina versprochen habe, sitzen wir am nächsten Vormittag leicht verkatert im Auto und steuern den Kleingärtnerverein «Harmonie» im Frankfurter Rebstockviertel an.

Mein Tochter ist frei. Eigentlich wäre es nun angesagt, mich wieder ausschließlich den häuslichen und väterlichen Pflichten zu widmen. Doch Melinas Ehrgeiz, nun selbst in diesem Fall herumzuwühlen, ist unverändert groß. Dass sie noch krankgeschrieben ist und sich doch auch dementsprechend verhalten soll, will sie nicht hören. Höflich, aber bestimmt weist sie mich darauf hin, dass sie erwachsen sei und selber wisse, was sie tue.

Melina glaubt weiterhin fest, dass die Frankfurter Kripo mit ihrer Suche ausschließlich im Linken-Milieu zu einseitig ermittelt hat. Sie ist während der Haft oft genug verhört worden und hat immer wieder feststellen müssen, wie sehr die Ermittler ihren Blick verengt hätten. Sie wolle ja gar nicht den Fall lösen, sagte sie heute früh beim Frühstück, aber es gebe ja genug Indizien, dass der Täter auch aus einer anderen Ecke kommen könne. Und wenn sie genug dieser Hinweise zusammenhabe, dann werde sie die den Kollegen von der Kripo vorlegen und wieder an ihre Arbeit gehen.

Nun ja, und ich bin heute auf dem Weg zum Kleingärtnerverein mit dabei, weil ich sie ohnehin wieder zurück in ihre Frankfurter Wohnung gefahren hätte und selten genug Gelegenheit habe, Zeit mit meiner Tochter zu verbringen.

«Also, ziehen wir das so durch, wie wir's ausgemacht haben, ja?», fragt sie und kann eine gewisse Vorfreude nicht verhehlen.

Ich nicke und stelle einmal mehr fest, wie schön wir es doch im viel belächelten Vogelsberg haben. Der Kleingärtnerverein «Harmonie» liegt direkt an der A5.

«Also, ich möchte lieber keinen Garten haben als einen direkt auf der Autobahn», meint Melina dann auch.

Wir parken an der Oeserstaße und schreiten auf die Gartenanlage zu. Es ist sonnig und mild, die Hoffnung, den einen oder anderen Gartenbesitzer auch an diesem Sonntag anzutreffen, ist auf jeden Fall gegeben.

Es wären mir dann neben dem irrsinnig lauten Autobahnverkehr doch deutlich zu viele Gartenzwerge und Deutschlandfahnen, um mich hier so richtig wohlzufühlen. Aber es ist ja gut, dass die Menschen verschieden sind.

Melina und ich betreten das Areal.

«Momendema», ruft uns ein Mann um die siebzig hinter einem Zaun in Gummistiefeln und mit Gartenrechen zu. Er unterbricht seine Arbeit und stiefelt auf uns zu.

«Das ist privat hier.»

«Mein Vater ist auf der Suche nach einem Gartenstück. Können Sie uns da helfen?», fragt Melina mit dem freundlichsten Lächeln und dem süßlichsten Tonfall, der ihr zur Verfügung steht.

«Nee. Isch glaab, mir habbe kaa Parzelle frei. Oder ... wadde Se ma.»

Der Mann geht ein paar Schritte nach links und brüllt: «Günndää, kommst ma, hier wolle paar Leud was wisse.»

«Was?», brüllt eine andere Stimme zurück.

«Hier wolle zwei Leud wisse, ob noch ein Parzellsche frei is.»

Dann geht er wieder zurück zu seinem Rechen, arbeitet weiter, und wir warten inmitten von Sonnenschein, Autobahnlärm, knatternden Rasenmähern und Gartenzwergen auf Günndää.

Günndää stellt sich mit dem Namen Stegmann vor und bittet uns einen kleinen Weg entlang, der zu seiner Laube führt. «Hineinspaziert», ruft er, und wir spazieren hinein.

«Mein Reich», verkündet er, und Melina und ich fühlen uns genötigt, dieses Reich ausführlich zu bewundern. Günther Stegmann nimmt dies zur Kenntnis, zieht sich einen dunkelblauen Pullover über und greift nach einem Schnellhefter.

«So», sagt er und streicht sich über die leicht sonnenverbrannte Altherrenglatze. «Sie wolle sisch um eine Parzelle bewerbe. Hab isch das richtig verstanne?»

«Ja.»

«Dann sag isch Ihnen mal was. Mir wisse net mal, ob's uns in e paar Jahr überhaupt noch gebbe wird. Wenn mir hier bald Ollümbia habbe, dann iss nämlisch Schluss mit lustisch.»

«O ja, stimmt», sage ich, «da habe ich gar nicht dran gedacht.»

Günther Stegmann zählt voller Verbitterung auf, wie viele der Kleingartenvereine in der Stadt davon betroffen wären. Und hier im Rebstock-Viertel, wo das Olympiastadion und das Olympische Dorf gebaut würden, müssten *alle* ihre Gärten aufgeben.

«Mit uns kleine Leut kann man's ebe mache.»

«Aber das darf man sich doch nicht gefallen lassen», ledert Melina mit gespieltem Eifer los. «Das muss man sich doch gegen wehren. Man darf sich von diesen Politikern nicht alles gefallen lassen.»

Günther Stegmann ist sichtlich beeindruckt von dieser jungen Frau, die sich so intensiv mit seinem Kleingärtnerverein zu solidarisieren scheint.

«Wenn ich hier meinen Garten hätte», macht Melina weiter, «ich würde mir da nichts gefallen lassen, ich würde den nicht wieder hergeben.»

Übertreib's nicht, Melina, denke ich.

«Mir lasse uns da aach nix gefalle», springt Stegmann an, «einiche von unsere Leud, die habbe dene da obe schon so rischtisch Bescheid gestoße. Isch mach da aber net mit. Weil am End mache die doch eh, was se wolle.»

Ich frage mich gerade allen Ernstes, was diese Aktion hier wirklich bringen soll. Doch Melina ist nicht zu bremsen:

«Also, wenn ich hier einen Garten hätte, ich würde denen da oben so was von einheizen, so mit Briefen und so.»

Ihre Stimme ist schrill geworden. Mit dieser schauspielerischen Leistung übertrifft sie locker meine Glanzrolle als Altlinker. Hat es also doch einen Zweck gehabt, dass sie in der Theatergruppe ihrer Schule irgendeine dritte Magd in einem Kleist-Stück spielen durfte.

Günther Stegmann scheint sich nun bemüßigt zu fühlen, Melina zu beruhigen. «Nur ruhisch Blut, junge Fraa, Sie habbe ja gesehe, was passiert, wenn man's übertreibt. Denke Sie mal an die Sach da mit dem Lubricht.»

Ich würde die Sache hier gerne abbrechen, weiß aber nicht, wie. Und wie ich meine dickköpfige Tochter kenne, wird sie nicht weggehen, bis sie irgendein Ergebnis in der Hand hat.

«Aber des bringt doch nix, wenn man sisch so da reinsteigert in so 'n Hass», salbadert Stegmann. «Manschmal muss man's halt so nemme, wie es kimmt. Das müsst ihr junge Leut halt noch lerne.»

Dabei schaut er zu mir, und ich nicke. Im ersten Moment dachte ich sogar, er meint mich mit «junge Leut», doch dann wird mir schnell klar, dass ich ihm nur zustimmen soll. «Junge Leut», das ist hier nur Melina.

«Wenn mir halt hier wegmüsse, dann isses halt so. Dann gehe mer halt woanners hin. Irgendeine Lösung wird sich schon finne lasse. Man darf sisch aber doch net davon das Lebe vermiese lasse.»

Hmm, langsam wird auch Melina klar, dass sie es hier nicht mit einem Partisanenkämpfer zu tun hat. Man müsste ihn nun schon direkt fragen, wer diese Drohbriefe verfasst hat. Aber das würde Stegmann mit großer Sicherheit sehr merkwürdig finden.

«Wisse Se, junge Fraa, was das Ergebnis is, wenn man sisch das alles zu sehr zu Herze nimmt und sisch den ganze Taach uffreescht? Dann kriegt man ein Herzinfarkt.»

Ich schmunzle, doch Stegmann gibt mir schnell zu verstehen, dies sei sein bitterer Ernst.

«Vor zwei Monate hat unser Gerd Lutz, einer unserer Obmänner, so einen Infarkt erlitte. Mitten bei 'ner Diskussionsveranstaltung. Der hat sisch so uffgereescht, dass er plötzlisch – bumms – einfach umkippt. Und das kann es doch net wert sein.»

Zwei-, dreimal sagt Stegmann noch «Bumms» und deutet dabei pantomimisch an, wie das ist, wenn so eine Respektsperson einfach umfälllt.

Melina atmet plötzlich schwer und schließt die Augen. Was ist denn jetzt los?

«Wie, sagten Sie, hieß der Mann?», fragt sie.

«Was? Das war der Gerd.»

«Und weiter?»

«Lutz.»

Nun blickt Melina zu mir, als müsste ich irgendetwas verstehen. Tue ich natürlich nicht.

«Wissen Sie, ob der Kinder hatte?»

«Ja, klar», antwortet Stegmann und versteht auch nur noch Bahnhof. «Der hatte einen Sohn, der arbeitet bei der Polizei.»

Melina steht urplötzlich kerzengerade da. Ihr Blick flattert.

«Wir müssen gehen. Danke und tschüs», sagt sie knapp und verlässt die Gartenlaube. Ich reiche Günther Stegmann noch schnell die Hand, zucke kurz mit den Schultern, lache verlegen und renne Melina hinterher.

«So sind se, die junge Meedsche», höre ich ihn noch rufen.

Als ich Melina einhole, zittert sie am ganzen Körper. Sie geht in die Knie, hockt sich auf den Boden, schließt die Augen und hält sich die Hände an die Ohren. Irritiert und voller Sorge hocke ich mich zu ihr und lege den Arm um sie.

«Was ist denn los?»

«Hast du das nicht gehört?», fragt sie, noch immer zitternd. «Lutz! Der hieß Lutz. Der Mann mit dem Herzinfarkt. Das ist der Vater von Ron, meinem bescheuerten Kollegen.»

«Wie? Der Typ, der auch da war, als wir dich im Gefängnis abgeholt haben?»

Melina nickt stumm. Ich erinnere mich nun auch an ihren Brief an Josh. Der war eifersüchtig auf diesen Ron, und Melina machte ihm klar, wie unbegründet das sei.

Ich versuche, Melina sachte aufzurichten, doch ihre Knie sacken einfach weg.

«Ich sehe Bilder. Da kommt was zurück», stammelt sie. «O Gott, der Ron. Ron war das. Ich erinnere mich. Ich liege auf dem Boden, öffne die Augen, und da ist sein Gesicht. Scheiße, mein Ohr.»

«Komm, du musst was trinken.»

Ich stütze sie und führe sie zurück zum Auto. Im Handschuhfach liegt eine Flasche Wasser.

Melina setzt sich auf den Beifahrersitz und dreht die Lehne in Liegeposition.

«Wieder gut?», frage ich unsicher.

«Es rauscht wie Sau, aber es ist wieder frei», flüstert sie und deutet auf ihr linkes Ohr. Ihr rechtes Bein zittert noch immer.

Ich halte ihr die Hand und versuche, sie irgendwie zu beruhigen.

Erfreulicherweise wird Melinas Atmung wieder ruhiger, und auch ihr Bein zittert nicht mehr. Sie dreht die Lehne zurück in Sitzposition, nimmt einen Schluck aus der Flasche und sagt: «Lass uns zu ihm fahren.»

«Also, das halte ich jetzt wirklich für keine gute Idee», erwidere ich. «Du musst dich erholen, und dann fahren wir zur Kripo.»

«Nein», fährt sie mich an. «Ich will vorher mit ihm reden. Unbedingt. Das brauche ich für mich. Ich will wissen, ob der tatsächlich meine Waffe genommen hat und auf Lubricht geschossen hat. Ich will ihm in die Augen sehen. Bitte, fahr mich da hin.»

Eine ganz und gar dumme Idee. Das werde ich nicht tun. Ausgeschlossen. Allerdings: Habe ich es in meinem ganzen Leben als Vater einmal hinbekommen, Melina einen dringenden Wunsch auszuschlagen?

Ich starte den Wagen.

Einige Male versucht Melina, Ron auf seinem Handy zu erreichen, doch sie kriegt nur die Mailbox dran.

Dann ruft Melina bei ihrer Dienststelle an und fragt, ob Ron Dienst habe. Nein, heißt es, er habe sich frei genommen, und so hoffen wir, oder jedenfalls hofft es Melina, dass wir ihn bei sich zu Hause im Gallusviertel antreffen.

«Fühlst du wirklich in der Lage, mit ihm jetzt zu sprechen?», frage ich mit väterlich sorgenvollem Unterton. «Komm, wir fahren nach Hause und sehen morgen weiter.»

Melina antwortet nicht und tippt wieder irgendetwas in ihr Handy.

Josh, ich verstehe nicht, warum du mir nicht antwortest. Ich rate dir ernsthaft, mich nicht zu verarschen.

«Arschloch», murmelt sie dann.

«Wie bitte?»

«Nicht du, sorry», nuschelt Melina und packt ihr Smartphone weg.

Nicht weit vom Hauptbahnhof stellen wir uns ins Parkverbot und steuern das Mehrfamilienhaus an, in dem Ronald Lutz wohnt.

Gerade in dem Moment, als ich auf den Klingelknopf drücken möchte, kommt eine junge Mutter mit einem Kinderwagen durch die Haupteingangstür des Hauses heraus. Melina hält ihr die Tür auf, und wir erhalten auf diesem Wege Zugang zum Haus.

«Danke», ächzt die Frau, «des ist das erste Mal, wo einer mal die Tür uffhält, seit isch hier wohne tu.»

Wir steigen drei Treppen hinauf, bis wir vor seiner Wohnungstür stehen.

«Die Tür ist offen», flüstert Melina. Sie klopft leise dagegen und ruft: «Ron? Hallo? Bist du da?»

Ron ist nicht da. Jedenfalls antwortet er nicht. Wir werfen in alle drei Zimmer der Wohnung einen Blick und finden zum Glück keine blutüberströmte Leiche oder ähnlich Unschönes. Auf derlei habe ich nämlich so gar keine Lust. Wofür habe ich meinen Job als Kriminalhauptkommissar gekündigt?

Es scheint auch keinen Einbruch gegeben zu haben. Nichts ist zerstört oder durchwühlt worden, alles scheint an seinem Platz zu sein. Vermutlich hat Lutz einfach nur beim Verlassen der Wohnung die Tür nicht richtig zugezogen.

Ich höre, wie Melina scharf die Luft einzieht. Sie hält mir einen Briefumschlag vor die Nase. Mit dickem Filzstift steht ihr Name drauf geschrieben.

Sie öffnet ihn und liest laut:

Liebe Melina,
wenn du diese Zeilen liest, werde ich nicht mehr hier sein. Ich werde dort sein, wo mein Vater ist. Ich werde befreit sein von allem. Von all dem, was schon lange nicht mehr zu ertragen war. Du warst mein Licht. Dir allein war ich nah. Dich habe ich verstanden, in allem, was du gesagt und getan hast. Nur wusstest du nie, wie nah sich unsere Seelen sind. Du hast die Augen verschlossen davor, was hätte sein können. Mit uns. Ich mache dir keinen Vorwurf, du konntest einfach nicht anders. Du hast dich fehlleiten lassen in deiner Schwäche. Du hast dich zu denen hingezogen gefühlt, die nicht gut für dich sind. Vielleicht hast du es inzwischen erkannt, in der Zeit deiner Haft. Dort hattest du genügend Zeit nachzudenken.
Wenn du dies liest, bist du auch von mir befreit. Und von diesem

Josh, der dich auf seine Seite zog und dazu verführte, mich zu behandeln wie ein Nichts. Wie ein Nichts, das nun weg ist. Weg von dieser Welt. Diesen Josh, den habe ich mitgenommen, damit du frei sein kannst. Ich werde ihm das gegeben haben, was er verdient.

Du wirst dich nun fragen, wie, was und warum das alles passieren musste. Die Antwort: Es ist einfach geschehen.

Es gab diesen Knall und diesen Rauch. Du hast da gelegen. Ich habe dich angesprochen, mehrmals, doch du hast nicht reagiert. Ich hatte Angst und Wut. Angst um dich und Wut auf alles. Auf diesen Lubricht, der mit seiner Skrupellosigkeit alles zerstört. Für meinen Vater war sein Kleingarten alles. Das war sein Leben. Und der sollte ihm genommen werden. Lubrichts Brutalität hat ihm das Herz gebrochen. Er ist daran gestorben. Machtlos gegen Menschen wie Lubricht. Ich, das schwor ich mir bei seiner Beerdigung, ich, ich werde nicht machtlos sein. Ich habe dir nichts von seinem Tod erzählt, damals. Ich wollte dein Mitleid nicht, ich wollte deine Liebe. Und dann sah ich dich dort liegen, niedergetreten von diesen Idioten, denen du dich nah fühlst, die dich dazu brachten, mich abzuweisen und zu verhöhnen. Und ich sah diesen Mann da oben auf der Bühne, der meinen Vater in den Tod getrieben hat.

Das muss alles aufhören, war mein Gedanke, und dann war diese Idee plötzlich da, die mit einem Schuss alles drehen kann. Mit dem ich alles in die Hand nehmen kann. Mit nur einem Schuss kann ich die Geschicke leiten, und die Machtlosigkeit hat ein Ende.

Ich ließ ganz einfach Josh Krüger mit deiner Waffe auf diesen Mann dort schießen. Durch mich. Peng. So sehr, wie er dich und deine Gefühle beherrscht, so wahrscheinlich kann es sein, dass er leicht an deine Waffe kommt. Und so griff ich danach, während du am Boden lagst und träumtest, und schoss auf Lubricht.

Es ist einfach geschehen.

Ich habe manchmal, wenn wir gemeinsam Dienst hatten, in deinem

Handy deine Mails an Josh gelesen. Ich wusste von dir mehr, als dir klar war. Auch wenn ihr mich beide verspottet habt, ich habe bis zum Schluss um dich gekämpft. Doch ich habe verloren.
Ich trage dir deine Abweisungen nicht nach. Ich gehe nun in Frieden. Du hattest deine Strafe. Du hast lange genug in einer Zelle in dich gehen müssen. Spüren müssen, wie sehr du dich auf den falschen Weg hast bringen lassen.
Nur hatte ich vergeblich gehofft, dass sie diesen Josh Krüger für den Täter halten. Ich habe ihm die Waffe in den Schrank gelegt, ich habe der dämlichen Kripo sogar noch den Tipp gegeben, doch er blieb frei. Zu gerne hätte ich noch einen Schuldspruch gehört: lebenslang. Mir war nicht klar, ob es dazu kommen würde. Doch ich konnte nicht mehr warten. Ich wollte nicht mehr warten, und so habe ich das Urteil selber gesprochen und vollzogen.
Dass ich am Ende gehen würde, war mir in dem Moment klar, als ich abdrückte.
Es machte mich frei. Und dich musste ich auch von Josh Krüger befreien. Du wirst mir das nachtragen, zunächst. Aber eines Tages wirst du mir dankbar und in deinen Gedanken mir nahe sein.

In ewiger Liebe, Ron

«Du lieber Himmel», sage ich.

«Ach du Scheiße», sagt Melina. Und dann noch mal, lauter: «Ach du große Scheiße.»

Ich greife sofort nach meinem Telefon und rufe direkt den Frankfurter Hauptkommissar Naumann an.

«Sie schon wieder, Herr Bröhmann», meldet der sich. «In welcher Wohngemeinschaft turnen Sie denn nun schon wieder in Unterhosen herum?»

Ich mache ihm schnell klar, dass die Sachlage leider keinen Raum für laue Scherze bietet, sosehr ich das auch bedauere. Ich erzähle ihm kurz und knapp von dem Brief und sage ihm, dass er mit seinen Leuten so schnell wie möglich zu Josh Krüger in die Wohngemeinschaft müsse.

«Alles klar, ich leite alles in Wege», sagt er ohne weitere Umschweife und legt auf.

«O Gott, Josh», flüstert Melina zu sich selbst. «Und ich bin schuld.»

«Quatsch», sage ich, weil mir auch nichts anderes dazu einfällt.

Mir fällt überhaupt nichts mehr ein zu all dem, was hier gerade passiert. Da entscheidet man sich ganz bewusst für Ruhe in seinem Leben, und dann so was. Aber keine Zeit für Selbstmitleid. Ich muss meine Tochter trösten.

Allerdings ist der gar nicht nach tröstenden Worten zumute.

«Ich muss da auch hin», sagt sie und rennt aus der Wohnung. Vater hinterher. «Du kannst da nicht –», fange ich an.

«Gib mir den Schlüssel», kreischt sie.

«Nein, ich fahre», rufe ich zurück und finde wieder keine Möglichkeit, diesen Mist hier zu beenden. Doch Melina ist nicht zu bremsen, und ich möchte sie ganz bestimmt nicht alleine lassen. Nicht in ihrem Zustand.

Und wieder fahren wir durch den nervig dichten Innenstadtverkehr Frankfurts.

«Schneller», fordert Melina.

«Wie denn? Soll ich die anderen Autos zur Seite drängen, damit wir freie Fahrt haben?»

In Laurins Computerspiel würde das gehen, hier gerade leider nicht.

«Jetzt weiß ich auch, warum Josh mir nicht geantwortet hat», stammelt Melina mit zittriger Stimme. «Fuckfuckfuck», brüllt sie dann weniger zittrig.

Mein Handy klingelt. Da ich es nie fertiggebracht habe, die Bluetooth-Sprecheinrichtung korrekt einzurichten oder zu koppeln oder wie auch immer das heißt, greife ich illegal beim Fahren nach meinem Gerät.

Kommissar Naumann meldet sich.

«In der Wohnung bei Josh Krüger war niemand anzutreffen. Dies nur kurz zu Ihrer Information. Wir schalten gerade eine Fahndung nach Ronald Lutz. Bitte kommen Sie gleich ins Präsidium. Wir brauchen Ihre Aussage und den betreffenden Brief.»

Ich stimme zu und lege auf.

«Es war niemand in der WG», sage ich zu Melina. «Es ist also noch nichts passiert.»

«O.k., und jetzt?»

Ich sage, dass wir nun direkt zum Präsidium fahren sollen.

Melina hält den Brief in der Hand und liest ihn ein weiteres Mal kopfschüttelnd und fassungslos durch.

Als ich eine Straßenkreuzung wiedererkenne, über die ich vor ein paar Tagen auf dem Weg zur Soliparty fuhr, durchfährt es mich wie ein Stromschlag

«Volxbunker», sage ich, «da könnte er doch sein. Natürlich ... da könnte er nach Josh suchen.»

«Los, fahr da hin», befiehlt mir meine Tochter. Und wieder gehorche ich.

Knapp zehn Minuten später rennen wir im Laufschritt auf den Eingang des Volxbunkers zu. Melina drei Schritte voraus. Ich keuche, verkneife mir allerdings ein «Nicht so schnell».

Die Eingangstür steht offen. Wir stürmen die Treppe hinauf und stoßen auf einen dürren Mann mit strähnigem Haar, tiefen Augenringen und leerem Blick.

«Ist Josh Krüger hier irgendwo?», überfällt ihn Melina.

«Häh?»

«Schon gut», faucht Melina. «Und viel Spaß weiterhin beim Kiffen.»

«Danke», antwortet er.

Wir laufen zu dem Raum, in dem damals die Party stattgefunden hat. Niemand da. Dann rennen wir zum Café Aufstand. Leer.

«Ich hab noch 'ne Idee», keuche ich schwitzend. Es ist schon länger her, dass ich beim Treppenlaufen zwei Stufen auf einmal genommen habe. Das merke ich jetzt.

«Es gibt im Keller noch so einen Raum», sage ich. «Da waren wir damals, als wir uns für die Farbbeutelaktion fertig gemacht haben.»

«Als du was gemacht hast?»

«Ach nix, erzähl ich dir später.»

«Du hast bei einer Aktion mitgemacht?»

«Ja, äh, nein, egal jetzt.»

Wir rennen die Stufen hinab in den Keller, bis wir den besagten Raum erreichen. Ich versuche, die Tür zu öffnen, doch sie ist verschlossen. Ich klopfe mehrmals dagegen.

«Moment», hören wir eine Stimme.

«Das war Josh», flüstert Melina.

«Josh», ruft Melina. «Ist alles in Ordnung?»

«Ja», antwortet er. Dann öffnet sich die Tür, und alles geht ganz schnell. Durch den Türspalt greift eine Männerhand nach Melinas Arm, zieht sie in den Raum hinein und rumms, ist die Tür wieder zu.

Geschockt und starr stehe ich in Schockstarre da.

Ich muss was tun. Nur was? Ich habe keine Zeit. Erst mal denken und durchatmen: Im Raum befindet sich zweifellos Ronald Lutz, er ist vermutlich bewaffnet und hat mindestens Josh und Melina in seiner Gewalt.

Er dürfte mich bis zu diesem Zeitpunkt weder gesehen noch

gehört haben. Er hatte nur für eine ganz kurze Zeit die Tür geöffnet, um Melina hineinzuzerren, und mich dabei definitiv nicht gesehen.

Jetzt nicht die Nerven verlieren. Nicht albern rumbrüllen, sondern nachdenken. Also. Wenn ich die Polizei anrufe, kann es schon zu spät sein. Ich muss selbst irgendetwas machen. Nur was, verdammte Scheiße? Zu viel rast mir durchs Hirn, zu heftig beginnt die Angst um Melina zu wuchern, als dass ich noch einen klaren Gedanken fassen könnte.

Hilfe. Ich brauche Hilfe. Alleine schaffe ich das hier nicht, so viel ist klar. Ich renne wieder zum Treppenhaus zurück und sehe ganz oben noch immer diese bekiffte Transuse herumstehen.

«Hey.»

In einer Mischung aus Flüstern und Rufen versuche ich, seine benebelte Aufmerksamkeit zu erlangen, und fuchtele dabei wild mit den Armen herum. Doch er reagiert nicht. Dann spüre ich einen Tritt von hinten in meine Kniekehle. Ich sinke zu Boden und lande auf den Knien.

«Aua», stöhne ich leise.

Ich spüre einen festen Griff an meinen Armen und werde zackig auf den Boden gedrückt. Diese Technik kommt mir bekannt vor.

«Lu?», ächze ich, ohne mich umzudrehen.

«Fresse, du Arsch.»

Es ist Lu, keine Frage.

«Nichts Fresse, ich Arsch», antworte ich.

«Doch Fresse, du Arsch.»

«Nein, nicht Fresse ...»

Das bringt so nichts.

«Lu, du musst mir helfen, da drüben ...»

«Dir werde ich helfen, Bröhmann, darauf kannst du einen lassen. Du hast hier aber so was von gar nichts zu suchen.»

Das einst so stumme Punkmädel ist heute erstaunlich redselig. Zudem sind ihre Selbstverteidigungsfertigkeiten schmerzhaft lückenlos.

Immer noch auf dem Bauch liegend, höre ich nun eine Männerstimme:

«Wasissennhierlos?»

Wenn das mal nicht der Bumpi ist. Es ist Bumpi. Lu dreht sich einen kurzen Moment um, sodass ich die Gelegenheit nutzen kann, um mich von ihr loszureißen.

«Ach guggema, der Henner, äh, ich mein, der eben nicht mehr Henner ...», ruft Bumpi erstaunt hinaus.

Ich stehe breitbeinig in Verteidigungshaltung vor Lu und Bumpi und versuche, ihnen so schnell wie möglich und mit so wenigen Worten wie nötig den Sachverhalt zu erläutern. Und sie vor allem dahin zu bekommen, dass sie mir glauben.

«Glaubt mir, es geht um Leben und Tod. Wenn euch Josh was bedeutet, dann glaubt mir bitte», flehe ich sie an.

Lu und Bumpi blicken sich kurz an. Die Geschichte klingt so irre, das können sie mir eigentlich gar nicht glauben.

«Dann sollten wir mal besser die Bullen holen», meint Bumpi dann. «Dass mir so ein Satz einmal über die Lippen kommen würde, unglaublich.»

«Keine Bullen, dafür ist keine Zeit, wir müssen das selber jetzt hier und gleich hinbekommen.»

Bumpi hebt beide Arme in die Höhe: «O nee, du Henner, lass ma, so was in der Art, das ist so gar nicht meine Baustelle. Ich komme eher von der Theorie. Haste ja gesehen, wie schwer mir die Sache mit den Farbbeuteln gefallen ist. Die Schulter tut mir übrigens noch immer weh.»

Ich springe auf ihn zu, packe ihn am Kragen und zische: «Da drinnen gibt es gleich ein Blutbad, und deswegen wird das jetzt hier schneller deine Baustelle, als du gucken kannst.»

Bumpi wirkt einmal mehr beeindruckt. Schon Henner hatte es ihm ja angetan.

«Passt auf», sage ich. «Wir machen das so: Lu klopft an die Tür und ruft nach Josh. Wenn es so läuft wie eben, wird Josh antworten und Lutz die Tür öffnen. Dann wird Lu hineingehen, und Bumpi und ich … hmm, scheiße, könnte zu gefährlich sein.»

Was ist, wenn wir Ronald Lutz nicht sofort überwältigen und er noch Zeit hat, um sich zu schießen? Doch gibt es eine andere Option?

«Nix gefährlich», brummt Lu. «Ich krieg das hin. Nur eins ändern wir: Bumpi klopft und ruft, und wenn der Wichser da die Tür öffnet, dann lass mich mal machen. Ich weiß schon, was zu tun ist.»

Da habe ich tatsächlich wenig Zweifel.

«Ich muss aber erst mal aufs Klo», stottert Bumpi und macht Anstalten, sich zu verdünnisieren. Ich halte ihn am Arm fest. Er hat verstanden und geht lammfromm mit Lu und mir zur Tür.

«O. k.», flüstere ich und nicke beiden zu. Jetzt gilt's.

Bumpis Hand zittert so stark, dass er beim Klopfen erst einmal die Tür verfehlt. Beim dritten Mal klappt's.

«Josh?», wispert er so leise, dass selbst Lu und ich ihn kaum verstehen.

«Lauter», flüstere ich.

Wieder zwistelt es kaum hörbar aus ihm heraus. «Josh?»

Doch auch hier klappt es erst beim dritten Mal. «Josh?»

Wieder kommt ein «Ja» zurück.

«Ich bin's, Bumpi. Was machst'n da drin?»

Lu und strecken ihm einen gehobenen Daumen entgegen.

Wir hören Schritte und danach das Türschloss. Die Tür öffnet sich, und K steht da. Mit kreideweißem Gesicht blickt sie erst zu Bumpi, ehe sie danach Lu und mich entdeckt. Ich halte den Zeigefinger an meine Lippen.

Bumpi aber deutet die Situation auf seine Weise: «Ach, da bin aber beruhigt, dass du das bist. Der Henner … also natürlich nicht der Henner, sondern der … du weißt das schon, der meinte nämlich, dass da drinnen …»

In diesem Moment huste ich drauflos. Hauptsache, der Vollidiot redet nicht weiter.

«Was ist denn da los?», ruft eine Männerstimme aus dem Raum. Ronald Lutz, vermute ich mal. Wir hören Schritte näher kommen. Dann reißt Lutz die Tür auf und steht mit einer Waffe in der Hand und in Bereitschaftspolizei-Uniform vor uns.

In dem Moment geht Lu mit der Geschwindigkeit und Wucht einer Abrissbirne auf ihn nieder. Ein Hagel von Karate-Kung-Fu-Jiu-Jiutsu-oder-was-weiß-ich-Tritten prasselt auf ihn ein. Lutz wankt zurück, ein Schuss löst sich. Ein lauter Schrei, dann fällt die Waffe zu Boden. Gemeinsam mit Lu werfe ich mich auf Lutz, um ihn zu überwältigen.

«Aaaaaaah, aaahhh, o Gott, o Gott», kreischt Bumpi, hält sich den Oberkörper und stürzt zu Boden.

Lu hat Ronald Lutz fest im Griff. Wie fest, kann ich mir gut vorstellen. Ich greife nach der am Boden liegenden Waffe und richte sie auf ihn. «Schieß schon!», schreit er. «Komm, schieß!»

Ich blicke mich um, und da steht Melina, unverletzt und unversehrt. Erleichterung ist ein zu schwaches Wort für das, was ich in dieser Sekunde empfinde.

Bumpi liegt am Boden und schreit noch immer. An seiner Hand klebt Blut.

«Aaaaaah», schreit er nun noch lauter. Er greift nach meinem Bein.

«Henner, hör zu», stöhnt er. «Sag meiner Mutter, dass ich sie liebe …»

K begutachtet seinen Oberkörper. «Bumpi, entspann dich mal», sagt sie. «Der Schuss hat dich nur ganz leicht gestreift.»

«Das ist lieb, dass du das sagst, K, aber du musst mich nicht schonen. Ich weiß, dass ich sterbe. Ich weiß, dass es vorbei ist.»

Er greift nach ihrer Hand: «Du bist ein gutes Mädchen, K. Du hast einen rauen Kern in einer weichen Schale … nee, umgedreht, aber egal, du wirst deinen Weg gehen. Lasst mich nun einfach …»

«Jetzt halt mal deine blöde Fresse», blökt Lu von der Seite. «Und steh endlich auf. Du hast nichts.»

Nun guckt er doch mal etwas genauer nach seiner kleinen Wunde, murmelt «Oh», setzt sich auf und brummt: «Na ja, kann man sich schon mal täuschen, in so 'ner Extremsituation. Ich komm halt eher von der Theorie.»

Ganz in der Ecke an der Wand sitzt Josh Krüger und starrt ins Nichts. K läuft zu ihm und schmiegt sich an ihn. «Es ist alles vorbei, es ist alles gut», ruft sie und küsst ihn auf die Wange.

Melina nimmt das mehr als irritiert zur Kenntnis. Doch auch sie wird wissen: Den Umständen entsprechend ist das jetzt das kleinere Übel.

Montag, 15. Oktober

Grün: Da mussten Sie ja schon wieder einiges durchmachen, Frau Bröhmann. Das klingt ja wirklich wie ein Krimi, was Sie da erzählen.

Melina: *(lacht)* Manchmal habe ich das Gefühl, mein ganzes Leben ist ein Drama. Aber egal, vielleicht wäre mir auch sonst langweilig.

Grün: Wie geht es Ihren Ohren?

Melina: Das ist o. k. Sagen wir: besser, aber noch nicht gut. Wissen Sie, was komisch ist? Immer wenn ich zum Dienst gehe, wird das Rauschen lauter. Ich kapier das nicht. Ich mache meinen Job doch gerne. Nicht wie mein Vater früher ... *(lacht)*

Grün: Wie meinen Sie das?

Melina: Mein Vater war, glaube ich, früher 'ne Katastrophe als Kommissar. Jedenfalls hat er immer nur über seinen Job gejammert. Ich habe das nie kapiert, warum er den dann überhaupt gemacht hat.

Grün: Haben Sie ihn mal gefragt?

Melina: Weiß nicht, keine Ahnung.

Grün: Sie erzählten, dass er inzwischen aufgehört hat.

Melina: Ja, vor vier Jahren. Von einem Tag auf den anderen. Das hat damals alle total überrascht. Ich fand das scheiße. Ich fand es eigentlich immer cool, dass mein Vater Kommissar ist.

Grün: Und nun sind Sie ja auch bei der Polizei.

Melina: Ja, aber nur Bereitschaft.

Grün: Wieso ‹nur›? Sie sagen doch immer, dass Sie Ihren Job gerne machen und dass er Sie ausfüllt.

Melina: Hmm, ja. Irgendwie schon. Aber ausfüllen? Ich weiß nicht. Ich weiß nicht mal, was das ist.

Grün: Stellen Sie sich mal vor, Sie könnten noch einmal ganz neu eine Entscheidung über Ihren Beruf treffen. Was würden Sie dann machen wollen?

Melina: Keine Ahnung. Wahrscheinlich das Gleiche.

Grün: Das klang nicht sehr überzeugend.

Melina: *(denkt lange nach)* Ich meine, Kommissarin werden geht ja nicht, hab ja kein Abitur. Außerdem, wie öde wär das denn? Den gleichen Beruf wählen wie der eigene Vater? Das sieht man ja bei meinem Dad, was daraus wird. Sein Vater war ja auch Kommissar.

Grün: *(schweigt)*

Melina: Wieso sagen Sie nichts?

Grün: Ich denke über das nach, was Sie gerade sagten. Vielleicht tun Sie das auch, bis nächste Woche. Wir müssen nämlich Schluss machen.

Melina: Oh, schon? Schade.

Sonntag, 28. Oktober

Ich hatte Carl-Uwe Naumann, den Hauptkommissar der Frankfurter Polizei, gleich nach der Festnahme von Ronald Lutz inständig darum gebeten, meinen Namen nicht in die Öffentlichkeit zu geben. Zum Glück folgte er dem Wunsch.

Nicht, weil ich so unbegreiflich bescheiden und selbstlos wäre. Ich will schlicht und ergreifend wieder meine Ruhe haben.

Und zwar hier im schönen Vogelsberg.

Die Aufklärung des Lubricht-Attentats ist natürlich medial ein riesiges Thema. Zu riesig für mich.

Insgeheim, so für mich allein, bin ich natürlich auch ein bisschen stolz. Und Franziska dürfte mich ruhig auch noch etwas länger als Helden feiern.

Dass ich viel Glück hatte und auch ein paar Zufälle die Aufklärung begünstigten, weiß ich, aber Zufälle braucht es eben manchmal im Leben.

Dass Melina wiederum in den Medien erwähnt wurde, war nicht zu verhindern. Doch auch sie hält sich mit Einzelheiten bedeckt und hat jede Interviewanfrage abgesagt.

Ohne ihren unbändigen Willen und ihren über die eigenen Grenzen hinausgehenden Einsatz wären wir nie und nimmer rechtzeitig in den Volxbunker gekommen und hätten Schlimmeres verhindern können. Ich wollte in diesem Fall nicht mehr weiter rumwühlen, ich wollte es gut sein lassen. Sie war es, die dranblieb.

Die Festnahme im Volxbunker ist nun drei Wochen her. Von Josh Krüger hat sie sich, soviel ich weiß, inzwischen endgültig losgeeist. Doch ich kenne keine Details. Ich bin ja ihr Vater.

In der Informationspolitik ihren Eltern gegenüber hat sich nichts geändert. Wenn ich naiv geglaubt haben sollte, dass Melina nach dieser gemeinsamen Vater-Tochter-Aktion nun häufiger anrufen oder gar zu Besuch kommen würde, dann hätte ich mich kolossal geirrt.

Und so nimmt das Leben weiter seinen Lauf. Das Haus in Bad Salzhausen ist trotz des Dachschadens endlich verkauft. Ein junges Paar aus Düsseldorf möchte sich verändern und ein Leben auf dem Land führen. Wir bekamen nicht den Preis, den wir uns anfangs erhofft hatten, aber auch trotz der noch vorhandenen Bankschulden bleibt ein bisschen was für uns übrig.

Der Oktober ist golden. Ob es die Zukunft auch sein wird, das weiß man nicht. Franziska und ich sitzen mit Gisa und Rüdi im Innenhof ihres Bauernhofs direkt vor dem Nebenhaus, das wir im Dezember beziehen werden, und stoßen auf die Vertragsunterschrift an.

«Was für ein wunderschöner Herbsttag», schwärmt Franziska und legt ihren Kopf auf meine Schulter.

Die Luft ist klar, und die Sonne schenkt uns inmitten rötlicher Blätter vielleicht ein letztes Mal in diesem Jahr spätsommerliche Wärme.

«Auf die Zukunft», schmettert Rüdi und hebt sein Glas. «Auf die Zukunft», rufen wir alle.

Ich bin inzwischen guter Dinge, dass das hier funktionieren kann.

Klar wird man sich ab und zu mal abgrenzen müssen – auch in diesem Moment lächelt mich Gisa für meinen Geschmack zu überschwänglich und zu lange an –, aber das wird sich alles eingrooven.

Dass die beiden Eigenbrötler Laurin und Rupert gut miteinander können, ist fast zu schön, um wahr zu sein. Bei ihrem ersten Treffen letzte Woche standen sie sich zunächst zwei Minuten schweigend gegenüber, bis Rupert irgendwann sagte: «Kommste mit hoch? Hab ’ne Xbox.»

Da nickte Laurin, und alles war gesagt. Sie verschwanden in Ruperts Zimmer und waren nicht mehr gesehen.

Nick, Frida und Nadeshdine rennen vergnügt durch den Innenhof, lachen fröhlich vor sich hin, und die Hunde liegen entspannt zu unseren Füßen. Die letzten Restzweifel über dieses neue Wohnprojekt verschwinden allmählich.

Ich lächle selig in mich hinein, schließe die Augen, öffne sie wieder und blicke auf Gisa, die mir schon wieder freundschaftlich zublinzelt.

Rüdi erzählt in Einzelheiten, wie er das Nebenhaus entkernt und saniert hat, und ich höre manchmal zu. Irgendwann wird es mir zu langweilig, also nutze ich die Gelegenheit und folge Gisa, die damit begonnen hat, Geschirr ins Haus zu tragen.

In der Küche angekommen, sagt sie: «Stell es einfach da ab, danke.»

Gisa ist hinter mir, und in dem Moment, als ich mich umdrehen möchte, fasst sie mir mit der einen Hand an den Bauch und mit der anderen an den Hintern.

Erschrocken drehe ich mich um und halte schützend die Hände vor mich.

Sie lächelt und greift nun mit ihrer Hand nach meinem Kopf.

Da springe ich einen Meter auf die Seite.

«Was ist denn los?», fragt sie, und ihr Lächeln ist wie weggewischt.

«Was los ist? Das wollte ich dich gerade fragen.»

Gisa wird rot. «Habe ich da was falsch interpretiert?»

«Ja, das denke ich sehr wohl.»

«Warum guckst du mich dann vorhin so an und rennst mir in die Küche hinterher?»

Ich wüsste nicht, dass ich sie jemals «so» angeguckt hätte, und dass ich ihr in die Küche gefolgt bin, hat schlicht und ergreifend mit dreckigem Geschirr und den langweiligen Ausführungen ihres Ehemannes zu tun.

«Ich glaube, da liegt wirklich ein Missverständnis vor», sage ich noch immer sehr verstört.

«Oh, dann tut mir das supersuperleid. Ich dachte, ich hätte da so Signale ...»

Ich schüttele den Kopf. Ich weiß von keinen Signalen.

«Ich dachte, Franzi und du, ihr seht da auch einiges ein bisschen lockerer.»

«Wie? Was? Locker?»

Ich starre sie entgeistert an.

«Scheiße, da habe ich mich wohl gerade so richtig in die Nesseln gesetzt. Mann, das ist mir jetzt wirklich supersuperpeinlich, ehrlich.»

Sie läuft in der Küche auf und ab und räumt dabei fahrig irgendwelche Tassen hin und her.

«Ist doch kein Beinbruch», sage ich, weil mir einfach nichts Besseres einfällt.

«Jetzt bitte nicht blöd sauer sein oder so. Bitte!!! Das kommt auch nicht wieder vor. Und sag bitte, bitte nichts dem Rüdi. Der ist bei so was immer so verspannt. Der ist nicht so wie Franzi.»

Was sagt diese Person da? Was glaubt die denn? Dass es Franziska egal ist, wenn sie mir hier an die Wäsche will?

Gisa greift mir an die Schulter, aber zum Glück in anderer Absicht als vorhin: «Bitte jetzt aber auch nicht den Mietvertrag wieder kündigen. Bitte, bitte. Das wäre supersuperscheiße. Das kommt auch echt nicht wieder vor, versprochen. Wie gesagt, ich dachte, du wärst lockerer.»

Selbst wenn ich «lockerer» wäre, mit dir würde ich trotzdem nichts anfangen, denke ich verstimmt, sage es aber natürlich nicht.

«Nein, ist schon o.k. Wir vergessen das hier einfach», sage ich.

«Super, danke. Das wäre supersuperschade, wenn da jetzt was hängen bliebe.»

«Nein, tut es nicht», murmle ich.

Plötzlich steht Rüdi in der Tür.

«Was soll wo nicht hängen bleiben?», fragt er.

Gisa wird noch roter im Gesicht und erzählt irgendwas von einem Konflikt wegen der Kinder.

Ob er ihr glaubt oder nicht, weiß ich nicht.

Ich rausche jedenfalls sofort aus der Küche und gehe zurück in den Innenhof. Ich setze mich wieder zu Franziska und küsse sie auf die Wange.

«So schön hier», sagt sie.

«Ja», sage ich.

Franziska greift nach meiner Hand.

«Hier werden wir uns hoffentlich endlich entspannen können.»

Ja, das hoffe ich auch.

Dietrich Faber
bei Rowohlt Polaris und rororo

Henning-Bröhmann-Reihe

Toter geht's nicht

Der Tod macht Schule

Tote Hunde beißen nicht

Schneller, weiter, toter

Jan Weiler

Kühn hat zu tun

Martin Kühn ist 44, verheiratet und hat zwei Kinder. Er wohnt auf der Weberhöhe, einer Neubausiedlung nahe München. Früher stand dort mal eine Munitionsfabrik. Aber was es damit auf sich hatte, weiß Kühn nicht so genau. Es gibt ohnehin viel, was er nicht weiß: zum Beispiel, warum von seinem Gehalt als Polizist nach allen Abzügen ein verschwindend geringer Betrag zum Leben bleibt. Wieso sich alle Frauen Pferde wünschen. Ob er sich ohne Scham ein Rendezvous mit seiner rothaarigen Nachbarin vorstellen darf. Warum er jeden Mörder zum Sprechen bewegen kann, aber sein eigener Sohn nicht mal zwei Sätze mit ihm wechselt. Da wird ein alter Mann erstochen aufgefunden, gleich hinter Kühns Garten in der Böschung.
Und Kühn hat plötzlich sehr viel zu tun.

320 Seiten

«Ein sehr kluges Buch darüber, wo das Böse wohnt: unter deutschen Dächern.»

Denis Scheck

Ro 356/1

Das für dieses Buch verwendete Papier ist FSC®-zertifiziert.